La demoiselle d'Avignon

FRÉDÉRIQUE HÉBRARD

L'ÎLE SANS SERPENT	
JE VOUS AIME	
BABOUILLET OU LA TERRE PROMISE	
UN MARI C'EST UN MARI	*J'ai lu* 823/2*
LA VIE REPRENDRA AU PRINTEMPS	*J'ai lu* 1131/3*
LA CHAMBRE DE GOETHE	*J'ai lu* 1398/3*
UN VISAGE	*J'ai lu* 1505/2*
LA CITOYENNE	*J'ai lu* 2003/3*
LE MOIS DE SEPTEMBRE	*J'ai lu* 2395/2*
LE HAREM	*J'ai lu* 2456/3*
LA PETITE FILLE MODÈLE	*J'ai lu* 2602/3*
En collaboration avec Louis Velle	
LA DEMOISELLE D'AVIGNON	*J'ai lu* 2620/4*

Frédérique Hébrard
et
Louis Velle

La demoiselle d'Avignon

Éditions J'ai lu

A Roseline Bacou

Le film La demoiselle d'Avignon *a été réalisé par Michel Wyn.*

1

Et soudain, terme de leur voyage, ils virent Avignon en face d'eux. Des rives de la Barthelasse, ils contemplaient, au-delà des eaux du Rhône, dans la lumière de la fin de l'été, ces pierres blondes qui étaient pour eux un héritage et une récompense. Le Pont d'Avignon... le Palais qui fut celui des Papes !...

Dans le petit car blanc, plat de museau, ils étaient cinq. Deux garçons et trois filles, semblables à tous les étudiants qui descendent du Nord vers le soleil. Ils étaient propres comme du poisson frais. Ils étaient beaux. Leurs longs corps minces semblaient soigneusement polis comme des galets aimés de la mer. Avec leurs vêtements blancs, leurs casquettes ornées d'insignes universitaires, leurs écussons sur le cœur, ils étaient charmants. Et la joie se lisait dans leurs yeux. Des yeux extraordinairement bleus qui contemplaient le Pont Saint-Bénézet avec attendrissement, le reconnaissant comme s'il s'agissait d'une vieille personne de la famille dont on a beaucoup entendu parler mais qu'on n'a jamais vue.

– As-tu le cœur ému ? demanda un garçon en s'adressant au chauffeur.

– Terrible ! murmura le chauffeur avec le même accent délicieux et inimitable de ceux qui sont nés quelque part sur les rives de la Baltique.

Le chauffeur était une jeune fille. Une de ces blondes fraîches qui vous donnent envie d'être malade pour être soigné par elle. Au milieu de l'émotion générale elle paraissait particulièrement émue. Elle avait ralenti. Tous regardaient Avignon.

– Pont d'Avignon thaù kurli zö hart[1] ! s'écria un garçon.

Et l'allégresse submergea le petit car. Ils se levaient, s'embrassaient, riaient, chantaient pêle-mêle « Auprès de ma Blonde », tandis que le joli chauffeur accélérait, riait et chantait avec eux.

Hélas, la joie fut de courte durée, un silex ayant rencontré le pneu arrière gauche de leur véhicule qui soupira, tituba et s'immobilisa sur une pelouse rase qui sentait bon.

Les cris de joie se transformèrent en cris de détresse. Une heure plus tôt, devant l'Arc de Triomphe d'Orange, ils avaient déjà crevé. Et ils n'avaient pas fait réparer le pneu car ils voulaient, ils devaient être à Avignon avant le coucher du soleil.

Ils étaient tous descendus du car, un peu titubants de fatigue, secoués par le long voyage, déçus, dépaysés, si près du but et naufragés. Étrangers soudain.

Une fille murmura :

– Qu'est-ce qu'on va faire pour la Cérémonie, Koba ?

Tous se tournèrent vers celle qui, un instant plus tôt, tenait le volant : Koba.

Koba avait l'air pensif et fronçait ses jolis sourcils, regardant alternativement ses mains déjà noires de cambouis et la masse du Rocher des Doms en face d'elle.

Elle sentit tous les regards sur elle et sourit.

1. « Chaque Kurlandais a un petit Pont d'Avignon dans le cœur. » Proverbe kurlandais.

– On va se mettre au travail ! annonça-t-elle avec bonne humeur en désignant la roue crevée.

– Mais... dit quelqu'un.

Gentiment elle balaya l'objection d'un nouveau sourire :

– Je sais, la situation est fâcheuse, mais : sans essayer, n'aucun succès !

La fin de sa phrase fut couverte par des rires, des cris, des appels, des pétarades de mobylette et de solex. Une joyeuse flottille à deux roues doubla le petit car échoué sur l'herbe comme une épave. Envol des jupettes blanches des filles assises sur les porte-bagages des garçons. Raquettes sous le bras, raquettes dépassant des sacoches. Retour du tennis d'une bande de petits cousins bronzés par les vacances. À peine passés, ils revenaient, s'interpellaient, se rassemblaient, gais, empressés, curieux de savoir qui étaient ces étrangers, prêts à les aider. Simples.

– Salut ! dit Olivier, le plus vieux des cousins qui avait à peine dix-huit ans. Vous avez des problèmes ?

– Furieusement ! On a crevé par deux fois !

Les cousins s'illuminèrent. Ces tournures de phrases ! Et cet accent ! Il n'y avait aucun doute : c'étaient des Kurlandais.

– Vous arrivez d'Avignonburg ?

– Ja !

– Pour la Cérémonie !

Quelle aubaine ! Tomber par hasard au bord du Rhône sur la délégation kurlandaise et pouvoir l'aider !

– Si je comprends bien vous n'avez plus de roue de secours, dit Olivier.

– Exact, répondit la jeune fille aux mains noires.

– C'est très simple. Donnez-nous la roue. L'un de vous nous accompagne. On file chez Gaston. Dans un quart d'heure on est de retour et on va tous ensemble à la Cérémonie !

Il y eut donc un groupe qui s'éloigna en direction d'Avignon, tandis que l'autre, les premiers instants de timidité passés, s'assit sur le bord du Rhône.

*

Un peu d'Histoire et de Géographie

Quelle était cette Cérémonie ?

Et qui étaient ces jeunes gens vêtus de blanc en cet après-midi de septembre ?

Etudiants kurlandais, ils venaient rendre l'hommage traditionnel de fin d'études que leur pays adresse chaque année à la plus romanesque, à la plus ravissante souveraine qui ait régné sur leur île : Adélaïde Campredon de la Bégude, Demoiselle d'Avignon devenue Reine de Kurlande (1792-1873).

Il est bon, peut-être, de rafraîchir la mémoire du lecteur en lui rappelant les grandes lignes historiques et géographiques de la Kurlande.

Au nord de l'Europe, là où la Baltique est la plus froide et la plus profonde, s'élève une île que l'on appelle la Kurlande.

La Kurlande !

Au IIIe siècle de notre ère, la barque de Rollon aborde l'île à la place même où s'élève aujourd'hui le Palais Royal[1].

Race de Vikings, race de rudes marins, race de pêcheurs, les compagnons du Conquérant s'installent sur l'île où ne vivaient que le renne, l'ours et le poney chevelu.

Une dynastie va naître.

Le Roi Erik XIV qui règne de nos jours est le descendant direct de Rollon.

1. Visites guidées le mardi de 9 heures à 19 heures.
Son et lumières « Rollon und Adlaïd' » tous les ans au mois d'août. S'adresser au Syndikum d'Initiative à Avignonburg.

Quand la barbarie viking se répand sur l'Europe, les Kurlandais restent tranquillement dans leur île. Sauvages mais pacifiques, ils ont le cœur tendre. Ils passent leurs jours à pêcher le hareng, le fument grossièrement dès le Ve siècle et expriment la délicatesse de leurs sentiments par des chants gutturaux, les Run'or-galik.

Mais son destin, l'île devait le rencontrer plus tard sous la forme d'une histoire d'amour.

Et c'est ici qu'Adélaïde intervient.

Rien ne semblait devoir destiner cette enfant née sur les bords du Rhône à jouer un rôle dans les glaces du Nord. Mais quand son père le Colonel Antoine Campredon de la Bégude, officier de l'Empereur, suivit le Petit Caporal dans ses campagnes il décida de ne pas se séparer de sa fille. Adélaïde avait perdu sa mère très tôt. Elle suivit la Grande Armée comme s'il s'agissait d'une chose naturelle. On la savait belle et douce, on allait la découvrir grande. Son père mourut dans ses bras pendant l'atroce retraite de Russie, alors, tout simplement, la jeune fille prit sa place à la tête des survivants. Elle entrait dans l'histoire. L'Europe entière la baptisa « la Demoiselle d'Avignon ». Le prince qui régnait sur la Kurlande fut ému par les récits qu'on faisait de son courage, de ses exploits. Il décida d'offrir son alliance à la France et se porta au-devant de la jeune fille pour le lui annoncer. Quand le grand géant blond qu'était Rollon V et la petite brune en habit militaire se trouvèrent l'un en face de l'autre il y eut un grand silence.

« C'était comme si la neige et l'olivier se rencontraient et s'aimaient », écrivit un témoin de la scène[1].

Rollon V ne trouvait plus ses mots (il parlait à peine le français), il regardait la jeune fille avec admiration, il parvint à murmurer :

1. Mémoires du Sergent Condusorgue.

– Vous... moi... toujours !

– Bien sûr, répondit-elle avec l'accent du Comtat.

Ils soupirèrent ensemble et il osa lui prendre la main.

– Sans essayer n'aucun succès ! articula Sa Majesté.

Huit jours plus tard il épousait Adélaïde. Elle était Reine de Kurlande. Elle était heureuse. Hélas, au bout de quelques années de bonheur, un ours féroce la privait pour toujours de son compagnon bien-aimé. Adélaïde pensa mourir de chagrin. Puis un jour, elle descendit dans la crypte où reposaient les rois défunts. Rollon l'Ancien, Erik la Tempête, Thor Barbe de Feu et son cher Rollon, Rollon au Grand Cœur, et là, elle jura de faire de la Kurlande la terre la plus heureuse du monde.

Elle tint son serment. Elle fit fructifier le sol ingrat de l'île, développa l'industrie de la pêche, améliora le traitement du hareng, ouvrit des écoles, civilisa ses sujets, leur fit connaître le français, la musique, fit venir d'Avignon des fleurs, des fruits, des feuilles et des branches et planta de sa main un lilas dans la serre Royale[1].

À sa mort, survenue au bout d'un long règne, la Kurlande débaptisa sa capitale : Rollon-yck devint Avignonburg. Le français devint langue officielle. La Constitution décréta que chaque membre de la famille royale devrait à l'avenir savoir jouer d'un instrument pour que, au Jubilé d'Adélaïde, tous les ans, le peuple puisse entendre ses souverains jouer de cette musique qui avait adouci les mœurs kurlandaises.

C'était la naissance du Concert Royal.

Le cri de guerre – cri de pure forme car il n'y eut plus jamais de guerre – devint « Rollon und

1. Demander au guide pendant la visite du Palais Royal.

Adlaïd' ! », les armes furent de hareng, écartelé de neige avec drakkar viking portant lilas de France, « avec, au bas de l'écu, la devise : « SANS ESSAYER N'AUCUN SUCCÈS ! ». Et il fut entendu que la Kurlande enverrait chaque année une délégation représentant les étudiants ayant fini leurs études pour déposer un bouquet de fleurs nordiques sur le seuil de l'humble maison d'Avignon où naquit Adélaïde un 9 septembre 1792.

Voilà pourquoi des jeunes gens grands, blonds et propres aux yeux bleus se trouvaient un 9 septembre sur les bords du Rhône. Et les petits Français bruns et bronzés qui les dépannaient avec enthousiasme n'entendaient pas les perdre de si tôt.

– Si on les emmenait chez Christine ? cria Fabien à Olivier qui revenait avec la roue réparée.

Ce fut l'enthousiasme dans le camp français. Quelle idée merveilleuse !

– Christine ?... questionna Koba.

– Christine ! Mme Fonsalette, notre tante ! On va lui téléphoner. Elle sera d'accord, c'est sûr ! Tenez, c'est juste de l'autre côté du Rhône, regardez !

Et ils désignaient une étrange colline sortie d'un Livre d'Heures. Le Fort Saint-André qui, sur la rive gardoise, avec sa parfaite enceinte de pierre semble saluer depuis des siècles la ville des Papes.

– Quelqu'un habite là ? dit Koba étonnée.

– Christine et vous ce soir !

– Mais on ne se connaît pas... dit Koba hésitante.

Ses compagnons attendaient, comme si d'elle seule pouvait venir la décision. Les cousins avaient tellement envie d'entraîner leurs nouveaux amis qu'ils ne remarquaient pas l'attitude respectueuse que les Kurlandais avaient vis-à-vis de Koba. Ils étaient loin de se douter que cette fille simple, à genoux sur le sol caillouteux, serrant les boulons de la roue réparée, une clef anglaise dans ses mains sales, ce sympathique chauffeur, ce camarade qui répondait au nom de Koba était en réalité une descendante de la Demoiselle d'Avignon et que son Altesse Royale la Princesse Kristina, Adélaïde France de Kurlande venait d'entrer dans leur vie.

2

À la même heure, Christine Fonsalette, appuyée à la balustrade de sa terrasse, promenait sur Avignon un regard absent. Son esprit, comme on dit, était ailleurs. Et le sillon léger qui barrait son front n'était pas dû à l'ardeur du soleil, mais à une préoccupation vague et, pour ainsi dire, habituelle, qui n'altérait pas le reste de sa physionomie. Napoléon qui l'observait de loin imagina qu'elle se tourmentait pour sa chère Abbaye – pour ses magnifiques jardins trop secs, ses bassins sans eau, pour ses rosiers, pour ses terrasses. Le simple entretien de ce domaine représentait des frais bien lourds. Mme Fonsalette n'avait pour y faire face que sa pension de veuve d'ambassadeur et les revenus de quelques arpents de vigne qui mûrissaient au pied du Fort, donnant un vin apprécié mais peu abondant.

Pour l'administration du domaine elle s'en remettait à Napoléon. Napoléon qui suivant les heures du jour était tour à tour valet de chambre, cuisinier, maître d'hôtel ou jardinier – comme en cet instant, les deux mains plantées dans la poche de son grand tablier, le chapeau de paille enfoncé sur la tête, maudissant la sécheresse qui flétrissait ses feuillages, assoiffait ses fleurs, s'attaquait même aux murs et aux toits de l'Abbaye. C'était en somme ses propres soucis que Napoléon prêtait à Mme Fonsalette, et le regard inquiet qu'il portait sur elle trahissait un attachement sans bornes.

« Je vous les confie », lui avait dit en mourant M. Fonsalette parlant de sa femme et de son fils François, âgé d'une douzaine d'années. Cette confiance avait été bien placée. De ses voyages à la suite de l'ambassadeur, Napoléon avait rapporté une connaissance étendue du monde, et une perfection de manières qui le mettait au niveau de toutes les sociétés. Rien n'avait pu entamer sa simplicité, ni d'ailleurs son accent provençal, enfin il était, sur les deux rives du Rhône, le seul abonné du *Times*, et à quiconque était tenté d'en sourire Napoléon rappelait avec beaucoup de flegme que « his grand-mother was british » – ce qui était vrai. Il citait couramment Shakespeare, Milton, Lord Byron, et fort à propos. Il était pour Mme Fonsalette un compagnon déférent et dévoué.

Aussi, l'ayant observée un long moment, il s'approcha bien décidé à connaître le motif de ses préoccupations. La croyant absorbée par la contemplation du paysage, il l'aborda avec une citation appropriée :

– A thing of beauty is a joy for ever – n'est-ce pas, madame ?

Mme Fonsalette tressaillit légèrement tant elle était plongée dans sa rêverie et tourna son beau visage vers Napoléon en souriant :

– Vous êtes poète, mon bon Napoléon, puis elle retourna à sa contemplation, c'est-à-dire à son souci, et tout naturellement, elle dit : Avez-vous vu mon fils ?

– Monsieur fouille, madame !

– Encore !

– Oui, madame, Monsieur fouille depuis le déjeuner. Pas même une sieste. Les petits l'assistaient, accroupis dans la poussière, sans chapeau !

– Sans chapeau !

– Sans chapeau, madame ! Ils transportaient de la terre dedans ! Aussi, craignant l'insolation, j'ai pris sur moi de les soustraire à Monsieur, et de les installer sous les myrtes à l'ombre desquels ils reposent à présent comme deux chérubins.

– Merci, Napoléon.

– Mais Monsieur, lui, insensible à la morsure du soleil, continue de fouiller, madame. Il sent l'antiquité toute proche, il la flaire. Ah ! s'il pouvait nous produire un bel Auguste !

– Un bel Auguste ?

– Oui, ou une Vénus ! quelque belle statue rentable qu'on céderait au Louvre pour offrir un toit neuf à notre pauvre Abbaye !

– Hélas ! soupira Mme Fonsalette.

– Hélas, redit en écho Napoléon.

– Eh bien ! je vais monter le rejoindre, dit Mme Fonsalette.

Elle passa sous les voûtes, vestiges des anciens réfectoires de l'Abbaye, et gagna la pente qui menait aux jardins supérieurs.

À mi-chemin, un léger bruit dans la ramure des pins qui, malmenés par un fréquent mistral, ployaient leurs branches jusqu'au sol lui fit suspendre sa marche.

Elle vit à travers le feuillage Sylvain et Daphné, neuf ans l'un et l'autre, fils de son frère, fille de sa sœur, qui dormaient profondément. Elle souleva une branche pour mieux les voir dans leur abandon. Ils reposaient au pied d'une statue qui, un doigt sur les lèvres, semblait veiller sur eux.

La vue des deux enfants assoupis la ramena au sujet de ses préoccupations. Elle laissa revenir la branche dans sa position habituelle et reprit sa marche.

« Mais quand se mariera-t-il ? songeait-elle. Quand ? »

Le chemin débouchait sur le coin de la terrasse supérieure d'une manière si rapide qu'on avait le sentiment de s'avancer en plein ciel. Le Palais des Papes, le Rocher des Doms semblaient à portée de main. Nulle balustrade pour arrêter l'œil, un simple rebord à peine sensible courait jusqu'à l'autre extrémité de la terrasse, cent pas plus loin. C'est sur ce rebord que Mme Fonsalette s'assit. Aussitôt les colombes qui gîtaient sur la façade de l'Abbaye vinrent la rejoindre. Leur ombre traversa tout le jardin à la française, se découpant sur les bassins et les massifs, puis elles se posèrent sur le rebord de pierre dans un frémissement de plume.

Elle leur sourit, mais sans sortir de sa méditation. Son regard plongeait sur la roseraie – ce qui accentua son sourire : c'est là qu'il y a plus de trente ans elle avait rencontré... celui qui allait être le seul amour de sa vie. Et, par conséquent, la pensée de son fils lui revint. « Mais pourquoi ne se marie-t-il pas ? » demanda-t-elle aux colombes qui roucoulèrent de toutes leurs gorges rondes.

La cloche du portail tinta tout à coup. Elle vit Napoléon se hâter, et disparaître au coin de la maison.

Qui pouvait-ce être ?

Elle n'attendait personne. Les jeunes rentraient toujours plus tard...

« Et si c'était Caroline ? » pensa-t-elle brusquement. Caroline ! Caroline en qui reposaient tous ses espoirs pour l'heure.

La fiancée de François. Mais était-ce vraiment sa fiancée, avec lui on ne savait jamais.

« Enfin, songeait-elle, il est en vacances depuis dix jours et il ne parle pas de la rejoindre... ni de la faire venir. Je sais, Caroline voyage beaucoup, mais quand même. Tout ce qui compte c'est ses fouilles. »

« Curieux garçon », pensait-elle en l'observant.

Car elle s'était remise en marche sans s'en

rendre compte et se trouvait à présent non loin du chantier que François avait ouvert au pied d'un tumulus.

Il était là, debout, chassant la terre à grandes pelletées, sa chemise ouverte sur son torse bronzé et luisant, les cheveux légèrement humides bouclant sur le front, attentif, les mâchoires serrées, le visage étoilé de poussière.

– S'ils te voyaient au Quai d'Orsay !

François, surpris, releva la tête.

Et aussitôt son expression tendue disparut pour faire place à un profond sourire. Il s'appuya sur sa bêche.

– Tu viens m'aider ?

– Oh ! non, j'ai des problèmes.

Le visage de François redevint aussitôt grave.

– Des problèmes ?

– Oui, mes buis... Mes buis sont roussis. Il faudrait de l'eau, mais l'eau coûte cher... et je n'ai plus de sous, conclut comiquement Mme Fonsalette.

À cet instant, Napoléon parut, essoufflé :

– Un télégramme pour Monsieur !

– Oh ! que je n'aime pas ça, dit François. Ouvrez-le, Napoléon, j'ai les mains sales.

– Bien, monsieur.

Napoléon s'exécuta et commença à lire :

« ... – Paris 12 h 45... »

Il s'arrêta, furieux :

... et c'est à cette heure-ci qu'on nous le remet ! Il est presque 5 heures... je suis sûr que ce gamin a fait la sieste avec le télégramme dans sa poche. Enfin !

Il reprit sa lecture :

– « Serai fort hélico, 17 h 35. Stop. Repartirons Rome 17 h 48. Stop. Valise prête. Smoking. Carole. »

Un mélange d'étonnement et de consternation se peignit sur le visage de François.

– Caroline ! Mais elle était hier à New York !

– Ça veut dire quoi ? demanda Christine un peu perdue.

Et François, véhément, lui répondit :

– Ça veut dire que d'un moment à l'autre Caroline va débarquer ici en hélicoptère et qu'elle me dira : « Allez François, en route, nous allons dîner à Rome ! »

– À Rome! Quelle jolie idée, s'exclama Mme Fonsalette.

– Mais, maman, je ne peux pas partir ! Ma statue est là ! D'un instant à l'autre elle peut apparaître !

– Quelle statue, mon chéri ?

– Son Auguste, madame ! intervint Napoléon.

– Pas un Auguste, Napoléon. Une femme ! Une femme dont je viens de trouver la petite main. Tenez !

Et François leur montra une main parfaitement belle, brisée au poignet, qu'il venait de déterrer. Napoléon hocha la tête :

– Une main, monsieur ! Signe de mariage. La dame n'est pas loin !

Et à cet instant on entendit une faible sonnerie qui venait de la maison. Napoléon leva les bras au ciel :

– ... le téléphone à présent ! Quel après-midi !

Et il s'éloigna en courant tandis que François reprenait sa bêche et son visage farouche.

– Pauvre Caroline... soupira sa mère.

– Pauvre Caroline, c'est de l'ironie.

– Tu ne lui pardonnes pas d'être devenue riche.

François se contenta de hausser les épaules.

– Tu l'as aimée tant qu'elle était Caroline Baker, simple danseuse dans les ballets de Van Essling. Mais quand elle a appris à la mort de Van Essling qu'en réalité elle était sa fille, quand tu as su qu'elle héritait du nom, des ballets, de la fortune...

– Ecoute, c'est quand même terrible ! dit François en s'appuyant sur le manche de sa bêche. Chaque fois que j'aime sérieusement une fille, que je m'attache à elle... regarde ce qui arrive : je rencontre Nicole au Moyen-Orient, elle est simple attachée au Louvre, nous fouillons côte à côte, je l'aime – et voilà qu'en trois ans, en trois ans, même pas ! grâce à la Télévision, elle devient ministre. Tu me vois épouser un ministre ! Quelque temps plus tard, je rencontre une petite danseuse de rien du tout, pauvre, travailleuse, appliquée, je me dis : cette fois rien à craindre... Crac ! elle devient milliardaire. Je me demande ce que ça va être la prochaine fois !... S'il y a une prochaine fois, dit-il en réempoignant sa bêche. En tout cas je prendrai mes précautions : je la veux orpheline pour être plus sûr – et avec plein de frères et sœurs !

Napoléon réapparut en s'épongeant le front. Le coup de téléphone venait des jeunes gens qui appelaient de la Barthelasse. Ils venaient de rencontrer un groupe de Kurlandais en détresse. Est-ce qu'ils pouvaient leur proposer de camper cette nuit dans les oliviers de l'Abbaye ? Et les garder à dîner, par le fait. Ils étaient cinq.

– Mais bien sûr, Napoléon. Dites que c'est d'accord...

– Alors c'est parfait, madame, dit Napoléon en remettant son chapeau de paille.

– Eh bien, allez leur dire vite...

– C'est déjà fait, madame...

– Comment ?

– ... que Madame me pardonne... j'avais prévu sa réaction et... j'ai répondu que c'était d'accord... l'habitude, n'est-ce pas ?... Je connais bien Madame.

Et tous trois éclatèrent de rire.

3

La réparation était finie.

Les Kurlandais lavaient leurs mains dans l'eau d'un jerrican, lissaient leurs cheveux, remettaient leurs casquettes, rajustaient leurs vêtements blancs, se jetaient un dernier coup d'œil dans la glace du rétroviseur.

Fabien et Patricia qui s'étaient éclipsés revenaient à toute allure d'un café voisin.

– On a téléphoné ! Christine est d'accord ! C'était fatal ! On l'avait dit ! Vous ne pouvez plus ne pas venir : elle vous attend !

Koba les regarda. Comme ils seraient déçus si elle disait non ! Et puis ce Fort était bien attirant... Magique. Les Tours Jumelles semblaient la regarder comme ces châteaux à face humaine des Romans du Moyen Âge...

« Viens ! » disait la bouche ouverte dans le visage de pierre.

Pourquoi pas ? Bien sûr la situation était délicate. Devait-elle dire qui elle était à ses nouveaux amis ? Ils attendaient, confiants. Brusquement sa décision fut prise. Elle ne dirait rien, c'était plus simple.

Elle se tourna vers ses compagnons :

– Uthä sigli fù inkogna ta hospiti nar ë[1].

1. Nous acceptons l'hospitalité mais personne ne dit qui je suis.

Les jeunes gens acquiescèrent.
Koba sourit aux cousins :
– C'est oui, dit-elle.
– Hurrah ! crièrent-ils.
Olivier enfourcha son solex :
– Honneur aux étrangers ! Nous les emmènerons à la Cérémonie ! Nous leur ferons escorte ! Pas de motards, mais nous en tiendrons lieu ! Pas de sirènes, mais on nous entendra quand même ! Toi, Fabien, tu ouvres la route ! Nous autres on encadre le car ! Service d'ordre impeccable ! Avignon accueille Avignonburg ! En avant !
– En avant ! répétèrent les autres et, chacun faisant autant de bruit qu'il le pouvait, on se forma en cortège.
– Oh ! s'écria Fabien, désignant le ciel bleu œil de kurlandais au-dessus d'eux. Oh ! on fait bien les choses ! Voyez : il y a même un hélicoptère !
Et, au milieu des rires, des timbres, des klaxons et des bravos, la petite caravane se mit en marche.

*

L'hélicoptère traversa le Rhône et piqua en direction du Fort Saint-André.
– 17 h 35, dit Napoléon en remettant sa montre dans son gilet. Quelle exactitude !
– Déprimante, murmura François entre ses dents.
L'hélicoptère passa au-dessus des arbres. François ne leva même pas la tête.
– Tu ne viens pas l'accueillir ? demanda sa mère.
– Non ! répondit François en donnant un coup de bêche plus violent que les autres.
Mme Fonsalette, suivie de Napoléon, se hâta vers l'extrémité de la grande terrasse – où l'hélicoptère piloté par Horatio, le fidèle secrétaire de Caroline, tout de noir vêtu, venait de se poser.

Caroline, à l'inverse, était blanche de la tête aux pieds, combinaison blanche, bottes blanches, casque blanc, qu'elle déposa dans l'hélicoptère – avant de s'élancer, tandis que les pales du rotor tournaient encore. Si bien que Napoléon ne put entendre ce que se disaient les deux femmes en s'embrassant. Il comprit seulement que Caroline s'étonnait de l'absence de François. Et Mme Fonsalette ayant montré à la jeune femme la direction des fouilles, Caroline s'engagea aussitôt dans le sentier qui y menait avec une détermination un peu inquiétante.

François était au fond de sa tranchée, et de nouveau si absorbé qu'il avait déjà oublié et Caroline et l'hélicoptère.

– Comment ? vous n'êtes pas prêt !

François se retourna et avec un étonnement qui n'était qu'à moitié feint, il dit :

– Oh ! Bonjour, Carole ! Quelle surprise !

– Vous savez l'heure qu'il est ?

– Non, aucune idée.

– 37, mademoiselle, laissa tomber Horatio, froid comme un métronome, qui venait de les rejoindre.

– Nous embarquons dans six minutes ! enchaîna Caroline.

– Vous peut-être. Mais moi pas, lui dit-il avec son plus exquis sourire.

Caroline, peu habituée à ce qu'on lui résiste, n'en croyait pas ses oreilles.

– Vous ne venez pas ? répéta-t-elle.

– Non.

– Et pourquoi ?

– Je ne suis pas un colis dont on dispose à son gré !

– C'est ça, il suffit que je propose quelque chose pour que vous refusiez !

Puis brusquement elle ajouta :

– Vous avez bien reçu mon télégramme... ?

Alors, en entendant ce mot de télégramme, François sortit de son trou animé d'une colère toute fraîche.

– C'est vrai qu'il y a le télégramme, dit-il en fouillant dans ses poches. Ah ! parlons-en de ce télégramme... Où l'ai-je fourré ? Un petit chef-d'œuvre de tendresse. Le voilà !

Et François relut le télégramme en insistant sur les derniers mots : Valise prête. Smoking. Carole. Puis il le lui tendit. Caroline le parcourut des yeux puis se tournant brusquement vers Horatio :

– Vous n'avez pas mis : « Love. »

Horatio, toujours impassible, constata son erreur et dit :

– Je n'ai pas mis : « Love » – 38, mademoiselle.

Caroline prit une grande respiration et s'efforçant au calme, elle se tourna vers François :

– François, j'ai ce soir un rendez-vous très important à Rome – et demain, je repars pour l'Amérique...

François l'interrompit :

– ... et moi j'ai rendez-vous ici avec une statue !

Caroline négligea l'interruption :

– ... je veux donc passer la soirée avec vous.

– Avec joie ! exulta François. Restez ici. Nous fouillerons tous les deux.

Caroline s'étrangla de colère.

– Nous fouillerons ! Vous voulez que je fouille ! Vous voulez que je fouille !

Napoléon profita de l'instant où Caroline reprenait son souffle pour se glisser jusqu'à elle une tasse de thé à la main.

– Nice cup of tea, miss Carole, susurra-t-il.

Cette interruption fut suffisante pour que Caroline reprît son sang-froid.

– Puisque vous n'avez pas l'âge de raison, je vais régler cela directement avec votre mère, et elle s'avança, résolue, vers Mme Fonsalette qui venait d'apparaître.

– Ma chère Christine, j'ai l'honneur de vous demander la main de votre fils François.

Une immense joie se peignit sur le visage épanoui de Christine qui prit les deux mains de Caroline :

– Oh ! ma chérie ! c'est un grand...

– Maman ! coupa François avec beaucoup de calme.

Christine, balbutiante, reprit :

– Oui... c'est un grand... c'est un grand... un grand garçon maintenant, dit-elle, soulagée d'avoir trouvé quelque chose qui pût boucler la phrase qu'elle avait imprudemment commencée. Un grand garçon qui prend ses décisions tout seul.

Alors, François s'avança et prit le bras de Caroline qui eut un geste vif pour se dégager. Mais la main de François ne l'avait pas lâchée.

– Non, ma chérie, vous supporterez ma main noire sur votre bras parfumé et vous m'écouterez...

Il l'entraîna quelques pas à l'écart, s'arrêta, la regarda dans les yeux, lui sourit. Mais Caroline resta fermée.

– Si vous m'aimiez, Caroline, vous gratteriez le sol de vos ongles, vous creuseriez la terre avec vos dents...

– Charmante perspective ! ricana Caroline.

– ... et moi, j'abandonnerais la statue pour vous suivre à Rome... malgré le télégramme... Il faut voir les choses en face, Caroline... J'ai été attiré par une petite danseuse des ballets Van Essling, timide, appliquée... tendre. Vous vous souvenez d'elle ?

– Oui, murmura Caroline au bout d'un instant avec un sourire si doux, si confiant que François, retrouvant brusquement la jeune fille qu'il avait aimée, faillit la serrer dans ses bras.

Il regarda longuement, délicieusement Caroline.

– Moi aussi, je me souviens d'elle. Et je ne

l'oublierai pas. Mais vous savez bien que vous n'êtes plus la même. Je vous admire pour la manière dont vous dirigez les ballets, pour l'impulsion nouvelle que vous leur avez donnée, pour les grands projets que vous avez, et je sais que vous réussirez. Mais à quels moments nous verrons-nous ? Croyez-vous que je pourrais me contenter de vous suivre à travers le monde ? Et je sais que vous ne pouvez renoncer à vos nouvelles responsabilités. Elles sont devenues votre vie, Caroline... Est-ce que je n'ai pas raison ? ajouta-t-il après un moment.

Caroline le regarda quelque temps sans répondre. Puis un sourire se dessina lentement sur ses lèvres et elle dit d'une voix nette, sans quitter François des yeux :

– Je prendrais bien un peu de thé.

– Tout de suite, mademoiselle ! répondit Napoléon.

Elle continuait à regarder François et le sourire devint un rire, très doux, discret, un peu grave.

– Pourquoi riez-vous ? demanda François.

Caroline hocha la tête :

– Je voudrais connaître la fille qui vous attrapera.

– Moi aussi, dit François non sans mélancolie.

Napoléon s'approcha d'elle et murmura en lui versant le thé : « Gun Powder, miss. » Car il se souvenait que c'était là le parfum préféré de miss Carole. Et il put voir l'ombre d'une larme tandis que Caroline penchait son visage vers la tasse de thé, et qu'Horatio de sa voix métallique déclarait :

– Nous débordons, miss Carole. Je vais mettre en route.

Et, sans attendre la réponse, il s'éloigna en direction de l'hélicoptère.

Caroline rendit la tasse à Napoléon. Puis elle se dirigea vers Christine :

– Bye-bye, Christine, merci pour le thé.

Elles s'embrassèrent avec émotion, puis Caroline revint se planter en face de François. Elle avait retrouvé tout son calme.

– Adieu, Fonsalette, lui dit-elle. Je vous aime beaucoup.

– Moi aussi, Van Essling.

Et il l'embrassa sur le bout des lèvres.

– Je vous raccompagne.

En débouchant sur la terrasse où se trouvait l'hélicoptère, elle lui demanda brusquement :

– Et si je redevenais pauvre ?

– Vous ne le resteriez pas longtemps.

– C'est vrai, reconnut-elle. On se revoit bientôt ?

– J'espère !

– En attendant, bonne chance.

– Bonne chance, répéta François.

Elle se précipita vers l'hélicoptère dont les pales commençaient à tourner. François la vit ajuster son casque. Puis il se protégea les yeux contre la poussière. Le moteur se mit à rugir, tandis que le petit engin commençait à se balancer au-dessus du sol, et, sur une brusque impulsion d'Horatio, il s'arracha à la terrasse et s'éloigna en direction du Palais des Papes, alors que Daphné et Sylvain, éveillés par le bruit du moteur, arrivaient en courant et joignaient leurs gestes d'adieux à ceux de leur tante, de François et de Napoléon.

Bientôt le petit appareil s'effaça tout à fait dans le ciel.

– Je l'aimais bien, moi, Caroline, dit Mme Fonsalette en prenant le bras de François qui approuvait :

– C'est une fille épatante... mais pas pour moi. – Il regarda sa mère. – Ne sois pas triste, maman ! – Il l'embrassa, puis retrouvant toute son impétuosité : Et maintenant, que rien ne vienne se mettre entre ma statue et moi ! Je ne m'arrêterai pas tant que je ne l'aurai pas mise au jour. En route, les fellahs ! dit-il aux deux petits qui lui emboîtèrent le pas.

Il fit quelques mètres et se retourna vers sa mère :

– Je ne dînerai pas ce soir.

– Nous non plus ! Nous non plus ! reprirent les enfants en chœur.

Christine soupira.

– Il ne se mariera jamais.

– That is the question, madame, susurra Napoléon avec un air dubitatif tandis qu'il regardait François disparaître sous les arbres.

4

Patricia, Olivier, Fabien, Chantal et Claudius retenaient leur souffle. Leurs regards allaient du médaillon de bronze doré où le profil délicat d'Adélaïde se détachait sur la plaque commémorative aux Kurlandais figés par la minute de silence.

Koba venait de déposer la gerbe cueillie en Kurlande devant le monument et se tenait, immobile, très droite, un pas en avant de ses compagnons.

La cour de la vieille maison des Campredon de la Bégude était silencieuse.

Quelques badauds se pressaient au-delà du porche, dans la ruelle qui sentait le basilic.

Six heures tombèrent du clocher proche de Saint-Agricol.

Koba se recueillit et ferma les yeux.

Adélaïde... son aïeule Adélaïde était née entre ces murs... en ce temps-là Saint-Agricol devait déjà mesurer le temps de sa voix grave, dans l'ombre de cette cour fraîche l'enfant avait dû jouer à la poupée, grandir, devenir belle... Et puis elle était partie à la rencontre de son destin. Quel long trajet de ce seuil modeste jusqu'au trône de Rollon !

Une histoire d'amour.

« C'est son sang qui bat si fort dans mes veines », pensa Koba avec tendresse, et elle ouvrit les yeux sur cette maison étrangère qui était un peu sa maison. Elle se sentait bien, elle se sentait chez elle. Alors elle leva la main droite à hauteur de sa poitrine et cria d'une voix forte :

– Rollon und Adlaïd' !

– Rrrrah ! Rrrrah ! Rrrrah ! rugirent aussitôt ses compagnons avec la même sauvagerie que leurs ancêtres quelques siècles plus tôt, faisant tressaillir leur public de crainte et d'admiration.

C'était fini.

Les cousins se précipitèrent, chacun cherchant une main amie pour entraîner, guider et ne pas perdre ceux qui allaient être pour une nuit leurs hôtes et surtout les hôtes du Fort Saint-André.

*

Dans le petit car Chantal avait pris place auprès de Koba pour la guider, les « motards » ouvraient de nouveau la route et cette montée vers le Fort – « 90 mètres au-dessus du niveau de la mer ! » disaient fièrement les enfants – était joyeuse et gaie comme un retour de Croisades. Du haut des tours et des créneaux pas d'huile bouillante, pas de poix fondue pour accueillir les arrivants mais l'or rouge du soleil déclinant. Le cortège chantant, klaxonnant, s'appelant, faisant retentir les échos et s'envoler les corneilles passa sous la voûte en ogive qui avait vu défiler tant de cavaliers, chevaliers, hommes d'armes, des rois et des manants et les belles du temps passé. Ils furent à l'intérieur des murs. Ils crurent être entrés dans une ville morte ou endormie. Ils se turent soudain mais déjà Napoléon qui les guettait ouvrait les doubles battants de bois de l'Abbaye. Enceinte dans l'enceinte Saint-André les accueillit et se referma sur eux.

C'était un autre univers.

Ils posèrent le pied sur le sol et découvrirent les enchantements du monde méditerranéen. Ces colombes qui becquetaient sur les marches usées de la grande bâtisse et prirent leur vol au-dessus des cyprès, ces arbres dont ils ne savaient pas le nom, ces plantes qu'ils n'avaient jamais vues, ces statues jaillissant d'un sol craquelé de sécheresse trop pâle, assoiffé, ce ciel qui n'en pouvait plus d'une si belle journée, tous ces dons faisaient bouillonner en eux une antique barbarie qui les rendit muets et immobiles.

Mais une dame venait à leur rencontre du fond d'un jardin à la française où chaque rose représentait une victoire.

– C'est Christine, murmurèrent les enfants.

Koba et ses compagnons se confondirent en remerciements et proposèrent leur aide pour le dîner improvisé.

Mais Christine déclina leur offre. Elle ne leur demandait qu'une chose : faire connaissance avec son jardin.

– On vous montrera tout ! disaient les cousins. Les voûtes, les terrasses, les tombeaux, le champ des oliviers et la tour du Belvédère !

Et Koba, soudain, se trouva seule comme elle l'avait désiré. L'horizon était immense et rond comme en pleine mer. Au Nord, le Ventoux avec sa cime blanche de volcan japonais montait la garde. Au Sud, dans la chaîne des Alpilles, on devinait les ruines du Château des Baux…

Quelque chose sentait bon et fort près d'elle. Du romarin, peut-être ? Mais était-ce possible qu'un romarin soit si grand ? Brusquement les deux jets d'eau des bassins se mirent à jouer. Le plus beau cadeau des terres du soleil : l'eau.

Elle raconterait tout ça au Roi :

« Grand-Père, j'ai fait la connaissance d'un jardin latin… »

Koba s'arrêta. Une petite Cérès de pierre lui

souriait, sa gerbe d'épis dans les bras. La jeune fille rendit son sourire à la déesse et se sentit légère comme une nymphe des bois. Elle ignorait tout du passé et de l'histoire de cet endroit mais elle devinait ce que le temps avait entassé au cours des âges. Elle ne savait pas qu'avant Jésus-Christ le Mont Andaon fut consacré au dieu Sylvain. Que plus tard la colline avait eu sa sainte, Casarie, dont l'autel est encore debout dans les fenouils derrière l'Abbaye bénédictine. Mais elle sentait, présentes, conciliées et bienveillantes toutes les ombres du passé comme si derrière chaque laurier rose, chaque pin, chaque colonne blessée une armée invisible se réjouissait de voir cette princesse arriver à un rendez-vous fixé de toute éternité.

*

À quelques pas de là, les petits qui brossaient et tamisaient comme de vieux professionnels avaient eu quelque peine à obtenir de François qu'il leur racontât une histoire. Il ne pensait qu'à sa statue. L'exaltation sombre dont on l'avait vu animé naguère avait repris possession de lui. Mais les deux petits ne s'étaient pas rebutés des premiers refus, et Daphné ayant fait observer à François : « On est comme des vaches. Si on leur joue de la musique elles donnent plus de lait », celui-ci avait éclaté de rire – et il avait bien fallu commencer.

Tout ce que demandaient les enfants c'est que ce fût de la « Mythologie », mot magique qui résumait pour eux tout le merveilleux qui avait précédé le monde chrétien. Ils connaissaient l'Olympe, les dieux, les déesses, les héros et tout le cortège des nymphes, des satyres, des sylvains, des dryades, des oréades... ils étaient sûrs qu'un jour ils en rencontreraient dans le jardin.

François arrêta son travail un instant, regarda autour de lui en quête d'inspiration et, subitement, sans bien savoir où il allait, commença :

– Il était une fois... un jeune chasseur... ici même sur ce rocher... il y a très, très longtemps... Ce jeune chasseur poursuivait une biche à la tombée du jour. Une biche qui n'était autre que la déesse Diane, mais le chasseur l'ignorait, et il la suivait aveuglément, passionnément, comme tous les gibiers que nous suivons quand les dieux nous mènent.

Bientôt les gestes se ralentirent. Les petits, suspendus, n'osaient bouger. François lui-même, aussi étonné qu'eux de l'histoire qu'il racontait, s'était appuyé à sa bêche – attentif à ce qui allait suivre. C'était une longue histoire de poursuite entre le chasseur et la bête, histoire pleine de péripéties, de feintes, de courses, de halètements, de dérobades dans des paysages sans cesse nouveaux, habités de divinités appropriées – qui les entraînaient au loin, franchissant fleuves, prairies, forêts, mais sachant qu'il faudrait revenir ici même, sur ce rocher, pour que l'histoire trouve son sens et soit bouclée.

Vingt fois la proie paraissait atteinte, vingt fois elle trouvait de nouvelles ressources, mais la distance qui la séparait du chasseur diminuait inexorablement. Et tandis que le dénouement approchait, Koba approchait également et venait s'intégrer sans le savoir dans l'histoire que François inventait.

– ... Et alors ? demanda Sylvain.

– Quand le chasseur vit tant de larmes dans les yeux de la biche, il eut pitié d'elle. Il abaissa son arc et lui dit : « Va ! je t'épargne. »

– Et alors ? souffla Daphné.

– ... Et alors, tout à coup, sous les yeux du chasseur ébloui, dans la lumière du soleil couchant, la biche prit la forme d'une longue jeune fille blonde qui se tenait debout entre les oliviers.

Koba venait d'apparaître telle que François la décrivait. Elle restait immobile, elle aussi suspendue, étourdie, ne sachant si elle vivait, si elle rêvait.

– Alors il lui dit : « Oh ! toi que j'ai poursuivie si farouchement que mon cœur en souffre encore, es-tu mortelle ? Es-tu déesse ? »

Si bien que Koba s'entendit répondre :

– Je suis mortelle, monsieur.

À cette voix nouvelle, Daphné et Sylvain furent frappés de stupeur. Etait-ce vraiment la déesse, cette grande jeune fille blonde dont venait de parler François ? Celui-ci se retourna lentement, à la fois inquiet et amusé.

Bien sûr c'était une mortelle. Les déesses n'ont pas la voix si douce, si chaude, si humaine – ni ce regard mi-confiant, mi-craintif, ni ces cheveux un peu fous, ni surtout ces jeans blancs, ces polos blancs, cette petite casquette blanche aussi qui donnait à la mortelle un air à la fois timide et espiègle.

– Êtes-vous tombée du ciel ? demanda François.

– Je suis invitée, monsieur, par la Dame.

– C'est vrai, dit François, vous êtes kurlandaise. J'aurais dû m'en douter à votre délicieux accent.

La jeune fille parut étonnée, un peu fâchée même.

– Mon professeur de français m'a dit que je n'avais aucun accent. J'ai obtenu mon Gymnase de français avec la mention optimum !

Daphné intervint aussitôt :

– Qu'est-ce que c'est une mention ?

– Et optimum, c'est quoi ? ajouta Sylvain.

François, avec la mimique qui convenait, répondit :

– Ça veut dire très, très bien.

Alors les deux enfants, du même mouvement, levèrent les yeux vers la jeune fille et commencèrent à l'admirer.

François l'admirait aussi. Ce qui fit un délicieux petit silence.

– Mais je vous dérange, dit la jeune fille en faisant le geste de se retirer.

– Pas du tout, pas du tout ! dit vivement François avec une ardeur qui le surprit lui-même. Entrez, je vous en prie !

Et il lui tendit la main pour qu'elle descendît au fond de la tranchée.

– Soyez la bienvenue, dit Sylvain tandis que la jeune Kurlandaise touchait terre au milieu d'eux.

– Ils sont bien élevés, vos enfants, et beaux, dit-elle en serrant la main des deux petits.

– Ils sont beaux, en effet, mais ce ne sont pas mes enfants.

Koba en conclut aussitôt que ce garçon n'était pas marié, et cela fit au fond d'elle le même bruit qu'une bonne nouvelle.

« Quel endroit extraordinaire ! pensa-t-elle. Est-ce que mon arrière-arrière-grand-mère est déjà venue ici ?... » Tandis que tout fort elle disait d'une voix bien calme :

– Qu'est-ce que vous faites ici ?

François s'entendit répondre qu'il fouillait – ce qui était vrai –, que c'était une maladie qu'il avait contractée au Moyen-Orient. Est-ce qu'elle connaissait le Moyen-Orient ? Non. Qu'en général il était diplomate.

Mais tout leur dialogue leur paraissait irréel.

– Est-ce que vous vous intéressez à la diplomatie ?

– Pas tellement.

– Moi non plus. Et aux fouilles ?

– Pas du tout.

– Ah !

– Qu'est-ce que vous fouillez ?

– La terre, vous voyez.

... Mais la réalité était ailleurs. Il eut vaguement le sentiment de la rejoindre quand il montra à

la jeune fille la main qu'il venait de trouver.
– Une main ! s'exclama-t-elle comme si c'était la première main qu'elle voyait de sa vie.
– Oui, enchaîna François. La main d'une femme qui doit dormir là, par ici, depuis deux mille ans peut-être et avec qui j'ai rendez-vous. Une dame pour laquelle j'ai refusé d'aller dîner à Rome.
– À Rome ?
– Oui, à Rome... Une dame pour laquelle, d'ailleurs, je ne dînerai pas ce soir. Car je compte bien la mettre au jour cette nuit.
Koba poussa un petit cri extasié.
– Ah ! l'esprit français !
François se demanda ce qu'elle semblait goûter avec tant de plaisir. Alors la jeune fille lui expliqua :
– « Mettre au jour cette nuit », c'est spirituel !
– C'est surtout involontaire.
– Oui, mais spirituel, insista Koba.
François dut s'incliner.
À cet instant on entendit la cloche au bas de la terrasse.
– Oh ! c'est l'heure du dîner ! dit la jeune fille.
Elle escalada aussitôt la tranchée – montrant là un caractère discipliné. Elle se retourna pour dire :
– Je ne veux pas faire attendre... Merci... Je suis contente de vous avoir connu... Et tous mes vœux pour votre Dame.
François qui la regardait de tous ses yeux répéta :
– Ma Dame ?
– Oui, la Dame qui vous attend, dit la jeune fille en désignant le sol, et elle disparut à travers la verdure.
François resta un long moment immobile. Les enfants le regardaient avec stupeur. Puis ils échangèrent un regard significatif. Qu'est-ce qu'il avait, François ?

– Hein ?... Quoi ?...

Il essayait de revenir à la réalité.

Sylvain vint à son secours :

– Tu en étais à : « Es-tu mortelle ? Es-tu déesse ? »

– Tu disais ça à la biche, ajouta Daphné.

– Quelle biche ? demanda François d'un air égaré.

Il fallait se rendre à l'évidence, il ne se souvenait de rien.

*

Koba descendait à grands pas vers la terrasse. Allègre, avec cependant au fond d'elle quelque chose qui ne fondait pas. Une petite mauvaise nouvelle. Mais laquelle ? Et puis, en apercevant du haut de la terrasse la longue table dressée, cela lui revint : le garçon avait dit qu'il ne dînerait pas. Et pourtant elle sourit à la statue qu'elle avait longuement regardée en montant. Avant.

*

François s'arrêta de bêcher.

– Vous n'avez pas faim, les enfants ?

– Non, dit Daphné d'un air décidé. T'as faim, toi ? demanda-t-elle à Sylvain.

– Non, fit Sylvain.

– Tant pis, dit François.

Et il recommença à creuser.

5

La table étroite et longue avait été dressée sur la demi-lune cerclée d'une balustrade qui dominait de la hauteur d'une marche le jardin à la française.

Le jour pâlissait, donnant chaque instant une valeur plus accentuée à la longue nappe blanche, et aux miroitements que les flambeaux apportés par Napoléon avaient jetés sur les couverts et les assiettes.

L'air lui-même changeait – au pied de la terrasse sous l'allée de pierres et de roses où se tenaient encore les jeunes gens – et donnait progressivement une sonorité nouvelle à leur voix, aux accords de cithares qu'on entendait çà et là, tandis qu'autour d'eux mouraient un à un les bruits de la nature : derniers crissements d'une cigale, dernier roucoulement d'une colombe. Le vent parfois passait sur eux et apportait jusqu'à la jeune princesse, qui se tenait légèrement à l'écart, assise sur la margelle d'un bassin, à la limite de la lumière et de l'ombre – comme à l'endroit qui convenait le mieux à son état d'esprit –, les échos de la joie de cette jeunesse, toute de blanc vêtue, soit qu'ils fussent kurlandais, soit qu'ils eussent gardé leur tenue de tennis.

Napoléon circulait au milieu d'eux, proposait des boissons fraîches, des olives, et sa veste blanche qu'il avait enfilée pour la circonstance tranchait au milieu des autres blancs. Koba pensa qu'il avait l'air fraîchement repeint. Un sourire amusé passa un instant sur son visage, puis elle s'appuya du dos le long de la statue qui dominait le bassin et ferma les yeux sur le jardin au seuil de la nuit.

*

François de nouveau avait cessé de travailler. Il regardait les petits sans les voir. Il regardait le sol sans plus penser que là dormait sa statue – mais il entendait par instants le bruit des guitares qu'on accordait au pied de la terrasse, pensait que la jeune fille s'amusait à la fête, et souffrait quand le bruit des rires montait jusqu'à lui. Mais il ne savait rien de tout ça. Il pensait surtout qu'il perdrait la face vis-à-vis des deux gamins s'il décidait brusquement de poser les outils et de rejoindre l'assemblée.

– Vous n'avez vraiment pas faim ? lança-t-il.

– Non ! répondit Daphné d'une manière sèche comme si elle sentait une menace.

De ce côté-là, aucun espoir, mais Sylvain n'avait rien dit, il avait tourné la tête vers François – comme s'il attendait une suite. Alors François continua, avec une mauvaise foi dont il s'enchantait lui-même :

– Je me demande si c'est très poli de ne pas assister à ce dîner ?... Nous avons des invités...

– Y aura la demoiselle qui est venue tout à l'heure ? demanda Sylvain illuminé.

– Oui ! dit François.

– Oh ! évidemment, faudrait peut-être y aller, dit l'enfant avec une joie difficile à contenir. Allez, on y va ! décida-t-il.

– Je crois que tu as raison, s'empressa François.

Et Daphné, de colère, jeta son tamis à terre :

– Oh ! tu changes tout le temps ! dit-elle avec mépris.

– Allez, à table ! trancha François.
Et Daphné, maussade, soupira :
– Encore manger !

*

– Madame est servie ! annonça Napoléon en s'inclinant devant Mme Fonsalette qui entraîna ses jeunes amis vers la longue table blanche et se plaça à une des extrémités en disant :
– C'est un repas improvisé... soyez indulgents.
D'un geste, Christine pria les deux garçons kurlandais, Othon et Rorik, de prendre place à côté d'elle – et le reste des jeunes gens se répartit au gré des affinités. Napoléon, solennel, s'avança d'un pas :
– Repas improvisé pour nos amis de passage :

Nos olives
Nos pâtés de grive
Tapenade
Anchoïade
Le jambon du Ventoux
Mille salades

et pour finir :

Gâteaux aux amandes.

Nous servirons du :

Château-Fonsalette 1959 !

Une acclamation accueillit ces paroles.
– Je vous prie de bien vouloir excuser mon fils François sincèrement désolé, dit Mme Fonsalette en désignant la place vide face à elle à l'autre extrémité de la table. D'importantes recherches archéologiques l'empêchent de se joindre à nous.
Alors on entendit la voix de François encore dans l'ombre de la roseraie qui s'exclamait :
– Mais non ! Mais non ! J'arrive !
Aussitôt une vive réaction des cousins, et des

applaudissements saluèrent son apparition au haut des marches qui menaient à la demi-lune.

– Bonsoir à tous ! lança-t-il. Je vous présente Daphné et Sylvain.

Tout ébloui qu'il fût par les lumières et les cris, il remarqua aussitôt que la jeune mortelle ne figurait pas parmi les jeunes gens debout autour de la table.

Sylvain avait remarqué la même chose, et tandis que François, assombri, gagnait sa place, et que les autres assistants s'asseyaient, il regardait autour de lui, scrutant l'obscurité.

– Tu as perdu quelque chose ? murmura sa tante.

Sans même répondre, le petit garçon qui venait de distinguer une tache blanche au bord du bassin se dirigea de son pas à la fois calme et décidé vers la jeune fille – tout à son rêve – à qui il tendit la main en disant :

– Vous voulez vous asseoir près de moi ?

– Bien sûr ! dit-elle en se levant.

Elle sentit une petite main ferme saisir la sienne, la tirer pendant tout le chemin, et ne la lâcher que pour lui présenter un siège lorsqu'elle fut arrivée à la table.

– Tu es très galant. Merci... ?

– Sylvain.

– Merci, Sylvain. Je m'appelle Koba.

Et elle se retrouva assise auprès de François, tandis que de l'autre côté Sylvain, qui avait empoigné d'autorité un plat posé au milieu de la table, le lui présentait en murmurant :

– Des tomates, Koba ?

Celle-ci se servit, un peu étonnée du mutisme de François – qui ne paraissait pas trop s'occuper d'elle, et qui pourtant avait modifié ses projets.

– Je croyais que vous ne deviez pas dîner, dit-elle à Sylvain en retournant le plat vers lui pour qu'il puisse se servir.

– Oui, dit-il. Mais on a changé d'avis. Pas vrai, François ?

Approbation muette de François qui pensa que Koba ne faisait pas beaucoup attention à lui. Et Sylvain pensant aider François lança :

– Il est timide, vous savez !

– Eh bien, voilà un remède contre la timidité ! dit Napoléon malicieux en remplissant les verres de Koba et François.

Koba avait soulevé son verre et faisait jouer la lumière à travers le liquide rouge sombre.

– C'est du vin, dit-elle sans s'adresser à personne.

– Oui, répondit François. Ici on manque d'eau mais pas de vin.

Alors pour la première fois Koba se tourna vers François, et elle rencontra le regard qu'elle espérait. Un sang plus chaud courut sous sa peau.

– C'est la première fois que je bois du vin, dit-elle.

– Non ! s'exclama François.

Elle fit simplement « oui » de la tête. Alors pour ne pas la dévisager trop longtemps, François attira l'attention générale en disant :

– C'est la première fois que Koba boit du vin !

Aussitôt il s'éleva un brouhaha dominé par la voix des cousins qui reprirent peu à peu en chœur :

– Un vœu ! Un vœu ! jusqu'à ce que Koba, émue, approchât le verre de ses lèvres.

Il se fit un profond silence – puis les applaudissements éclatèrent tandis qu'elle reposait son verre.

– Alors ? demanda Olivier.

Mimique expressive de Koba qui montra qu'elle trouvait cela bon.

Puis Patricia demanda :

– Vous avez fait un vœu ?

Koba fit oui de la tête.

– On peut savoir ? insista Patricia.

Alors Koba répondit avec beaucoup de simplicité :

– J'ai fait le vœu de revenir.

Une petite seconde de silence à laquelle succéda un tumulte de hurrahs, de bravos, de cris de joie, d'exclamations de toutes sortes.

Koba souriait à ses compatriotes, à ses nouveaux amis, à Mme Fonsalette. François regardait intensément Koba. Et Sylvain les regardait l'un et l'autre tour à tour. C'était peut-être sa première peine. Et il était tout étonné qu'elle ne le rendît pas triste. Il pensa qu'il avait encore beaucoup de choses à apprendre. – Alors il leva les yeux vers le ciel et vit une étoile filante qui défilait pour lui à travers les espaces.

– Une étoile filante ! cria-t-il. Là !

Aussitôt tous les visages se levèrent vers le ciel, tandis que les voix s'entrecroisaient au-dessus de la table :

– C'est un signe !

– Mais il y en a d'autres !

– Oh ! oui, plein !

– Regardez ! Regardez !

Et c'était vrai. À tout instant des clous dorés se détachaient de la tenture sombre et filaient vers on ne sait quel rendez-vous.

– Quelle nuit, murmura Koba le visage levé vers les astres.

Et François, lui aussi le visage levé, commença doucement :

– In such a night as this...

– ... when the sweet wind did gently kiss the trees... continua Koba.

– ... and they did make no noise... enchaîna François en ramenant son regard sur la jeune fille qui à son tour le regarda en reprenant :

– In such a night.

Ils se regardaient, alors une voix auprès d'eux poursuivit – avec un délicieux accent du Midi :

– ... Troïlus, methinks mounted the Trojan Wall and figh'd his soul toward the Grecian Tents, where Cressida lay that night...

Koba regardait Napoléon, éblouie d'admiration. Le calme s'était établi peu à peu et toute la table écoutait les mots de Shakespeare. Alors dans le silence qui suivit, Napoléon, modeste, murmura :

– My grand-mother was british.

Et après l'éclat de rire qui accueillit cette première information, il ajouta en clignant de l'œil :

– L'autre était sorcière !

Puis il reprit son service, accompagné de la considération générale.

*

Après le dîner on but le champagne sous les voûtes fraîches de l'Abbaye.

Le Palais des Papes, isolé dans la nuit par des illuminations, semblait suspendu à mi-ciel, comme une île flottante. On devinait à travers les arbres les créneaux des tours d'entrée eux aussi suspendus dans les ténèbres. Un esprit de miracle flottait sur l'Abbaye.

Les Kurlandais traduisaient leurs émotions en improvisant des chansons brèves et douces, selon la tradition de leur pays, lorsqu'ils veulent honorer les étrangers. Les yeux fixés sur Avignon, ils mêlaient à leurs chants de reconnaissance le nom bien-aimé d'Adélaïde. Et dans les intervalles des couplets inventés Rorik pinçait les cordes de sa cithare – mélodie autour de laquelle se regroupaient bientôt les voix.

– Comme on est bien, chez vous, madame ! murmura Selma qui était assise auprès de Mme Fonsalette.

– Alors, il faut rester, répondit Christine.

Et aussitôt le chœur des cousins fit résonner les voûtes :

– Restez ! Restez ! Restez !

Christine reprit :

– Dans trois jours les enfants s'en vont, François regagne le Quai d'Orsay et nous allons nous trouver tout seuls, Napoléon et moi... Arrêtez-vous un peu, rien ne vous presse.

Un petit silence. Les Kurlandais se tournèrent vers Koba qui dit en s'excusant :

– Il y a le Concert Royal.

– Qu'est-ce que c'est que ça ? demanda François avec un peu de brusquerie.

Koba expliqua que c'était la fête du Jubilé d'Adélaïde, la plus grande fête de l'année. Ce jour-là, le Roi et sa famille offrent à la nation un concert musical.

– Et c'est le Roi qui joue ? demanda François.

– Oui, oui ! dirent les Kurlandais. Il joue avec toute sa famille. Ils sont tous musiciens. C'est dans la Constitution.

François se tourna vers Koba :

– Et vous êtes obligée d'y assister ?

Sourire des Kurlandais pendant que Koba répondit d'une voix timide :

– Oui.

– Vous croyez qu'on remarquera votre absence ? demanda-t-il.

François fut bien un peu étonné du succès que sa question remporta auprès des Kurlandais.

– Je suis obligée d'être là, répondit Koba.

– Quelle tyrannie ! soupira-t-il.

Ce fut une espèce de délire chez les Kurlandais.

« Décidément, pensa François, je suis en forme ce soir. »

– C'est déjà terrible d'avoir un Roi ! Ce n'est pas tellement à la mode.

– François ! dit Mme Fonsalette sur un ton de reproche.

– Il est sympathique au moins ? demanda-t-il.

Koba répondit avec un élan qui venait du cœur :

– Oh ! Si vous le connaissez, vous l'aimez !
– Alors, dit François, je lève mon verre à la Kurlande et à son Roi !
Aussitôt les cinq Kurlandais se dressèrent. Et Koba dit en faisant des yeux le tour de l'assistance et en finissant sur François :
– Gudrun Slavi zö mar Rollon...
– ... und Adlaïd' ! rugirent les Kurlandais[1] ! Rrrah ! Rrrrah ! Rrrrah !
Et ils vidèrent leurs verres d'un trait.
– Mais qui a eu l'idée géniale de les amener ? demanda François.
Alors les cousins se dressèrent d'un bond et pour imiter les Kurlandais crièrent :
– C'est NOUS ! NOUS ! NOUS !
Et dans l'euphorie qui suivit on put voir se découper sur la paroi du fond les ombres gigantesques de Daphné et de Sylvain, cachés derrière un des piliers, qui portaient à leurs lèvres des bouteilles de champagne entamées.
– Mon Dieu ! cria Mme Fonsalette.
Mais les petits, éméchés, se débattirent.
– Il faut les coucher, conseilla François.
– T'as dit qu'on travaillerait toute la nuit ! cria Sylvain qu'on entraînait déjà.
– Eh bien, c'est changé !
– Tu changes tout le temps ! rugit Daphné.
– Je vous remplacerai, dit Koba aux enfants qu'on éloignait.
François se demanda s'il avait bien entendu. Il continua à marcher auprès de Koba, tandis que les groupes se dispersaient dans les allées du domaine. Petit à petit la lumière immatérielle de la nuit se substitua à celle des flambeaux et des photophores dont ils s'éloignaient – donnant à leurs visages, à leurs yeux un éclat nouveau.

1. Soyez bénis par la race de Rollon... et d'Adélaïde !

– Comme la nuit est claire ! Nous pourrons presque travailler sans lumière !

– Mais alors c'était sérieux ? demanda François.

– Si vous voulez de moi, oui.

Il la regarda un instant.

– D'accord, dit-il.

Et pressant légèrement le pas, il entraîna la jeune fille vers le champ de fouilles où dormait encore la mystérieuse statue.

6

Les jeunes gens, après avoir un peu erré à droite et à gauche, s'étaient allongés sous les oliviers – là où les Kurlandais avaient décidé de passer la nuit –, les yeux amarrés au ciel, le corps dérivant doucement, retenus au sol par une mélodie improvisée – dont les accents parvenaient par instants jusqu'à Christine demeurée en bas sur un banc du jardin déserté.

Elle vit venir Napoléon qui avait quitté sa veste blanche, repassé son gilet de valet de chambre et qui portait une pile de bols.

– Vous travaillez encore, mon bon Napoléon ?

– C'est pour le déjeuner de demain, madame. Nos étrangers doivent partir de bonne heure.

Et il commença à aligner les bols sur la table qu'il avait desservie.

Un bruit de pas précipités résonna sous les voûtes de l'Abbaye. Christine tourna la tête de ce côté et vit le groupe de ses neveux et nièces menés par Olivier. Ils expliquèrent qu'ils ne pouvaient pas se séparer des Kurlandais, qu'ils allaient chercher des couvertures, des oreillers pour dormir avec eux sur la colline – qu'elle était d'accord, bien entendu.

– Allez ! dit-elle.

Napoléon qui les regardait s'éloigner dit :

– Je crois que c'est un succès, madame.

– Je l'espère, murmura Christine.

Elle pensait à Caroline qui à cette heure devait dîner sur une terrasse hors de Rome, et regarder la ville comme elle-même regardait Avignon. Caroline qui par instants devait encore penser à François – qui déjà ne pensait plus à elle. « Comme la vie est rapide », songea Christine en allumant une cigarette dont la première fumée fit lever au fond d'elle un brouillard de souvenirs.

Napoléon se tenait immobile perdu aussi dans ses pensées.

Les jeunes gens passèrent auprès d'eux, chargés de couvertures, se bousculant, heureux, sans même les voir – et s'évanouirent dans la nuit.

Napoléon dit bonsoir à Mme Fonsalette, puis il ajouta comme pour conclure une méditation personnelle :

– Les dieux endormis doivent tressaillir dans l'ombre, et il s'éloigna.

« Oui, comme la vie est rapide, se répéta Christine. Il ne songe déjà plus à elle... Il songe... » mais elle n'osait pas aller plus loin dans ses pensées. Tout ce qu'elle consentait à imaginer c'est que peut-être François et la jeune fille travaillaient ensemble.

*

Oui, ils travaillaient. François avait allumé la lampe à pétrole, et aussitôt sa passion l'avait repris. Koba avait exigé un travail pénible. Elle était solide, robuste. C'est elle qui conduisait le petit car, la plupart du temps. Il ne fallait pas la ménager parce qu'elle était une femme. François s'était réservé l'extrémité de la tranchée où il pensait que devait être la statue. Il avait confié à Koba, de l'autre côté, des travaux de déblaiement. Il lui remit une pelle, lui tourna le dos et cessa de penser à elle. Mais Koba n'en éprouvait nulle amertume. Au contraire, elle sentait que c'était un garçon sérieux. Une réputation que les Français n'avaient pas toujours. Il n'y avait qu'à voir la façon attentive dont il examinait chaque parcelle du sol, les précautions qu'il prenait pour se déplacer à genoux, son air totalement concentré. Tout en suivant le fil rassurant de ses pensées, elle avait rejeté hors de la tranchée un beau monticule de terre. Elle se trouvait maintenant en présence d'une énorme pierre. Elle s'essuya le front d'un revers de main et empoigna le bloc à pleins bras. Oui, mais qu'en faire ?

– La grosse pierre, fit-elle ployée en deux, qu'est-ce que j'en fais ?

François, le front serré, n'entendait rien.

– Monsieur Fonsalette, reprit Koba un peu plus pliée. S'il vous plaît, la grosse pierre, qu'est-ce que j'en fais ?

François lui présenta un visage totalement absent. Elle répéta sa question avec ce qui lui restait de souffle.

– Oh ! dit-il indifférent, en prenant le temps de chercher autour de lui... Tenez, là... non, plus loin.

– Et les autres ? dit-elle à l'agonie.

– Les autres aussi, dit François en reprenant ses investigations.

Elle eut juste le temps de retirer son pied lorsqu'elle laissa tomber la pierre au bon endroit. Elle se redressa avec difficulté, une main sur les reins. Comme elle était heureuse ! Elle entendait non loin la voix de ses amis qui fredonnaient : « Au jardin de mon père... » Elle ne les enviait pas. Elle n'aurait pas cédé sa place pour un royaume. « Pour un royaume », cela la fit sourire. Et elle écoutait les couplets d'« Auprès de ma Blonde » tout en continuant à transporter les pierres.

– Cette chanson, disait-elle, c'est encore une

chose qu'Adélaïde nous a apportée. Avec le lilas. Car nous avons du lilas. Ça peut vous étonner, dit-elle à François qui n'écoutait pas un mot, mais nous avons du lilas. Enfin, *un* lilas. Un seul. D'ailleurs il figure sur nos armes, avec le hareng. Adélaïde l'avait fait venir d'Avignon. Pas le hareng, le lilas – avec d'autres arbres. Tous sont morts, lui seul est resté et elle l'a planté de sa main dans l'Orangerie Royale. Il y est encore. Il a cent cinquante ans. Oh ! il est petit, mais il fonctionne toujours. Chaque année à la première fleur, on tire le canon et aussitôt tout le monde sort dans la rue, et la Fête commence pour trois jours. Ça peut arriver aussi bien le matin, à midi, la nuit. On ne sait pas. C'est la Fête imprévue.

Elle s'avisa qu'elle parlait depuis un bon moment et dit tout en transportant une pierre :

– Ça ne vous ennuie pas que je parle ?

Elle posa sa pierre et se retourna :

– Ça vous ennuie ?...

Elle vit François tellement absorbé qu'elle comprit qu'il n'y avait pas de danger à le dévisager tranquillement. Et elle s'installa sur le bord de la tranchée. Ce garçon lui plaisait. Elle aimait son allure, sa voix, ses yeux, ses cheveux, son vêtement, ses bottes. Les qualités qu'il devait avoir, aussi, bien sûr.

« Je me demande s'il joue d'un instrument de musique », pensa Koba.

« Hé là ! Hé là ! fit la princesse au fond d'elle en kurlandais. Qu'est-ce que c'est que ces questions ? »

« Je peux quand même *me* demander s'il joue d'un instrument », répliqua Koba.

« Tant que tu ne le *lui* demandes pas », dit la Princesse méfiante.

« Et quand bien même, renchérit Koba provocatrice, il n'est pas obligé de savoir que pour être de la famille royale... »

« Chut ! » dit brutalement la princesse.

« Il ne sait pas, le pauvre... Et s'il me demande mon adresse ? » continua Koba.

« Il ne te la demandera pas », dit la princesse qui perdait quand même du terrain.

« Je peux bien dire I Adélaïde Strasse sans ajouter qui je suis. »

« Tu vois où nous en sommes », coupa la princesse.

Koba haussa vivement les épaules.

– Vous avez froid ? demanda François.

« Mon Dieu ! depuis combien de temps m'observe-t-il », s'inquiéta la Princesse Kristina Adélaïde France de Kurlande, tandis que Koba répondait à haute voix :

– Non, non, je n'ai pas froid.

Elle s'aperçut alors que François tenait un objet brillant à la main.

– Qu'est-ce que c'est ?

– Une pièce d'or, dit-il en la frottant, un agnel d'or de Philippe le Bel... Zut !

– Pourquoi ?

– J'ai peur que la statue ne soit pas exactement où je le croyais, répondit François d'un air contrarié.

– À cause de la pièce ?

– Oui. Ce n'est pas le bon contexte, dit-il en regardant mélancoliquement la pièce. Enfin, il n'y a qu'un moyen de s'en assurer, c'est de continuer.

Il glissa la pièce d'or dans la poche de sa chemise et se replongea vers le sol sans plus lui prêter d'attention. Koba le regarda avec admiration. Puis au bout d'un moment, ayant bien observé ses gestes et son attitude, elle entreprit de l'imiter en fouillant délicatement le sol de son côté et d'une façon identique.

Elle pensa en tout cas qu'elle aimerait encore travailler à ses côtés. La Princesse, dépitée, ne trouva rien à répondre.

Les cloches, pour ceux qui pouvaient les entendre, indiquaient qu'on avait largement passé minuit. C'était l'instant d'équilibre d'une nuit d'été. Plus un bruit ne venait du camp.

... Koba pense tout à coup qu'elle va partir tout à l'heure, mais au même instant ses mains viennent d'entrer en contact sous le sol avec quelque chose de dur. – Non, maintenant c'est plutôt de la poudre, comme si quelque chose venait de s'écrouler, de se dérober.

Sans bouger les mains elle lève les yeux vers François :

– Monsieur Fonsalette ?

– ... Hum ?

– Qu'est-ce que ça veut dire quand la terre est toute poudre ?

– Comment ? dit François.

– Je croyais sentir quelque chose de dur, et puis c'est de la poudre.

François fronce les sourcils.

– De la poudre ?

– Oui... Oh ! et là, ça résiste, répond Koba d'une voix exaltée. Il y a quelque chose, je touche quelque chose !

François se glisse aussitôt de l'autre côté, enfonce ses mains dans le sol, ses doigts rencontrent ceux de Koba, et puis... ça y est. Koba suit sur le visage de François toutes les informations que lui transmettent ses mains aveugles.

– C'est elle ? demande-t-elle dans un souffle.

François ne répond pas encore. Il tâte, contourne, évalue, sa gorge est serrée, il respire à peine. Puis brusquement, tout entier, il se détend. Et Koba l'entend murmurer entre ses dents :

– Oui, ça y est !

Alors François commença à déblayer le sol avec précaution. Bientôt on vit apparaître un bloc de pierre rond qui était l'épaule de la statue. Puis le visage apparut et, de proche en proche, toute la statue fut dégagée. Elle avait l'air de reposer dans une crèche de terre brune qui mettait en valeur la pureté de ses lignes et soulignait aussi la mutilation du poignet.

Ils se penchèrent l'un et l'autre pour la voir de plus près. Et la statue aux yeux aveugles semblait considérer leurs deux images réunies.

– C'est comme une naissance, murmura Koba saisie d'un trouble sur lequel elle ne voulait pas s'attarder.

– Oui, souffla François.

Ils parlaient bas l'un et l'autre comme s'ils craignaient d'éveiller la déesse de pierre.

Au bout d'un long moment, il saisit une bâche pliée à portée de main et avec l'aide de Koba la déploya sur son trésor, regardant le visage jusqu'au dernier instant.

Puis ils se redressèrent en poussant le même cri et, mettant d'un même mouvement leurs mains sur des reins endoloris, ils éclatèrent du même rire.

François oublia aussitôt sa statue, et porta tout son intérêt sur la jeune fille en pantalon avec qui il venait de passer la nuit, car autour d'eux la densité des ténèbres s'était insensiblement allégée. Il souffla la lampe à pétrole – regarda Koba souriante, aima son visage pâle, son corps long et mince, ses longues jambes, sa poitrine légère, haute et ferme, ses cheveux un peu défaits. Et Koba frissonnait délicieusement devant cet examen tranquille. Elle pensa seulement que, quelques heures plus tôt, elle ne connaissait pas cet homme.

– Vous devez avoir sommeil, dit-il.

– Sommeil ! Impossible ! s'exclama-t-elle. D'ailleurs la nuit est finie.

– C'est vrai, dit François les yeux au ciel. – Puis il ajouta : Venez, j'ai une idée !

Et elle le suivit sans poser de questions.

Ils s'engagèrent sous les oliviers où dormaient leurs compagnons, enroulés dans des couvertures comme des chevaliers dans leurs manteaux. Certains, sentant une présence, se retournaient en soupirant. François se dirigeait vers le sommet de la colline, le plus haut point du Fort Saint-André, un tertre flanqué de murs de pierre sèche sur lequel s'élevait une tour délabrée et inaccessible. Au pied de la tour il y avait une terrasse d'où ils pourraient voir le soleil se lever.

De temps en temps, en escaladant la pente, François tenait la main de Koba pour l'aider à franchir quelque obstacle, muret, souche, roche – mais prenait bien soin de la relâcher aussitôt.

Ils se tenaient à présent debout sur la terrasse. À en juger par la pâleur ambiante, le soleil avait sans doute déjà quitté la ligne d'horizon. Mais d'épais nuages au loin confondaient encore le ciel et la terre dans une masse uniforme. L'espace immense se déchiffrait cependant petit à petit.

François se tenait auprès de Koba, un pas derrière elle, les yeux fixés sur les cheveux blonds de sa nuque.

Elle regardait le paysage mais pensait à autre chose.

– Vous êtes vraiment obligée de partir aujourd'hui ? demanda François.

– Oui, répondit-elle sans se retourner.

– Bon, dit-il.

Koba eut l'impression qu'un livre se refermait brutalement derrière elle. Comme il était vif, ce François.

– L'est, c'est par ici ? demanda-t-elle machinalement.

– C'est ça, répondit François maussade. – Maussade à tel point qu'il se sentit obligé d'ajouter après un instant : Le sud est là.

– Ah ! oui, dit Koba comme si elle était vivement intéressée. Donc l'ouest est par ici...

– Par ici, plutôt, rectifia légèrement François.

Alors tous deux se tournant ensemble du même côté, dirent avec beaucoup de gravité :

– Et le nord...

Et aussitôt ils éclatèrent de rire en se regardant.

« Comme ses yeux changent vite », pensa-t-elle.

« On ne peut pas rester fâché avec elle », pensa-t-il. Le paysage était déjà moins sombre.

– Qu'allez-vous faire de votre statue ? demanda-t-elle.

– La Demoiselle d'Avignon ?

Koba se tourna vivement vers lui :

– Vous allez l'appeler comme ça ?

– Je crois.

– Savez-vous que c'est le nom qu'on donnait à mon... – Elle s'arrêta brusquement. – À notre reine Adélaïde, reprit-elle.

– Je le sais. Mais c'est le nom que je vous donne, moi.

Elle ne trouva rien à répondre. François sentit qu'elle était touchée.

– Et, dit-il tout en regardant par-dessus son épaule, que comptez-vous faire dans la vie ?

– Dans la vie ? dit Koba en se tournant vers lui. Vous savez...

Elle s'arrêta et retourna au paysage. Tout devenait difficile, c'était fatal. Mais soudain, pour la première fois peut-être, elle éprouva à quel point son état de princesse restreignait ses choix pour l'avenir. Si elle était Selma ou Hilde, elle n'aurait pas le Concert Royal. Elle n'aurait pas l'obligation de cacher son identité. C'était un peu tromper ce garçon... Et puis, pourquoi s'imaginait-elle qu'il tenait tellement à elle ?

– Dans la vie... répéta-t-elle pour ne pas laisser se prolonger démesurément le silence... Je ne sais pas.

– Mais vos parents souhaitent bien...

– Mes parents sont morts, dit-elle vivement.

Elle expliqua en peu de mots que ses parents avaient péri dix ans plus tôt dans un accident d'avion, laissant de nombreux enfants. Elle souhaitait ne pas donner de détails. Le soleil vint à son secours sous la forme d'une déchirure rouge dans le violet foncé du ciel, bien au-dessus du point où elle l'attendait.

– Le voilà, dit-elle. On se dit bonjour ?

– Bonjour.

– Bonjour.

Ils se serrèrent la main.

– Je crois que la journée sera belle, dit-elle.

Et comme François répondait avec un peu d'amertume : « Ça vaut mieux pour le voyage », Koba frissonna légèrement.

– Vous avez froid ?

– Faim ! rugit-elle avec une grimace irrésistible.

Et ils s'éloignèrent vers les jardins de l'Abbaye.

7

Tout en préparant le petit déjeuner dans la cuisine inondée par le premier soleil, François pensait que ce devait être bien agréable de vivre avec une fille comme Koba.

Elle avait quantité de qualités. (Où est le beurre ?) Elle était gaie, simple, fraîche, courageuse, (le sucre, voilà !) ne semblait pas trop autoritaire, pas trop ambitieuse (marmelade, ça y est) et de plus orpheline, pas à craindre la surprise d'un héritage (ah ! le pain !).

À présent François contemplait son ouvrage d'un œil satisfait.

« Et c'est la première fois que je fais une chose pareille », pensa-t-il. Mais qui dit qu'elle songe à moi ? Il y a probablement en Kurlande un garçon auquel elle pense. Pourquoi ne suis-je pas né kurlandais ? Habiter le même pays que Koba, la croiser dans les rues, en été, en hiver. – L'avoir vue grandir, pourquoi pas ? Marcher dans la rue et se dire : « peut-être que je vais tomber sur elle ». Il haussa les épaules. « Je me fais des idées. Et la preuve c'est qu'elle ne veut pas rester. Ce Concert Royal, c'est un prétexte. »

Koba sous la douche essayait de ne pas penser à François : « À quoi bon, nous partons dans une heure, dans une heure ! » répéta-t-elle avec une douloureuse incrédulité. Ah ! pourquoi le Concert Royal n'avait-il pas lieu en octobre ? Ou seulement une semaine plus tard, ou trois jours. Pourquoi s'étaient-ils arrêtés si longtemps aux châteaux de la Loire ? Elle aurait pu les voir une autre fois, tandis que François... Mais je suis folle, pensa-t-elle en se frottant vigoureusement. Surtout qu'il ne se rende pas compte !... Et puis c'est un Français, voilà ce qu'il faut penser. Un Français, c'est tout dire... Oh ! oui, c'est tout dire... Ne pas oublier que François est français, conclut-elle.

Napoléon, préparant le petit déjeuner des Kurlandais, félicitait François pour sa statue.

– Monsieur doit être heureux d'avoir exhumé sa statue. Elle est belle, au moins ?

– Très, dit François qui surveillait son pain dans le grilloir.

– Intacte ?

– À part la main.

– Nous allons peut-être aguicher le Louvre avec cette beauté.

– Peut-être.

– J'ai sagement fait de préparer mon plateau hier soir, car nos invités sont matinaux. Et ce sont des natures robustes qui ne se contentent pas de pain et de beurre.

Et comme Napoléon allait quitter la cuisine avec un plateau lourdement chargé de jambons, de pâtés, de fromages, il céda le passage à Mme Fonsalette en lui disant :

– Une petite statue nous est née cette nuit, madame.

– C'est vrai, mon chéri ? demanda Christine en embrassant son fils.

– Oui, et c'est Koba qui l'a trouvée.

– Mais alors elle a travaillé toute la nuit !

– Oui, répondit François avec un profond ravissement.

– Mais tu es un bourreau !

– Oh ! ne le grondez pas, madame, dit Koba qui venait d'entrer. Je suis si fière.

Koba se tenait sur le seuil, dans une longue serviette de bain blanche drapée à l'antique. Ses cheveux relevés par un anneau, puis retombant en flots sur ses épaules. Elle était si belle. François la regardait bouche entrouverte.

Koba fit une petite révérence à Christine.

– Je vais me changer dans le car, et puis je reviens déjeuner.

– À la cuisine ! s'exclama Christine. Mais à quoi penses-tu, mon chéri !

– Il faut me traiter comme la famille, madame, déclara Koba, et elle disparut en direction du jardin.

Christine et François restèrent un instant figés, puis Christine se retourna vers son fils.

– Et elle est orpheline, tu sais, déclara-t-il, et il se jeta sur son grille-pain pour ne pas voir l'expression de stupeur qui se peignait sur le visage de sa mère.

*

Le regard ébloui de François n'avait pas échappé à Koba et tout son sang lui brûlait la peau tandis qu'elle suivait les allées du jardin sans presque toucher le sol. L'air du matin invitait au bonheur. Et ce jardin, et ces statues, et les roses encore enlacées aux colonnes.

« Pourquoi ne pas rester ? jusqu'à midi seulement. Remonter avec lui jusqu'aux fouilles et regarder une dernière fois avec lui la statue. Oh ! dire que nous ne remonterons plus sur la colline. Pourquoi ? Pour quelle raison ? »

Elle était arrivée auprès du petit car. D'un geste machinal elle ouvrit la porte du compartiment arrière et devant elle, à hauteur de ses yeux, elle vit son sac – un grand sac, haut comme celui des marins, tout en cuir, qui faisait partie des cadeaux que lui avait offerts son grand-père pour sa majorité. Et sur le sac devant elle, gravée dans le cuir, une couronne et les initiales fatidiques :

S. A. R.
K

Alors elle appuya son front trop lourd contre le sac.

« Je suis ensorcelée, souffla-t-elle. C'est ce pays, c'est Adélaïde, c'est moi, c'est lui. »

Elle se redressa brusquement. On lui avait appris à ne jamais rester abattue.

« Du courage. Dès que je serai partie, tout ira mieux. »

Elle empoigna son sac et entra dans le car pour s'habiller.

Dans la cuisine c'était un silence plein de pensées. Mme Fonsalette regardait par la vitre du jardin. Elle sentait bien l'émotion de François, rien qu'à la manière dont il lui tournait le dos. Il trouvait que Koba prenait du temps pour s'habiller : ce qui prouvait bien qu'elle n'était pas si pressée de passer auprès de lui les moments qui restaient. Il se faisait des idées – et sur ses sentiments aussi. « Elle me plaît, ça, elle me plaît – c'est son exotisme. Son accent. Elle pourrait réciter l'annuaire des chemins de fer, je serais sous le charme. Mais qu'est-ce que ça prouve ? Ce n'est pas ça l'amour. » – « Alors c'est quoi ? » souffla une voix au fond de lui. Il secoua la tête : « Non ! dès qu'elle sera partie, tout ira mieux. »

– Voilà Koba, dit Mme Fonsalette. Napoléon me disait qu'il la trouvait charmante, ajouta-t-elle.

– Ah ! dit François feignant la plus profonde indifférence.

Koba parut toujours de blanc vêtue : polo, pantalon, chaussures.

– Je vais voir mes invités, dit Mme Fonsalette.

– Tu ne déjeunes pas avec nous, maman ?

– Non, non !

– Oh ! si, madame, restez, dit Koba, avec tant de naturel que François souffrit de penser qu'elle ne souhaitait pas rester seule avec lui.

– Non, non, dit Mme Fonsalette. Il faut aussi que j'aille aider Napoléon.

Ils restèrent un instant debout l'un en face de l'autre, souriants.

– Asseyez-vous, fit-il en désignant un siège. Pas trop fatiguée ?

– Non.

– Je vais vous régaler. J'ai fait griller...

Il désigna le grille-pain... d'où s'échappait une fumée narquoise.

– Oh ! zut ! mes toasts !

Il se précipita, ôta de l'appareil deux croûtes noirâtres et se retourna penaud vers Koba.

– Ça ne fait rien, dit-elle, je n'ai pas très faim.

– C'est vrai ? questionna François, inquiet. Du thé, quand même ?

– Bien sûr.

Elle avança sa tasse, François saisit la théière, s'apprêta à verser puis se ravisa.

– Ah ! non, le lait d'abord ! C'est mon père qui m'a appris ça. Un jour je lui préparais son thé, je me souviens, il était déjà malade... Il m'a dit : « Petit, je n'aurai pas le temps de t'apprendre grand-chose, mais, toujours le lait avant le thé... Voilà... »

– François... commença Koba.

Elle avait envie de lui dire... quoi ? Peut-être qu'elle ne l'oublierait jamais ?

À ce moment la porte s'ouvrit. Napoléon, jovial, fit irruption dans la cuisine.

– Ah ! ça fait plaisir de voir manger cette jeunesse ! Pardon, dit-il. – Il attrapa deux saucissons qui pendaient. – Le saucisson est plébiscité !

Et il sortit.

Mais l'instant était passé.

François s'était servi du thé et tournait sa cuiller debout. Koba souriait.

– Mettez d'abord du sucre, dit-elle en lui tendant le sucrier.

– Ah ! c'est vrai !

Il se servit.

– Et asseyez-vous, vous serez mieux, conseilla-t-elle.

François s'assit, rêveur, absent, comme si elle n'était plus là.

– Vous ne mangez pas ? demanda-t-elle.

– Pas très faim non plus, dit-il avec une petite grimace.

– C'est la fatigue qui fait ça, ajouta Koba.

– Oui, sûrement... À propos de fatigue... dit-il un instant plus tard.

Il sortit de la poche de sa chemise la pièce d'or qu'il avait trouvée cette nuit-là et d'un doigt il lui fit traverser la table pour la placer en face de Koba.

– Tenez !

– Qu'est-ce que c'est ?... la pièce d'or que vous avez trouvée ?

– Oui, c'est votre salaire.

– Mais je n'accepte pas.

– Ça me ferait plaisir, vraiment plaisir, dit François. Au fond c'est vous qui avez mis la main sur la statue.

Koba hésita longuement puis saisit la pièce et, regardant François, dit :

– Comme souvenir, alors.

– Si vous voulez.

Ils se regardèrent intensément.

C'est ainsi que les trouva Sylvain en entrant.

– Vous êtes pas avec les autres ? Vous avez bien raison, dit-il en empoignant une chaise.

Et il vint s'installer entre eux.

– C'est plus tranquille ici. Là-bas, comme je

suis le plus petit tout me passe sous le nez. Je reste avec vous. François, tu veux me faire une tartine s'il te plaît ?

– Je vais te la faire, moi, dit Koba d'une voix douce.

Elle commença à beurrer la tartine pour le petit, assis entre eux. Tous les deux pensaient la même chose et regardaient l'enfant.

– Il paraît que c'est vous qui avez trouvé la statue, Koba ? Et vous partez quand même ?

– Il le faut, dit Koba.

– On vous aurait bien gardée à travaillcr avec nous, hein, François ?

Il commença à croquer puis il dit la bouche pleine :

– C'est ça que je n'aime pas dans les vacances.

– Quoi donc ? dit Koba.

– À peine on se connaît, il faut se dire au revoir.

François et Koba rient.

Mme Fonsalette entre.

– François, si tu veux saluer nos amis, ils se dirigent vers leur car.

– Déjà ! dit Koba d'une voix rauque.

François se leva brusquement.

– J'y vais.

– Moi aussi, moi aussi ! dit Sylvain, sa tartine à la main.

Mme Fonsalette et Koba restèrent seules. Emues, embarrassées.

– Madame, on ne sait pas comment vous dire merci... Je n'oublierai jamais votre hospitalité, dit Koba qui sentait son français fléchir.

– Vous revenez quand vous voulez, dit Christine.

Dehors, François avait dit au revoir à chacun des Kurlandais. Les cousins excités s'empressaient autour d'eux. Lorsque Christine et Koba parurent ensemble, Rorik qui était le plus grand des Kurlandais ôta sa casquette, imité par tous ses compatriotes, et la main sur la poitrine cria :

– Kinder ! Lend Avignon hut hail hospe[1] !

– Danke ! Danke ! Danke[2] ! rugirent les Kurlandais tournés vers Christine qui dit à mi-voix à Koba :

– Je veux dire au revoir à chacun de vos amis.

Elle s'éloigna de Koba qui fit aussi quelques pas. François s'avançait à sa rencontre. Ils s'arrêtèrent.

– J'ai été très heureux de vous connaître, Koba, dit François.

– Moi aussi, dit Koba... et de travailler avec vous.

François lui tendit la main. Elle répondit par une pression bien ferme qui se prolongea pendant que François disait :

– On se reverra peut-être...

– Je l'espère, dit Koba, et comme il n'ajoutait rien d'autre : Voilà, dit-elle.

Leurs mains se séparèrent.

Elle se dirigea vers le petit car, à mi-chemin se retourna et dit :

– Merci pour...

Elle montrait la pièce qu'elle tenait entre deux doigts. François répondit par un geste qui voulait dire à la fois : « ce n'est rien », et « adieu ! ». Un dernier sourire. – Elle serre la pièce de toutes ses forces au creux de sa main.

Les autres étaient montés. Dieu merci, quelqu'un avait déjà pris le volant. Elle n'aurait pas eu la force de conduire.

– Adieu, Napoléon.

– Au revoir, mademoiselle, rectifia le vieux serviteur.

La portière claqua.

1. Enfants ! avant de quitter Avignon et notre hôtesse !
2. Merci ! Merci ! Merci !

Le petit car passa sous la voûte et tourna en direction des tours du Fort, escorté par les cris des cousins. Ceux-ci le suivirent jusqu'aux murailles de l'enceinte. Puis il disparut, happé par le tournant.

François n'avait pas bougé, il s'était assis, il s'était laissé tomber sur les marches de l'entrée. La jeune fille était partie et ça n'allait pas mieux.

Il sentit une petite main se poser sur son épaule. C'était Sylvain. Lui non plus n'avait pas couru jusqu'aux murailles.

– T'es triste ?

François haussa les épaules sans répondre.

– Moi aussi, dit Sylvain.

François lui sourit et lui caressa les cheveux.

– Tu aimerais la revoir ? dit l'enfant.

François fit oui de la tête.

– Alors, viens ! dit Sylvain en arrachant François des marches. Viens ! On va aller sur le gros rocher. On verra passer le car ! Allez, viens !

Et il entraîna son cousin à travers les allées de l'Abbaye.

– Que pensez-vous de tout ça, Napoléon ? demanda Mme Fonsalette en remontant vers l'Abbaye.

– Je trouve que ces rencontres culturelles ont du bon, madame, répondit-il avec un sourire malicieux.

Dans le car, Koba sait qu'elle va avoir mal pendant des kilomètres. Et peut-être pendant des jours et des semaines.

– Tu as l'air bien fatiguée, dit Selma.

– Je n'ai pas dormi.

– En tout cas personne n'a deviné que tu étais notre princesse.

– Personne, dit Koba, et elle serre très fort la petite pièce au fond de sa main.

François et Sylvain n'eurent pas longtemps à attendre pour voir le petit car apparaître.

– Les voilà ! Les voilà ! cria Sylvain en faisant de grands gestes. Hou ! – Hou ! – Hou ! – Hou ! – crie avec moi !

Il est déchaîné.

Mais le petit car passe tout en bas, tout blanc, tout sage et disparaît vers Avignon. Les bras de Sylvain retombent. François n'a presque pas bougé.

– Ils ne nous ont pas vus. T'aurais dû crier toi aussi, reproche Sylvain. T'as son adresse au moins ?

– Non.

– T'as pas son adresse ! – Sylvain n'en croit pas ses oreilles. – Moi, je leur demande toujours leur adresse... quand elles me plaisent, bien sûr, précise-t-il. T'aurais dû me le dire.

Tous deux regardent dans la direction du petit car évanoui.

– Comment tu vas faire, maintenant ? T'as plus qu'à te faire nommer ambassadeur en Kurlande !

François, amusé, hausse les épaules :

– Ambassadeur en Kurlande...

Puis son expression change, et il répète d'une façon différente, méditative :

– ... Ambassadeur en Kurlande...

Et tout à coup, il prend Sylvain par les épaules et le visage épanoui s'écrie :

– Mais oui !... Ambassadeur en Kurlande !

8

Les quelques jours qui séparaient François de son retour au Quai d'Orsay lui parurent longs.

Aussi, c'est le cœur plein de joie qu'il sauta de sa voiture dans la cour du Quai d'Orsay et tendit les clefs au « remisier » qui se chargeait de la garer.

– Bonnes fouilles, monsieur Fonsalette ? questionna celui-ci.

– Bonnes fouilles, Bazin, répondit-il guilleret.

Et il escalada d'un jarret vif le grand escalier.

– Bonnes fouilles, monsieur Fonsalette ? lui demanda le doyen des huissiers.

– Bonnes fouilles, Césaire.

Puis ce fut un de ses collègues :

– Bonnes fouilles, Fonfon ?

– Bonnes fouilles, mon bon ! dit-il sans s'arrêter.

Enfin il pénétra dans le bureau qu'il partageait avec le Duc de Roquefort-Chavignol. Celui-ci qui l'avait aperçu par la fenêtre l'attendait à bras ouverts. Ils se donnèrent une longue accolade.

Le huitième Duc qui réunissait en sa personne les branches bien connues de Roquefort et de Chavignol, deux gloires de notre pays, était un célibataire d'une cinquantaine d'années au cheveu blanc et dru, à l'œil bleu, à la mine moqueuse, grand gentilhomme, superbement courtois et totalement ruiné.

La véritable affection qu'il portait à François ne se manifestait qu'avec pudeur, et souvent sous le masque d'une ironie délicate et souriante. La pauvreté et les charges ayant mesuré ses ambitions, c'est sur François qu'Adalbaud de Roquefort-Chavignol avait reporté une partie de ses rêves. Il avait jugé François digne de figurer à ses côtés dans les salons les plus fermés de Paris que lui ouvraient son nom et ses titres. Et non content de se réjouir de tout ce qui pouvait survenir d'agréable à son ami il cherchait encore à être l'instrument de son bonheur, à l'aider de ses conseils, de ses relations, de son expérience.

– Comment va, mon cher François ?

– Comment va, mon Duc ?

– Je vous trouve une mine ! s'exclama le Duc en tenant François à bout de bras avec l'air de dire : Qu'est-ce que cela cache ?

– Oui, dit François en détournant les yeux, car rien n'échappait au regard perçant d'Adalbaud de Roquefort-Chavignol. Je me sens assez en forme.

Et il gagna son bureau à l'autre bout de la pièce.

– Et Madame votre mère ? dit le Duc en se rasseyant.

– Elle m'a chargé d'amitiés pour vous. Je vous remercie. Avez-vous pu faire un saut à Chavignol ?

– Hélas ! répondit le Duc d'une voix lugubre.

– À ce point-là ? questionna François.

– Mes chiens mangent gargantuesquement ! On dirait que le fait de ne pas chasser les affame.

Et le Duc tourna mélancoliquement les yeux vers une photo qui trônait sur son bureau et qui le représentait en grand équipage devant les chenils de Chavignol au milieu de ses trente-deux chiens. Cette meute, unique vestige de la splendeur passée des Roquefort et des Chavignol, avait été la plus belle du Royaume et, par fidélité à ce qui avait fait la fierté de ses aïeux, le huitième Duc se ruinait pour donner la pâtée quotidienne à ces voraces chiens courants. Et les maigres revenus du domaine ne suffisaient déjà pas à l'entretien du château.

– Mes toits fuient comme des passoires ! Nous avons compté 299 gouttières avec Lucas et Pastoureau !

– Comment vont-ils, vos vieux piqueux ?

– Vieux, vieux, archivieux ! Avec Pastoureau – qui passe les nonante cette année, eh oui ! – nous avons placé des bassines un peu partout, mais l'eau a débordé ! Jusque dans le grand salon. Vous savez, les sièges aux Fables de La Fontaine ? eh bien, ils sont perdus ! Le Loup et l'Agneau, mangés !

– L'un et l'autre ?

– Tous les deux ! Mes gens pleuraient ! J'ai supplié les Monuments Historiques de me couvrir. Réponse : « Supprimez vos chiens. » Les supprimer ? Je n'aurais même pas de quoi leur offrir la dernière boulette... Enfin ! conclut-il en haussant les épaules. Et l'Abbaye de Madame votre mère ?

– Eh bien, chez nous, c'est le contraire, répondit François, c'est le manque d'eau qui cause des ravages... Cependant d'étranges fleurs poussent dans nos jardins. Regardez.

Et François, qui avait tiré une photographie de son attaché-case, s'avançait vers le Duc et lui montrait une image de « la Demoiselle d'Avignon ».

Le Duc, d'abord muet, s'exclama transporté :

– Fonsalette, vous êtes béni des dieux ! Où avez-vous volé cette merveille ?

– Je l'ai ramenée des Enfers, dit François en riant.

Le Duc ne tarissait pas d'éloges, sur le visage, sur les draperies, sur le galbe de la poitrine...

Tout à coup il s'arrêta net au milieu de ses compliments et poussa un cri en regardant François :

– Mon Dieu ! Vous allez encore vouloir nous quitter !

François se contenta de sourire.

– Cette jolie personne a dû ranimer en vous le goût des chantiers du désert. Vous allez vouloir rejoindre le Moyen-Orient !

– Détrompez-vous, répondit François. Je veux partir, en effet, mais dans une autre direction. – Et, après avoir pris le temps d'amener son effet : Je songe à la Kurlande, laissa-t-il tomber en regagnant son bureau.

Le visage du Duc manifestait la plus grande stupeur.

– La Kurlande, répétait-il, hébété. Vous plaisantez ?

– En ai-je l'air ? dit François en se carrant dans son fauteuil.

Le Duc vint se planter en face de lui, de l'autre côté de son bureau.

– La Kurlande, répétait-il atterré, mais pour votre carrière, c'est la voie de garage ! D'ailleurs le poste est vacant depuis plusieurs mois. C'est à qui se débrouillera pour ne pas y aller.

– Voilà qui facilitera mes projets.

– Mais vous n'y songez pas ! Oh ! le pays est charmant !... Je fais partie des « Amis d'Adélaïde » et je suis membre du « Club Baltique ». Mais l'ambassade ! D'abord, il ne s'y passe jamais rien, et puis l'ambassade est une bicoque qui tient à peine debout. On ferme les pièces les unes après les autres.

– Je compte faire ma demande au Secrétaire général ce matin même.

– Mais ma parole, vous êtes amoureux ! s'exclama le Duc.

– Est-ce une question que vous me posez ? demanda François avec une insolence affectée.

Alors le Duc qui maintenant savait à quoi s'en tenir se mit à sourire et ce fut lui qui rougit jusqu'à la racine des cheveux, tandis que ses yeux devenaient d'un bleu liquide.

– Une question ? reprit-il, épanoui, si je m'étais laissé aller par mégarde à vous poser une question, je suis sûr que vous me pardonneriez car je viens d'avoir une idée qui ne peut que vous réjouir. – Et, décrochant le téléphone intérieur, il composa un numéro : Allô ? Reischoffen ? chargez-moi la Kurlande, voulez-vous. Nous descendons.

Et il entraîna François vers la salle de projection.

– C'est un documentaire réalisé par l'Office Royal de Tourisme kurlandais, dit le Duc en prenant place dans les rangées de fauteuils vides.

Ils n'eurent pas beaucoup à attendre avant de voir apparaître sur l'écran :

SANS ESSAYER N'AUCUN SUCCÈS !

Et le cœur de François se mit à battre tandis qu'il répétait, extasié : « Sans essayer n'aucun succès. »

– C'est leur devise, expliqua le Duc.

– Oui, oui, je sais, dit François d'un air entendu.

Et sur les premières images de mer le commentaire commença à se dérouler.

« Kurlandüm Kingdum. Biklisch !

« Le Royaume démocratique de Kurlande, souvent appelé à cause de sa forme la Sicile du Nord, est amarré dans les eaux de la Baltique entre le 50e et le 60e parallèle. »

François savourait le léger accent kurlandais du commentateur. D'ailleurs, tout lui paraissait bien : le vent caressait comme nulle part ailleurs, la mer battait comme nulle part ailleurs, la neige tombait comme nulle part ailleurs... Dire qu'elle était là-bas !

« Une terre où chacun est heureux », précisait le commentaire accompagnant des visages blonds et souriants.

– On ne voit pas des gens comme ça en France !

– On en voit peu, reconnut le Duc.

– Et ces rennes ! Est-ce qu'on voit des rennes comme ça par ici !

– Pas du tout, dit le Duc, ravi et un peu inquiet de l'état dans lequel il voyait François qui, à présent, s'extasiait sur les usines de harengs.

On voyait le hareng pêché, calibré, salé, séché, fumé, pendu, mangé, à la sauce, à l'huile d'otarie, au beurre de renne, à la confiture d'airelle, à l'alcool de lichen, etc.

– C'est bon le hareng ! rugit François tout à coup.

– Ce n'est pas mauvais, murmura le Duc, épouvanté.

Puis on quitta le hareng pour entamer le panégyrique de la Reine Adélaïde « Demoiselle d'Avignon. » Toute une iconographie illustrant sa naissance modeste, ses faits d'armes à la retraite de Russie, sa rencontre avec le prince Rollon, leur mariage d'amour, les naissances, le prince mangé par un ours – et puis le lilas, la musique, l'instruction, la langue française. Et le plus émouvant à la fin, une authentique photo de la Reine à la veille de sa mort en 1872 – et de là on passa au souverain actuel, presque octogénaire, beau, grand, mince, blanc de poil – son arrière-petit-fils – Erik XIV. On le voyait plonger dans la Baltique au milieu des glaçons.

– C'est une farce qu'il fait quelquefois aux ambassadeurs, souffla le Duc, mais François n'écoutait pas, fasciné par tous les dessins qu'on pouvait voir sur la peau du roi.

– Qu'est-ce qu'il a comme tatouages !

– Sa Majesté a beaucoup bourlingué, commenta le Duc.

On soulignait la simplicité de la famille royale. Une vue plongeante montrait le roi et ses petits-enfants faisant un carrousel à bicyclette dans une des cours du Palais d'Avignonburg. Puis le roi, en grand uniforme, s'apprêtant à diriger le Concert Royal.

– Ah ! Ah ! Le Concert Royal ! ricana François. J'ai un compte à régler avec le Concert Royal, moi.

À cet instant, l'interphone intérieur se fit entendre : « Monsieur Fonsalette est attendu chez M. le Secrétaire général. »

Les deux hommes se regardèrent surpris.

– En tout cas, je n'aurai même pas la peine de lui demander un rendez-vous, dit François en se levant.

– Vous n'avez pas changé d'avis ?

– Moins que jamais, dit François en jetant un dernier coup d'œil sur l'écran où venait d'apparaître le Prince Héritier Rollon, jeune athlète, compositeur réputé de musique moderne, qui tenait le piano dans l'orchestre royal, puis on annonça sa sœur cadette la princesse Kristina Adélaïde France, distinguée harpiste, et l'on vit apparaître le beau visage de Koba, mais François était déjà dans le couloir, prêt à faire sa demande au Secrétaire général.

Et le projectionniste jugea inutile de présenter à des fauteuils vides les quatre sœurs de la princesse et le jeune prince Kilpérik, dix ans, qui tenait la batterie.

*

Arrivé à l'étage du Secrétaire général, François se heurta à Félicien Dupont-Bridaine, grand garçon, myope, toujours égaré et portant en toute saison un ample cache-col pour prévenir d'éventuels refroidissements. De plus, ce matin-là, il avait à l'index qu'il tenait constamment en l'air un léger pansement à la manière de ceux que les petits enfants appellent « poupées ». Il était perdu.

– Dites-moi, mon cher Duc, commença-t-il en clignant des yeux.

– Je ne suis pas duc, cher ami, interrompit François, mais néanmoins si je puis vous être utile...

– Oh ! pardon Fonsalette, reprit Dupont-Bridaine. Figurez-vous que je me suis un peu égaré ! Je ne retrouve plus mon bureau !

– Votre bureau ? 3e étage, couloir C, 2e porte à gauche.

– Mais où sommes-nous ici ? demanda-t-il avec étonnement.

– Au premier, répondit François, exquis.

– Oh ! Toujours ? Je croyais avoir franchi un étage. Merci infiniment.

Et il s'engagea dans l'escalier du rez-de-chaussée.

« Rien à faire », pensa François en gagnant le bureau du Secrétaire général, qui marqua beaucoup de contentement de le voir.

– Bonjour, Fonsalette, dit-il en venant jusqu'au coin de son bureau. Vous arrivez d'Avignon ?

– Je suis rentré cette nuit, monsieur le Secrétaire général...

– Votre charmante mère... ?

– ... va bien, je vous remercie.

Le Secrétaire général, comme chaque fois qu'il évoquait Mme Fonsalette, ne manquait pas de rappeler à François qu'il avait été amoureux d'elle et qu'elle lui avait préféré son meilleur ami Pierre Armand Fonsalette. « Ce qui fait que je suis un peu de la famille, concluait-il. »

– Asseyez-vous, mon cher.

François s'assit dans le large fauteuil Louis XV qui faisait face au bureau du Secrétaire général.

– Fonsalette, je vous ai convoqué pour deux

raisons. La première – qui me désole ! – est qu'il n'y a aucun poste de libre en ce moment vers le Moyen-Orient.

– J'en suis enchanté, monsieur le Secrétaire général, glissa François. Je ne souhaite pas actuellement aller en Orient et justement...

– Ah ! tant mieux ! s'exclama le haut fonctionnaire en interrompant François. Vous m'en voyez ravi ! Vous êtes tous si difficiles à placer sur l'échiquier diplomatique !

Puis il rit pour lui-même en hochant la tête.

– Quoique, parfois, reprit-il, il y ait de bons moments ! Figurez-vous, mon cher, que ce matin même j'ai réussi à refiler la Kurlande à ce niais de Dupont-Bridaine !

Un abîme s'ouvrit sous le fauteuil de François qui eut tout juste la force de gémir :

– Non !

– Si ! reprit jovialement le Secrétaire général. Je l'ai fait nommer ambassadeur en Kurlande ! Il ne manque que la signature du Premier ministre, mais on peut considérer que c'est chose faite. Est-ce que ce n'est pas drôle ? ajouta-t-il en quêtant une approbation de son vis-à-vis.

François réussit à produire un grincement de poulie qui parut contenter le Secrétaire général, lequel reprit :

– Au moins, s'il ne fait pas de bien là-bas, il ne pourra guère faire de mal. Car je dis « ce niais », je devrais dire ce dangereux Dupont-Bridaine. Il a failli nous faire avoir la guerre avec Abderhaman ben Ahmed, l'Emir d'Omouk. Figurez-vous, myope comme il l'est, qu'il a pris l'Emir pour une femme, l'a appelé madame tout au long de l'audience, et comme l'Oriental n'a de goût que pour les dames, il y vit une perfidie. Nous avons dû réembarquer, et, sans les hautes protections de son père, Dupont-Bridaine eût dû être débarqué, lui. Vous nous voyez avoir une guerre avec l'Emirat d'Omouk ! Nous eussions été la risée des chancelleries ! conclut en riant le diplomate qui ajouta devant la mine de François : Mais je vois que je ne vous fais pas rire.

– Mais si, mais si, répondit François d'une voix lugubre.

– Ah ! je vieillis sans doute et ne le vois pas, reprit avec mélancolie le Secrétaire général. Mais je plaisante comme un drogman et j'oublie la seconde raison de cette entrevue. Hier j'ai eu l'honneur de souper avec notre ministre de la Joie de Vivre – qui s'inquiétait de votre retour, dit-il en souriant. Quand je lui eus fait savoir que je vous espérais pour aujourd'hui matin, on me chargea de vous dire qu'une audience vous serait réservée à 13 heures. Commission dont je m'acquitte.

François, incapable d'articuler un mot, s'inclina du buste. Et le Secrétaire général se leva.

– Allez, François, dit-il en le prenant par l'épaule, n'oubliez jamais que je suis votre ami dans cette maison, et si vous le permettez, votre bienveillant protecteur.

– Je n'ai garde de l'oublier, monsieur le Secrétaire général, dit François d'une voix étranglée en franchissant le seuil du bureau.

Il s'avança en titubant dans le couloir, et au premier détour il fut violemment heurté par Dupont-Bridaine.

– Ah ! Faidherbe ! dit celui-ci. Vous êtes mon sauveur ! Figurez-vous...

François l'interrompit :

– 3e étage, couloir C, 2e porte à gauche.

– Ah ! mais vous n'êtes pas Faidherbe ! dit Dupont-Bridaine, les paupières serrées en le voyant passer.

« Et dire que cet imbécile fait mon malheur », pensa François avec déchirement.

Il était si abattu qu'aucune pensée consciente n'arrivait à prendre racine dans son esprit.

– Alors ? jeta le Duc dès que son ami eut ouvert la porte du bureau.

– C'est la catastrophe, répondit François, Dupont-Bridaine vient d'être nommé ambassadeur en Kurlande !

– Pas possible, gémit le Duc. La Sicile du Nord n'avait pas mérité ça !

– Ni moi non plus, dit François en se laissant tomber sur la chaise de son bureau. Ah ! c'est vrai, ajouta-t-il presque aussitôt en se relevant.

Il rangea quelques papiers.

– Vous partez ? questionna le Duc.

– Convoqué à la Joie de Vivre, répondit François en prenant la direction de la porte.

– Tiens, tiens, dit malicieusement le Duc.

François se retourna comme piqué par un taon.

– Quoi : « Tiens, tiens » ? dit-il avec une certaine brusquerie.

– Rien, rien, repartit le Duc – à qui néanmoins François sourit avant de refermer la porte.

*

François montait lentement le grand escalier du ministère de la Joie de Vivre.

Au sommet l'huissier qui le reconnut lui dit que M. le Ministre avait été retenu par le Conseil du matin, et en même temps il appuyait sur un bouton rouge placé à portée de main sur la table. Peu après, une porte s'ouvrit et Frémiot, secrétaire particulier du ministre, vint au-devant de François, le fit asseoir et lui répéta que M. le Ministre le chargeait de bien vouloir l'excuser, que M. le Ministre allait le recevoir d'un instant à l'autre. Puis il se retira, pensant que M. Fonsalette avait l'air contrarié pour bien peu de chose.

Toujours sous le coup de la mauvaise nouvelle, François n'avait pas encore tout à fait réintégré la réalité. Il demeurait plus assommé que peiné et ce n'est que progressivement qu'il découvrait toute la signification du désastre. Paradoxalement il lui semblait que c'était Koba qui s'était éloignée et que la Kurlande avait reculé jusqu'au fond de la Baltique. Aussi ne s'interrogeait-il nullement sur ce que le ministre pouvait bien lui vouloir. Il flottait dans un océan de stupeur.

La grande porte du bureau ministériel s'ouvrit pour livrer passage à un homme âgé, lourd et fort que Frémiot suivait avec une précipitation un peu affectée :

– Par ici, monsieur, je vous en prie... Si vous permettez...

Il adressa un sourire au passage à François tout en continuant à cornaquer l'imposant vieillard qui devait être un peu dur d'oreille à en juger par le diapason auquel avait recours le secrétaire.

– Au revoir, monsieur le Président. Mes respectueux devoirs !

Puis il revint vers François qui s'était levé machinalement.

– Monsieur le Ministre vous attend, monsieur.

– N'est-ce pas Dupont-Bridaine qui vient de sortir ? questionna François.

– Lui-même, monsieur, répondit Frémiot. Le grand Dupont-Bridaine, le père, précisa-t-il avec un sourire à l'adresse de François. Si vous voulez bien me suivre, monsieur.

Et François pénétra dans le bureau du ministre tandis que Frémiot se retirait en fermant la porte. Le ministre, qui était au téléphone, lui fit signe d'approcher et lui tendit une main que François effleura de ses lèvres, reconnaissant un parfum qui lui avait été longtemps familier.

– Bonjour, souffla le ministre, qui ajouta précipitamment en secouant sa tête bouclée : « Non, non, mon cher Président, ce n'est pas à vous. Je disais bonjour à quelqu'un qui vient d'entrer dans mon bureau ! » avec une mimique à François signifiant qu'il s'agissait d'un raseur. « Oui... oui... mais j'ai bien l'intention d'en parler ce soir dans mon face à face à la Télévision ! »

François n'avait pas revu Nicole Lapierre depuis plusieurs mois. Et malgré son souci actuel il ne put s'empêcher d'être sensible à la grande beauté du ministre. Ses traits réguliers, son teint, le grain de sa peau avaient le même caractère de fraîcheur qui l'avait tant frappé lorsqu'il avait fait la connaissance de Nicole quatre années plus tôt. Le même air appliqué aussi, la même capacité de travail, de concentration qui lui permettait, tout en écoutant son interlocuteur, d'annoter un rapport, de consulter un dossier et même de glisser à François en mettant sa main devant le combiné : « Nous déjeunons chez Lasserre. Tous les deux », et d'enchaîner avec un parfait naturel : « Mon cher Président, plus je vous écoute, plus je suis convaincue de la justesse de votre position ! »

« Que de chemin parcouru, depuis les sables de la Syrie ! songeait François. Elle était faite pour cette vie et ne le savait pas. Le destin trouve toujours ses voies. En dépit de notre inclination nous n'étions pas faits pour partager la même existence. »

Mais Nicole n'avait jamais compris leur rupture.

« Au revoir, cher Président, mes amitiés à Gladys ! Au revoir ! » conclut-elle. Tandis qu'on entendait encore la voix désespérée du « Président » qui voulait prolonger l'entretien.

– Si on se laissait faire... murmura-t-elle en raccrochant. Bonjour, François, dit-elle.

Et le sourire dont elle accompagnait ces simples mots la rendait plus belle encore.

– Bonjour, monsieur le Ministre, répondit François en s'inclinant dans son fauteuil.

– J'ai beaucoup de choses à vous dire... Et d'abord, comment allez-vous ?

– Très bien, monsieur le Ministre, et vous ? questionna François en souriant.

– Ça vous amuse de m'appeler monsieur le Ministre ? demanda Nicole légèrement agacée.

– Non, mais je ne vois pas comment vous appeler, dit François avec beaucoup de mauvaise foi.

– Et si vous m'appeliez Nicole ? répondit le ministre, décidé à la patience.

– Appeler Nicole un homme d'État ! se récria François avec une feinte indignation.

– Vous étiez plus gentil autrefois, fit observer l'homme d'État.

– Vous n'étiez pas ministre !

– C'est bien ce que je pensais : vous êtes inhibé !

– Moi ! s'exclama François avec un sursaut de révolte.

– Je veux retrouver le garçon qui descendait avec moi dans les tombeaux des Rois phéniciens, reprit Nicole. C'était si merveilleux ! J'ai beaucoup pensé à tout ça ces derniers temps. Moi, je ne peux pas revenir en arrière, le musée du Louvre, les fouilles, c'est fini – ce qui compte, c'est ça, dit-elle en tapant sur son bureau. Ma situation vous gêne, je le comprends, il y a un remède : soyez ministre !

– Ministre ! moi ! s'exclama François totalement ahuri.

– Vous, François Fonsalette, reprit le ministre imperturbable.

– Mais je n'en ai pas envie ! se défendit François.

– Vous n'en savez rien !

– Mais si ! insista François avec véhémence.

– Vous n'êtes pas normal ! reprit Nicole avec impatience. Tout le monde a envie d'être ministre. Surtout en France. Vous dormez bien ?

La sonnerie du téléphone intervint avant que François ait eu le temps de répondre. Elle décrocha d'un geste agacé :

– Soyez gentil, Frémiot, ne me passez plus de

communications ! Merci. Ah ! Frémiot, allez déjeuner.

Elle raccrocha. Puis elle fit le tour de son bureau et vint se placer devant François.

– Cher François, dit-elle en le contemplant longuement. – Et François sentit une vague menace peser sur lui. – Cher François, répéta-t-elle, j'ai décidé de m'occuper de vous.

François, mal à l'aise, s'agita dans son fauteuil.

– Tout en déjeunant en tête à tête, continua-t-elle, je vous parlerai d'un projet de collaboration entre la Joie de Vivre et les Affaires étrangères qui me tient à cœur. J'ai dans la tête la création d'un poste qui serait un excellent marchepied pour...

Elle fut interrompue une nouvelle fois par la sonnerie du téléphone. François ne put s'empêcher de rire.

– Quoi ? aboya-t-elle en décrochant.

Un instant de silence, et une immense stupeur se peignit sur ses traits pour faire place bientôt à une colère véhémente.

– Hein ? Mon face à face est annulé ? Ce n'est pas possible !... Malade ! il n'est pas malade, il a peur !... Remettre ! Mais il n'est pas question de perdre mon temps d'antenne ! Ah ! non ! – Remplacer ? Mais par quoi ?

Le ministre fit la moue au téléphone :

– Pour une Renaissance des Fêtes Locales et Vieilles Traditions Populaires ? – Oui, évidemment, on peut en assimiler le substrat à la Joie de Vivre, mais c'est un sujet que je connais mal. N'importe, je vais m'y mettre tout de suite, attendez ! – Elle se pencha vers l'interphone et pressa le bouton : Frémiot ? Vous n'êtes pas parti ? Tant mieux ! vous ne partez plus ! Réunissez-moi tout de suite une documentation « Fêtes Locales et Vieilles Traditions Populaires ». Nous parlons ce soir à la T.V., dit-elle avec majesté. Et faites monter des sandwiches et du lait !... Vous préférez la bière ? Eh bien, faites monter de la bière, Frémiot ! Vous n'êtes plus un enfant. – À François : Si je ne fais pas tout moi-même ! – Puis, reprenant le téléphone : Allô ? Vous êtes toujours là ? Bon, alors c'est d'accord... Mais non, ne vous inquiétez pas. Je serai prête... Mais non, ce ne sera pas trop dur. Courage ! À ce soir !

– Et voilà ma vie, conclut-elle en raccrochant. Il faut en plus que je leur soutienne le moral, ajouta-t-elle en désignant le téléphone.

– Vous me croirez si vous voulez, dit-elle en revenant auprès de François, je n'ai encore jamais pu trouver un homme qui ait le cran de paraître dans un Face à Face avec moi !

– Mais je vous crois, dit François avec une conviction amusée.

– Ce serait si charmant un Face à Face avec vous. Oh ! mais c'est idiot ! et notre déjeuner !

– Ça n'a pas d'importance, dit François.

– C'est gentil de le comprendre, dit le ministre tout en le poussant fermement vers la porte. Promettez-moi que nous déjeunons ensemble au début de la semaine prochaine. Il le faut ! J'ai absolument besoin de cette conversation. À très bientôt, François. À très bientôt ! Je m'occupe de vous plus que vous ne pouvez l'imaginer. Vous verrez ! Vous verrez ! Posez ça là ! dit-elle à un Frémiot lugubre, portant un plateau chargé de lait, de bière, de sandwiches et de feuilles de salade, qu'ils croisèrent sur le seuil. Et prenez un bloc, nous commençons tout de suite. Au revoir, cher François, je vous ferai signe au début de la semaine prochaine. Qu'est-ce que la Joie de Vivre ? lança-t-elle à l'adresse de Frémiot, tandis que François lui baisait la main. « La Joie de Vivre... »

Le reste fut étouffé par la porte capitonnée que referma François.

*

En venant reprendre son travail, le Duc de Roquefort-Chavignol vit sur le bureau opposé au sien une grande carte déployée. De François il n'aperçut qu'une main qui tenait la carte, tandis que l'autre aveugle cherchait sur le bureau la soucoupe où reposait un sandwich à peine entamé.

Le Duc sourit en reconnaissant par transparence la forme caractéristique de la Kurlande.

François ne l'avait même pas entendu entrer. Tout à sa passion, il dévorait le territoire inaccessible de Kurlande, tel Moïse sur le Mont Nébo, contemplant la Terre Promise.

– Eh bien ? jeta le Duc.

La carte s'abaissa, découvrant le visage de François comme tuméfié, si l'on peut dire, par la contrariété et la rêverie. C'était une expression d'une douleur si comique que le Duc en rit.

– Que se passe-t-il ?

– Puni, dit laconiquement François, se réfugiant à nouveau derrière sa carte.

– Puni ? répéta le Duc.

– Oui. Privé de déjeuner. Décision ministérielle. Le ministre m'a dit : Soyez ministre. J'ai dit : non. Voilà.

– Vous avez bien fait, répondit le Duc. Les ministres sont des denrées périssables. Vous dînerez mieux ce soir.

– Je ne dînerai pas, dit une voix morne derrière la carte.

– Vous ne dînerez pas ? reprit le Duc en s'avançant.

– Je n'ai pas le cœur à ça.

– Eh bien, mon cher, vous dînez !

– Je dîne ?

La carte s'abaissa. François vit le Duc, l'œil narquois, debout en face de lui.

– Et savez-vous avec qui ?... Avec Félicien Dupont-Bridaine ! Oui, mon bon !

– Mais comment ?...

– Comme ça. Une petite idée de votre serviteur, dit le Duc d'un ton satisfait. J'ai rencontré Dupont-Bridaine qui cherchait son bureau dans les... enfin, là où n'est pas son bureau. J'ai considéré sa mine frileuse et j'ai pensé que dîner avec lui servirait peut-être vos affaires... Mais chut ! dit le Duc en faisant une petite pirouette pour regagner son bureau.

*

Le dîner eut lieu à la cantine (confortable) du Quai d'Orsay. Ils avaient placé Dupont-Bridaine entre eux, cela faisait partie du plan du Duc qui croyait à l'efficacité des tirs croisés.

Le repas s'était déroulé sans que le nom de la Kurlande ait été prononcé. Dupont-Bridaine avait été chapitré par le Secrétaire général sur la discrétion à observer en telle matière. Les deux amis s'étaient contentés de peindre en termes idylliques les différents pays où ils avaient été en poste. Et c'était un jeu entre eux d'exagérer jusqu'aux limites de l'incroyable les charmes dont ils avaient été comblés. Pour l'heure, le Duc, lyrique, les avait entraînés à Vienne :

– Et nous montions à Grindsing en calèche ! Les tziganes suivaient en raclant leurs violons... Ah ! mes amis, le vin ! les chants des filles ! J'étais invité partout !

– C'est curieux, je n'ai jamais pu avoir Vienne, murmura Dupont-Bridaine avec un étonnement rêveur.

– Et le Prater ! continuait le Duc, l'Hôtel Sacher !

Il appela le garçon :

– Edmond ! Vous n'avez pas de Sacher Torte ?

– Non, monsieur le Duc, répondit Edmond d'une voix éplorée. J'ai juste des diplomates.

– Des diplomates, je me méfie !

– Quel esprit ! quelle soirée ! murmura Dupont-Bridaine, ébloui.

– Comment sont-ils ?

– ... comme ça, monsieur le Duc, répondit Edmond avec un geste expressif.

– Alors gardez-les ! repartit le Duc, superbe. J'avais mon rond de serviette au Sacher, comme un archiduc d'avant Sarajevo. Ce que j'ai pu manger comme gâteaux !

– Mais pourquoi avez-vous quitté Vienne ? demanda Dupont-Bridaine.

– Mes chiens, mon cher, mes chiens !

Et le Duc, tragique, expliqua comment sa meute et les cris de ses vieux serviteurs l'avaient rappelé en France.

– Et depuis je n'ai plus quitté le Quai.

– Mais vous, cher Dupont-Bridaine, vous avez dû connaître les Mille et Une Nuits ? interrogea François. Vous avez dû être gâté-gâté pendant votre passage à l'Emirat d'Omouk.

– L'Emir ne pouvait pas me voir, dit tristement Dupont-Bridaine.

– J'aurais plutôt cru le contraire, dit François sur le point de prendre une gorgée de vin.

Il fit une grimace de dégoût.

– Edmond ! On ne pourra donc jamais boire ici que les vins du Kruchon ?

– Je sais bien, monsieur Fonsalette, tout le monde se plaint.

– Je n'exagère pas, ils sont infects ?

– Peut-être bien, monsieur Fonsalette, répondit Edmond avec une moue d'ignorance.

– Vous n'en buvez pas ?

Edmond parut choqué.

– Jamais, monsieur Fonsalette ! Les vins du Kruchon sont réservés à ces messieurs !

– C'est l'assassinat concerté du corps diplomatique ! s'indigna le Duc. Un peu de vin, Dupont-Bridaine ?

– Non, non ! dit l'ambassadeur pressenti en mettant vivement les deux mains sur son verre.

– Vous riez, renchérit François. Mais on a vu des crimes encore plus étranges.

– Mais je ne ris pas, répondit Dupont-Bridaine avec une mine apeurée.

– Je suis sûr que si l'on savait le fin mot de l'affaire Badinguet... enchaîna François, fin mot que vous savez, mon cher Adal !

Le Duc fit mine de se défendre comme s'il s'agissait d'un lourd secret d'Etat.

– Badinguet ? N'est-ce pas lui qui avait la Kurlande ? demanda Dupont-Bridaine légèrement inquiet.

Le Duc avant de répondre échangea avec François un coup d'œil chargé d'intention – bien visible pour qu'il n'échappât point à la myopie de Dupont-Bridaine – vers qui il se tourna enfin.

– Comme vous dites ! Il *avait* la Kurlande.

Et il délivra ses derniers mots avec une intonation particulièrement angoissante.

– Pauvre Badinguet, dit-il en hochant la tête.

À quoi François fit écho d'une voix lugubre :

– Pauvre Badinguet !

Dupont-Bridaine, vivement inquiet, regardait tour à tour les deux hommes en qui il voyait deux dépositaires des secrets de la République. Et, brûlant d'en savoir davantage :

– Il ne s'est pas plu là-bas ? demanda-t-il d'une voix timide.

Un double ricanement accueillit sa question.

– Pas plu ? rugit le Duc. Mais qui se plairait, oublié par son gouvernement sur une banquise, au milieu d'hommes de Neandertal qui vous jettent du poisson cru comme à des otaries !

– Par exemple ! fit Dupont-Bridaine.

– Aux arrêts dans une ambassade où les salles de bains n'ont jamais fonctionné. Livré à un souverain sadique qui reçoit ses lettres de créance en se baignant dans la Baltique gelée !

Les yeux remplis de terreur, Dupont-Bridaine serrait son cache-col autour de lui.

– Enfin, dit le Duc en soupirant, depuis la semaine dernière nous avons la certitude qu'il vivra.

– Badinguet ? interrogea Dupont-Bridaine d'une voix étranglée.

– Lui-même. Les crises d'angoisse, les hallucinations s'espacent. Il reprend peu à peu ses esprits.

– À ce point-là ? gémit Dupont-Bridaine, franchement épouvanté.

– Vous n'imaginez pas ce qu'a été son calvaire là-bas. Enfin, avec du temps et du repos il redeviendra peut-être, *peut-être,* un homme normal.

– Comme vous êtes sensible, dit François à l'adresse de Dupont-Bridaine qui s'agitait sur son siège, soupirait, était secoué de mouvements nerveux.

– Pardonnez-moi, dit celui-ci en se levant, il faut que je téléphone tout de suite à papa.

Et il se précipita vers la cabine téléphonique.

– J'ai fait de mon mieux, dit le Duc essoufflé par sa tirade.

François était transporté de joie :

– Je crois que c'est gagné. Vous avez été merveilleux, Adalbaud ! Je n'oublierai jamais ce que vous avez fait ce soir !... Ça s'arrose ! Edmond !... Oh ! zut ! j'avais oublié les vins du Kruchon !

– Que ces messieurs n'aient l'air de rien, dit Edmond d'un air mystérieux, en versant dans leur verre le contenu d'une bouteille qu'il avait dissimulée. Celui-là, c'est du bon, c'est le mien.

Une demi-heure plus tard, François, exalté, arpentait à grands pas le Pont Alexandre III. Il parlait au Duc, à la nuit, aux étoiles. Il se voyait déjà en Kurlande.

– Vous savez, François, dit le Duc heureux de voir la joie de son ami, je dois honnêtement vous prévenir : la banquise, les hommes de Neandertal, le poisson cru, j'ai un peu exagéré. Mais pour les salles de bains de l'ambassade, c'est vrai !

– Qu'à cela ne tienne ! je me jetterai au milieu des icebergs, je me laverai dans les fjords cristallins, je me roulerai nu dans la neige !

– À ce point-là ! dit le Duc en suspendant sa marche.

– Mais vous m'avez rendu la vie, Adalbaud ! dit François en prenant son ami par les épaules.

Ils reprirent leur promenade.

– Curieux destin que le mien. Je le faisais observer à ma mère, il suffit que je m'intéresse vraiment à une femme pour que sa vie prenne un cours fantastique. À croire que je leur porte bonheur. La petite danseuse devient milliardaire. Le conservateur de musée, ministre !

– Justement, dit le Duc, j'étais encore à Vienne quand a débuté la carrière politique de Nicole Lapierre. Comment expliquez-vous la fulgurante rapidité de son ascension – indépendamment du sort que vous lui aviez jeté ? ajouta le Duc en souriant.

François lui expliqua que rentrant à Paris après ses investigations en Syrie elle avait paru à la T.V. dans une série d'émissions intitulée « Retour de Fouilles ». Ç'avait été un triomphe.

– D'ailleurs vous l'avez sans doute vue à la T.V. depuis. Avouez que c'est un phénomène. Personne n'existe auprès d'elle. Elle crève l'écran.

– C'est vrai, reconnut le Duc.

– Eh bien tout a commencé avec la mort du vieux maire de son village natal en Vendée. On la persuada de se présenter à l'élection qui suivit. Elle fut élue. Et vous devinez la suite. Grâce à la Télévision : maire, conseiller général, député, ministre. Si bien que quand je rentre, plus de Nicole : Monsieur le Ministre !

– Vous n'avez vraiment pas de chance ! dit le Duc en riant.

– Mais cette fois, dit François avec un soupir de bonheur, je crois que j'ai mis la main sur une vraie Cendrillon.

– Et vous ne craignez pas, avec vos antécédents, que brusquement elle gagne un concours ou hérite elle aussi ? demanda malicieusement le Duc.

– Hériter ? Elle est déjà orpheline ! dit François d'un ton épanoui. Et elle a un nombre incalculable de frères et de sœurs. Non, ça sent la famille méritante. Et puis, je l'ai vue fouiller ! C'est une petite qui a été habituée à la dure. Il faut la voir au volant de son camion.

– Son camion ! Fichtre ! fit le Duc.

– Enfin son petit véhicule, son petit car, je ne sais pas comment ça s'appelle... Ils ont dû arriver cette nuit dans l'île, dit brusquement François en regardant le ciel. Oh ! elle est... ! Mais je vous ennuie peut-être ?

– Du tout ! Du tout !

– Je parlerais d'elle toute la nuit, dit François en reprenant sa marche. – Puis après un instant de silence : D'ailleurs je lui ai demandé si elle était riche.

– Et qu'est-ce qu'elle a répondu ?

François, attendri, hocha la tête.

– Elle a ri, la pauvre ! Et puis elle m'a dit avec son délicieux accent : « Non, je ne suis pas riche, mais nous habitons une jolie maison. »

9

Oui, ils habitaient vraiment une jolie maison. L'immense Palais d'un rose passé, couvert d'un toit couleur d'aigue-marine, s'élevait au bord de la Baltique comme s'il jaillissait des eaux de la mer, cette chère mère, la mer dont les Kurlandais ne pouvaient jamais s'éloigner trop longtemps.

C'était l'aube, les oiseaux et les bêtes s'éveillaient dans le parc Royal; le grenadier d'Adélaïde, au garde-à-vous près de la grille, bonnet de fourrure, uniforme bleu, baïonnette au canon, impassible et immobile, sentit le froid le pénétrer. Il pensa que l'hiver était proche et cela le remplit de joie. Bientôt la neige tomberait et on pourrait se rouler torse nu dans les champs poudreux, plonger dans les eaux chargées de glaçons ! Quel agréable pays que la Kurlande ! Cette nuit la Princesse Royale était revenue de voyage. Elle avait l'air bien fatiguée au volant de son petit car. Elle devait dormir encore. Il lui avait rendu les honneurs, cri de guerre, triple piétinement, retomber au garde-à-vous, deux pas en arrière, présenter armes. La Princesse avait ri : « Thor, avait-elle dit (elle se souvenait toujours des noms), je crois que tu me fais trop d'honneurs, tu me prends pour Sa Majesté ! »

C'est vrai, il lui avait rendu les grands honneurs. Mais parce qu'il ne connaissait pas au monde une fille plus sympathique qu'elle. Rrrrrah ! Rrrrrah ! Rrrrrah ! pensa-t-il avec force. Quel agréable pays que la Kurlande !

*

Dans sa chambre aux rideaux fermés, elle dormait. Ses longs cheveux blonds s'étalaient sur l'oreiller de dentelle au coin brodé d'une couronne. Contre la fatigue, contre les pensées le sommeil était un refuge. Pas pour longtemps. Déjà le cérémonial se mettait en marche. Une jeune femme de chambre, pékiné bleu et amidon blanc, portant le plateau du petit déjeuner, parcourait les vastes salles, montait les escaliers de marbre, voyait s'écarter devant elle les grenadiers de la garde d'Adélaïde, s'ouvrir les portes à double battant et pénétrait enfin dans la chambre de la princesse.

Au même instant, par la porte des petits appartements, Gudule, Première Dame d'Honneur du Palais et Gouvernante des Enfants Royaux, entrait également et s'approchait du lit, tenant entre ses mains sèches une longue chemise de dentelle et linon blanc. Les doubles rideaux de brocart glissèrent sur leur tringle, le jour se répandit dans la pièce. Gudule déposa au pied du lit la chemise, si durement empesée qu'elle tint debout toute seule, et dit d'une voix forte :

– Bonne journée à Votre Altesse ! Bonne chemise et cœur joyeux ! et elle termina le protocole du réveil en frappant des mains et en criant : Gudlich ! Gudlich[1] ! si vigoureusement que la malheureuse princesse ouvrit sur

1. Bénédiction ! Bénédiction !

le monde des yeux encore embrumés de sommeil.

Mais en voyant auprès d'elle la chère vieille Gudule qui les avait tous élevés, la petite Julie qui était sa femme de chambre préférée, Koba sourit et tendit les bras.

La vieille dame d'honneur se précipita mais d'abord baisa la main de la jeune fille avant de la presser sur son cœur.

– Mon petit tröll est de retour !

– Quelle heure est-il ? soupira faiblement Koba.

– Il est 6 heures, bien sûr, l'heure du réveil au Palais, comme toujours et quoi qu'il arrive.

Koba venait de découvrir avec stupeur l'antique chemise, raide comme un piquet.

– Qu'est-ce que c'est que ça ?

Gudule récita, fière de son savoir :

– La Première Dame d'Honneur du Palais présentera la chemise à la Princesse Royale revenant d'un séjour à l'étranger !

– Suis-je obligée de la mettre ? demanda la jeune fille, très inquiète.

– Non, mon flocon de neige, geste purement symbolique. Tiens, voilà ton petit déjeuner.

Julie plaça la table de lit sur laquelle reposait le plateau de vermeil devant la princesse.

– Bienvenue à Votre Altesse ! dit la jeune fille avec une profonde révérence.

– Merci, Julie, tu vas bien ?

– Crûment bien, et toi, ma princesse ?

Koba, rêveuse, regardait les deux femmes et le décor habituel de sa vie, le grand portrait d'Adélaïde, les photos du Roi, de ses parents, des princes et des princesses, sa harpe... elle étouffa un soupir, puis son regard revint sur le plateau du petit déjeuner avec son service en pâte tendre de Kurlande et elle eut soudain très faim. C'était si délicieux ce qu'il y avait sur ce plateau ! Du lait de renne bouillant, du poisson cru avec de la confiture d'airelles, du pain de lichen, et même des snuppes[1] ! Oh ! des snuppes, quel régal !

Gudule, heureuse, la regardait manger avec appétit.

– Et la France ? demanda-t-elle.

– La France ? Adorable...

Mais Koba ne voulait pas s'attarder sur la France. Elle dit seulement à la vieille dame qu'elle lui avait rapporté de la lavande et des escargots.

– Des escargots ! s'extasia Gudule. Mais c'est tellement raffiné !

Les snuppes étaient divins. Koba le dit et demanda des nouvelles du Roi.

Le Roi allait bien mais il n'était pas raisonnable. À soixante-dix-huit ans il avait plongé l'autre matin du balcon de la Salle des États devant l'ambassadeur d'Espagne.

– Cher pappi ! s'écria Koba. Et l'ambassadeur ?

L'ambassadeur avait été malade. Mon Dieu ! aurait-il plongé aussi ? Un éclat de rire méprisant remit à sa place le représentant de toutes les Espagnes. Il avait été malade de saisissement, un point c'est tout. Jamais personne n'avait plongé à la suite du souverain de Kurlande et sans doute jamais personne ne plongerait.

– Klick pru zo kurli thassa[2] ! dit la princesse.

– Rima Gala – Thassa mara[3] ! dit Gudule, tandis que Julie s'abîmait dans une profonde révérence.

Un coup à l'horloge du Palais fit sursauter Koba. Repoussant la petite table, elle bondit hors du lit, légère, et, ce faisant, fit glisser sur le parquet une chose brillante et minuscule qui vint atterrir aux pieds de Gudule. Devançant Julie, la

1. Les snuppes : Mélanger du poisson de mer écrasé et du sucre candi grossièrement pilé à de la pâte à beignets, jeter dans la friture bouillante et consommer très chaud. (Recette extraite du livre : *Dïe good Kurlandish Kook*, Nielsen Editor.)

2. Les Kurlandais sont tous fils de la mer !

3. La terre est un port – La mer est la vie !

jeune fille se précipita et ramassa une pièce d'or qu'elle tint entre deux doigts.

– Qu'est-ce que c'est ? demanda Gudule, curieuse.

– Une chose qui a beaucoup de valeur... dit Koba d'une voix qu'elle voulait indifférente. Un agnel d'or. Tu demanderas à M. Vermeil de me la monter au bout d'une chaîne.

Et avec un charmant sourire et un merci, elle disparut dans sa salle de bains.

*

C'était la relève de la garde devant le Palais. Selon un rite instauré sous Adélaïde, les soldats défilaient, se saluaient, se présentaient les armes et prenaient leur tour de garde. Sur le toit, le pavillon royal, croix de neige sur fond d'azur, était visible de très loin et les marins qui pêchaient le hareng à des milles de là le voyaient et se disaient que de tous les sacrés pêcheurs de hareng du royaume, le plus fameux était bien Sa Majesté Erik le quatorzième, un sacré Roi qu'ils avaient là.

Rrrrrah ! Rrrrrah ! Rrrrrah !

Quel agréable pays que la Kurlande !

*

Polo crème, jeans crème, mocassins silencieux, cheveux roulés en chignon sur la nuque, Koba se hâtait vers le salon de musique. Elle traversa les longues galeries de pierre où d'antiques tapisseries racontaient la « Gest dï Conkest », puis les salles à boiseries dorées où ses ancêtres, figés pour l'éternité sur le bois ou la toile, la regardaient passer de leurs yeux immobiles. Enfin elle arriva à la Salle d'Honneur, salua le mameluk Roustan qui se cassa en deux sur son passage, admira les deux gigantesques grenadiers en faction devant la porte qui s'ouvrit devant elle, laissant s'échapper une aria de Swedenkuik qu'elle continua de mémoire au fond d'elle-même.

Arrêtée sur le seuil, elle contemplait sa famille absorbée par la musique. Le Roi lui tournait le dos. Soixante-dix-huit ans, mais droit comme un iceberg, pappi ! Le Prince Héritier Rollon ne la voyait pas non plus, penché sur son piano, quelle passion sur son beau visage... Koba pensa que depuis sa plus tendre enfance son frère n'avait jamais cessé de déchiffrer, composer, jouer, vivre en musique. « Il est fait pour ça », acheva-t-elle. Et elle, pour quoi était-elle faite ? Elle n'eut pas le temps de trouver une réponse, le Roi marquait une pause et Uladislas, son valet de chambre, annonçait de sa voix énorme, roulant comme une cloche de bronze :

– Son Altesse Royale, la princesse Kristina, Adélaïde, France !

Le Roi se retourna. Cher grand-père, comme elle l'aimait ! Elle vint s'incliner profondément devant lui, il posa la main sur la tête de la jeune fille, puis elle prit cette main et la baisa respectueusement.

– Alors, Koba ? dit le Roi, et elle lui sauta fort peu protocolairement au cou.

Ce fut le signal. Aussitôt chacun abandonna son archet, sa flûte ou sa cymbale et se précipita sur la jeune fille retrouvée. Herdis, Kira, Brenda et Benedicte se disputaient les joues de leur sœur, Rollon la souleva dans ses bras. Couverte de baisers, de questions, de compliments, Koba passait de l'un à l'autre, étourdie, heureuse jusqu'au moment où une petite voix fraîche demanda avec un formidable accent du Midi :

– Oh ! Koba ? tu m'as rapporté du nougat de Montélimar ?

Il se fit un silence attristé tandis que la famille regardait son benjamin, Kilpérik, dix ans, blond et frais comme un enfant de la Baltique mais affligé de la tare héréditaire. La tare héréditaire qui, depuis Adélaïde, frappait un membre de chaque génération, l'affligeant d'un inguérissable accent auprès duquel celui de Tartarin aurait pu passer pour un accent pointu.

– Ça ne s'arrange pas, dit Koba.

– On a vu le professeur O-Kito, pendant ton absence, dit le Roi.

– Et alors ?

– Aucun espoir. Il dit que c'est une « résurgence idiomatique spirado-cyclique ».

– Il est si mignon, dit la jeune fille en embrassant le petit prince qui l'interrogeait du regard. Oui, mon chéri, je t'ai rapporté une énorme borne de nougat !

Le Roi donna quelques légers coups de sa baguette contre le haut lutrin de bois sculpté où étaient posées ses partitions. Le Concert Royal avait lieu dans quinze jours, le programme était chargé, on bavarderait pendant le smørebrød, en attendant on allait attaquer le travail en déchiffrant *Hareng Saur*, la dernière composition du Prince Héritier.

Des sons étranges, d'un modernisme saisissant, montèrent vers les allégories qui dominaient les fenêtres et les portes du salon de musique. Et les nymphes appuyées sur leurs cithares, l'Apollon une main sur sa lyre, les satyres soufflant dans leurs flûtes et leurs pipeaux n'en croyaient pas leurs oreilles de stuc tandis que le vieil Uladislas résistait avec peine à une puissante envie de danser.

Le smørebrød kurlandais est fameux dans le monde entier.

Sur la nappe éblouissante, une multitude de plats formaient une riante mosaïque de couleurs. Les choux râpés verts, rouges et blancs, le caviar, le saumon, les confitures d'airelles, les jattes de crème fraîche, les crevettes, les sprats, les harengs, les salades, le pain de lichen et les snuppes traditionnels étaient une joie pour les yeux et un délice pour les convives.

La table était joyeuse. On avait récupéré Koba sans qui la vie à la cour n'était pas tout à fait aussi gaie. La répétition avait bien marché et on riait de la mésaventure de l'ambassadeur d'Espagne qui, honteux, avait demandé son rappel à Madrid.

– C'est très bien, dit le Roi. Je me méfie des gens qui n'aiment pas la mer. – Et il leva sa tasse de thé en disant : Klick pru zo kurli thassa !

Les domestiques s'étaient figés au garde-à-vous et la famille but d'un seul et même mouvement le liquide chaud et fort dont on faisait une grande consommation au Palais.

– Oh ! s'écria Koba, et, regardant le fond de sa tasse vide, elle sourit et annonça à toute la table : J'ai bu du vin, en France !

– C'est bon ? demandèrent les princesses, curieuses.

– Oui, c'est bon.

– Tu as aimé ? questionna Rollon.

– Oui, dit Koba avec plus d'émotion que n'en méritait peut-être cet unique verre de vin bu au bord du Rhône.

– Raconte !

Elle eut un geste d'impuissance. Raconter quoi ?

– Tu ne racontes rien ! Et Avignon ? Et la Cérémonie ?

Les questions pleuvaient.

– C'était bien, dit-elle simplement.

– Et tes camarades du Gymnase ?

– Semés aux quatre vents ! Les deux filles ont pris l'avion à Copenhague pour leur année au Canada. Les garçons embarquaient ce matin pour leur service dans la marine.

– Et Koba rentre au Palais pour son service de Princesse.

Rollon venait de parler.

Elle répéta :

– ... et Koba rentre au Palais...

Le frère et la sœur se regardèrent. Ils savaient, les deux aînés, que, si douce soit l'étiquette dans cette immense demeure, il y avait une chose qui leur serait toujours interdite. La liberté.

Et comme pour donner une forme à leurs pensées, Son Excellence le Grand Chambellan du Palais, pâle, froid, glabre et de noir vêtu, entra dans la salle à manger portant un lourd cahier relié de cuir fauve et frappé aux armes de Kurlande. Le « Kalendrier des Manifestations ». Le Kalendrier était assez lourd. Inauguration de la Pouponnière des Grenadiers de la Garde. Concours de la plus belle vache viking. Tournoi de natation entre les ouvrières des pêcheries de hareng et les femmes de chambre du Palais Royal...

– ... si je puis me permettre d'avancer un avis, Sire, dit le Grand Chambellan avec un sourire glacé, la présence de Son Altesse le Prince Héritier serait particulièrement bien vue à cette manifestation sportive féminine.

Rollon s'inclina de bonne grâce.

Le Grand Chambellan continuait :

– Baptême du Morutier « Colonel de la Bégude », S.A. le Prince Héritier. Inauguration de l'autoroute « Sicile du Nord », S.A. le Prince Héritier. Vernissage de l'exposition « Santons de Provence »...

Rollon, affolé, l'interrompit et, s'adressant au Roi :

– Et mon quatuor ? Quand vais-je pouvoir commencer si j'inaugure tous les jours ?

Mais le Grand Chambellan, s'inclinant devant

le petit garçon blond assis au bout de la table, proposait le jeune prince pour cette cérémonie.

Tout le monde rit. Sauf Kilpérik qui était sombre.

– Que se passe-t-il ? demanda son grand-père.

– Y a plus de snuppes, dit le petit avec chagrin.

– Eh bien, tu connais le proverbe : « Quand il n'y a plus de snuppes, on mange des sprats[1] ! » dit le Roi, montrant ainsi quel genre d'éducation sans faiblesse il donnait à ses petits-enfants.

– Oui, pépé, dit sagement Kilpérik.

– Continuez, Valdemar, poursuivit Sa Majesté s'adressant au Grand Chambellan.

– Mercredi prochain : Centenaire de la Glyptothèque.

Il se fit un grand silence dans la salle à manger. On aurait pu entendre voler une mouche si elle s'était risquée à une telle latitude.

Le Roi se servit de confiture, l'étala sur un hareng et répéta :

– ... de la quoi ?

– Glyptothèque, Sire.

Les princes et princesses se regardèrent avec stupeur.

Le Roi mangea une bouchée de hareng et s'étonna :

– Car nous avons une Glyptothèque ?...

– Oui, Sire, un musée des sculptures, expliqua Valdemar. En fait il s'agit du centenaire de la section d'Archéologie.

Le Roi hoche la tête pendant que ses petits-enfants s'esclaffent ou soupirent, bien décidés à échapper à cette corvée, mais Koba, rapide, frémissante, questionne :

– L'Archéologie, c'est bien ceux qui creusent, qui fouillent ?

– Certainement, Votre Altesse.

1. Nix snupp ! plix spratt' !

– Alors vous m'inscrivez ! dit-elle toute rose, tandis qu'un silence respectueux et étonné se fait autour de la table.

Le Roi la regarde, heureux.

– Princesse Kristina, tu as le sens de la Couronne. C'est bien. Valdemar, vous accompagnerez la Princesse. Dans *ma* voiture. Dame d'honneur, écuyers, escorte à cheval; il faut montrer aux archéologues qu'à la minute où nous célébrons leur centenaire, il ne se passe rien de plus important dans l'île.

*

Assise à la place d'honneur, au fond de la Bentley, Koba regardait le fanion royal flotter doucement devant elle. Elle se sentait bizarre, à la fois endormie et surexcitée. Comme si une drogue ou un philtre agissait sur elle. Très belle dans son tailleur de lainage clair, un rang de perles autour du cou, un grand chapeau sur ses cheveux bien coiffés, de longs gants... Elle fixa ses mains et se revit... les mains tachées de cambouis, en jeans fripés, décoiffée, fatiguée, heureuse, sur les bords du Rhône... et maintenant elle avançait doucement, la Bentley roulant au rythme de l'escorte, la croupe luisante des chevaux à hauteur de son regard, les grenadiers en grand uniforme... comme elle. Elle toucha au revers de son tailleur le médaillon d'Adélaïde – exquise miniature entourée de brillants, représentant la souveraine et due à la main de son amie la Reine Hortense – médaillon qui retenait le ruban bleu et la croix scintillante de l'Ordre de la Mer.

Les gens, dans la rue, s'arrêtaient étonnés et se demandaient à quelle cérémonie ignorée d'eux se rendait un si grand équipage.

Mais les plus étonnés devaient être les savants de la Glyptothèque.

Ils étaient réunis, vêtus de leurs toges et coiffés de leurs barrettes, dans la salle du Conseil, penchés autour d'un énorme gâteau à la crème portant cent bougies, le doyen s'apprêtait à couper la première tranche et les bons vieillards se réjouissaient, rendus plus gais et plus malicieux encore par le plof ! d'un bouchon de champagne de Kytère (une abominable boisson gazeuse que seule une longue hérédité kurlandaise permet d'apprécier et de supporter) quand un bibliothécaire nonagénaire fit irruption, hagard, rouge, essoufflé, titubant. Il venait d'apercevoir le cortège par une fenêtre de la bibliothèque, n'en croyant pas ses yeux il était resté hébété mais, voyant la Princesse Royale descendre de voiture, il avait bien dû comprendre quel honneur leur était fait.

La panique saisit les savants. Bouleversés, ils ne savaient plus parler français et répétaient fébrilement : « Royal Princezin ! Princezin Kristina ! Nix tapis rouge ! Nix estrade ! Nix fleurs ! Katastroph ! »

Relevant leurs jupes, ils galopèrent de toute la force de leurs vieilles jambes jusqu'au péristyle où le doyen, éperdu, s'inclina très bas devant Koba.

– Princesse, quel honneur pour la Glyptothèque !

– Relevez-vous, monsieur le Doyen, dit-elle gentiment, et, sans le bras qu'elle lui offrait, le malheureux vieillard serait resté courbé vers les dalles de marbre.

Le sentant si fragile et chancelant, Koba l'empoigna solidement.

– Faites-moi visiter votre maison !

Le doyen se désolait :

– Si nous avions pu prévoir ! Nous aurions ménagé à Votre Altesse un accueil digne d'elle !

Koba le pria de ne voir en elle qu'une jeune fille ignorante mais pleine de respect pour le savoir. Des murmures flatteurs s'élevèrent. Comme elle était charmante ! et gentille ! et modeste ! Elle voulait tout voir. Elle s'arrêta longtemps devant les statues. On sentait une nature artiste à la façon dont elle frémit dans la galerie des antiques. Puis le cortège passa dans une vaste salle de lecture aux murs tapissés de livres et de documents.

– La salle des archivistes, dit le doyen.

Sur la troisième marche d'un escabeau d'acajou, un minuscule vieillard à barbe blanche, coiffé d'une calotte verte, consultait une charte. Il était si petit, si joli qu'il avait l'air de sortir d'un conte des frères Grimm. Koba le vit, le reconnut et toute son enfance et les premières années du Gymnase lui revinrent à la mémoire dans une bouffée heureuse. « O fons blandusie splendidior vitro... » récita-t-elle silencieusement, « j'ai zéro faute à ma version latine ! ».

La royale arrivée n'avait nullement troublé le vieillard. Il regardait la princesse à travers ses lorgnons cerclés de métal et la dévisageait sans la saluer. Il cherchait à se souvenir... et soudain il se souvint :

– Kristina ! tu étais mon élève en 5e. Tu étais une gentille petite fille et une bonne élève. On t'appelait... Koba !

Sans s'occuper des savants affolés par cette familiarité, elle fit au vieillard un petit plongeon de jeune fille bien élevée.

– On m'appelle toujours Koba, Maître Cornélius.

– Tu te souviens de mon nom ? dit Me Cornélius, ravi. O fons blandusie... Tu te souviens ? – Il descendit ses trois marches et lui posa cette question surprenante : Et qu'est-ce que tu fais dans la vie ?

Un frisson glacé secoua les malheureux savants. Le doyen chuchota dans l'oreille de Cornélius :

– C'est la Princesse !

– Hein ? fit Cornélius qui avait parfaitement entendu.

– C'est la Princesse ! répéta le doyen un ton plus haut avant de hurler tout à fait : C'EST LA PRINCESSE !

– C'est la Princesse, oui, je sais, dit doucement Cornélius, et il posa encore la même question : Que souhaites-tu faire dans la vie, ma petite Koba ?

Elle sentit une flèche l'atteindre et resta immobile, prenant conscience de la gravité de la question tandis que le petit bonhomme féerique la regardait, affectueux et sagace.

La suite s'était respectueusement écartée.

– On m'a déjà demandé ça il n'y a pas longtemps et je n'ai pas su que répondre, dit-elle lentement.

– Fais ce que ton cœur te dicte, Princesse; tu vois, moi, j'ai toujours aimé les livres, eh bien, j'ai toujours été heureux. Je suis vieux, je suis sourd (quand je veux ! dit-il finement à son oreille). Mais j'ai des amis. – Il trottina devant elle jusqu'à une table chargée de volumes. – Je ne suis jamais seul. Regarde : il en vient de partout : *The Grecian Light,* ça vient de Boston. Ça c'est un livre portugais sur *Les Sanctuaires de Bouddha en Europe,* très intéressant ! Et ça, c'est *Mes Fouilles,* par un Français, François Fonsalette.

– François Fonsalette ! cria Koba, arrêtant du geste Me Cornélius qui s'apprêtait à ranger le livre.

– Oui, dit-il.

– Je peux l'emprunter ? demanda Koba, bouleversée.

Le doyen se précipita, elle pouvait l'emporter, bien sûr ! – quelle nature artiste ! quelle jeune fille sérieuse ! disaient à mi-voix les savants subjugués – elle pouvait tout emporter ! Tout ce qui était ici lui appartenait ! On ferait porter au Palais...

– Non, dit Koba, c'est celui-là que je veux. Celui-là seul !

*

Dans son lit, le soir même, à la lumière de sa lampe de chevet, Koba dévorait *Mes Fouilles*. Respectueuse, passionnée, elle tournait lentement les pages, hochant parfois la tête comme pour approuver. Comme il était modeste ! Il ne lui avait même pas parlé de ce livre ! Elle relut à haute voix un passage particulièrement bien venu : « Pour fouiller, il ne faut pas avoir peur de creuser. » – Mais qu'est-ce qu'il écrit bien ! – « On creuse, on creuse et naturellement on ne trouve rien. Mais il ne faut pas se décourager. Jamais. » – Ça c'est vrai. Il est intelligent ! constata-t-elle objectivement.

Elle posa sur l'oreiller sa tête pensive et répéta : « Il est intelligent ! »

Puis elle éteignit sa lampe. Mais elle ne sentait pas le sommeil venir. La chambre était pleine de trop de rêves, de trop de problèmes... les choses étaient difficiles à comprendre, alors elle répéta une phrase de François Fonsalette, doucement mais avec beaucoup de détermination :

« ... il ne faut pas se décourager. Jamais. »

*

Il était bien proche du découragement, François Fonsalette. Il n'avait pas revu Dupont-Bridaine depuis le fameux dîner et se demandait si leur stratagème aurait été assez fort pour décourager Félicien. Alors il luttait contre les idées noires en s'entourant de tout ce qu'on pouvait trouver à Paris comme livres, objets, gadgets ou aliments kurlandais. Il se procurait à prix d'or du lait de renne, se gavait de harengs, grignotait des biscottes de lichen arrosées de sève de bouleau, tâtait des snuppes surgelés[1], constatait qu'un petit coup de genièvre aide bien les choses et dévorait la Méthode Assimil kurlandaise.

Il savait déjà par cœur : Mi coupor ist rik[2], et : Dar flüm var mi tati[3]. Le temps passait, les événements ne semblaient pas évoluer et il se désespérait. Pendant ce temps, à 2 327 kilomètres de lui, Koba répétait avec application « La Symphonie des Lilas » de Swedenkuik et le « Hareng Saur » de son frère. Elle continuait son service de Première Dame du Royaume, coupait le ruban rose et bleu d'une nouvelle crèche, jetait une bouteille d'aquavit sur la coque d'un chalutier tout neuf, donnait l'accolade au meilleur bûcheron de l'année, présidait la séance solennelle de rentrée du Gymnase. Mais plus que jamais, coiffée d'un suroît, vêtue d'un caban ciré, elle aimait à faire de longues marches sur les grèves aux herbes griffées par le vent du Nord. Elle ne savait pas bien à quoi elle pensait. Le bruit du vent remplissait sa tête, l'odeur salée remplissait ses poumons. Elle redoutait de faire connaissance avec cette chose tapie au fond d'elle-même à laquelle elle avait peur de donner un nom. C'est un matin, au marché à poissons, qu'elle sut que sa vie avait changé.

Le temps était froid, sec, lumineux. Le marché était gai comme toujours, les pêcheurs et les commères s'invectivaient dans leur patois moitié-français moitié-kurlandais où survivent encore quelques mots vikings.

Tout de suite la présence de Koba avait réjoui la foule qui se pressait sur le marché. On la prenait à témoin : « Il est pas friski, mon huareng ?

1. Tous ces produits sont en vente à la « Maison de Kurlande », 53 ter av. Franklin-Roosevelt.
2. Mon tailleur est riche.
3. La plume de ma tante.

Renifle un peu, ma Princesse, et dis ta vérité ! » Koba riait, penchait son nez sur un panier, rrrrah ! rrrrah ! rrrrah ! approuvait-elle. Elle acceptait une crevette, gobait un petit poisson tout cru, s'inclinait devant les compliments, répondait en patois de marin, faisant s'épanouir les visages tannés et plissés des pêcheurs. Et c'est le vieux Karl Petersen avec qui elle était allée tant de fois en mer – et même une mauvaise fois où elle avait bien cru ne pas revoir les tours d'Avignonburg –, c'est le vieux Karl Petersen avec son éternelle pipe d'écume et sa casquette raidie par le sel et le temps, qui dit soudain en la regardant : « Il sera pas à plaindre le prince qui t'épousera ! »

Voilà, il avait mis le doigt où elle avait mal, le vieux marin. Et elle restait immobile, muette, perdue soudain au milieu de ce marché joyeux et bourdonnant. Tout était écrit. Et bien avant sa naissance. « Qu'est-ce que vous ferez dans la vie, Koba ? » « Oh ! moi, monsieur, c'est bien simple. Je suis princesse, vous comprenez. J'épouserai un prince. Un gentil prince. Je monterai peut-être sur un trône. Ou bien je vieillirai à la cour du roi mon frère et je deviendrai Tante Koba. On dira de moi : “Elle était très jolie, vous savez, et puis elle a eu un chagrin d'amour...” »

Koba sursauta et se réveilla au milieu du marché, une petite fille, un doigt dans la bouche, la regardait avec admiration. Koba lui cligna de l'œil et reprit la route du Palais.

« Et tout ça à cause d'un Français qui ne pense déjà plus à moi ! » s'entendit-elle dire à voix haute. Elle rougit. Heureusement personne ne l'avait entendue. Elle poursuivit pour elle-même : « La question n'est pas là (il lui sembla entendre un rire moqueur), la question c'est moi, mon avenir. »

*

Le Français en était à la huitième leçon. Elle convenait parfaitement à son état d'esprit.

– Vik teng undkyn, disait-il d'une voix chagrine au moment où le Duc entrait dans leur bureau et, sur le même ton, il traduisait à l'intention de son ami : « Nous sommes séparés. »

– Plus pour longtemps peut-être, dit ce dernier. Le bruit court dans les couloirs que Félicien s'est récusé !

– Non ! rugit François.

– Si. Le climat est trop froid pour lui, paraît-il.

– Moins 22 ce matin à Avignonburg, dit François avec ravissement en désignant *Le Figaro*.

Il se leva joyeusement :

– Je cours postuler !

– Pas avant d'avoir jeté un coup d'œil sur *Paris-Match*, fit le Duc en l'arrêtant dans son élan.

Et il lui tendit le magazine ouvert. « Le Diplomate et la Demoiselle d'Avignon » lut François. Une page entière était consacrée à sa découverte. On le voyait, une petite brosse à la main, enlevant un dernier grain de poussière des siècles sur la joue de la déesse.

Il vit là un heureux présage.

Peut-être que Koba achetait *Paris-Match*...

« Bah ! Elle m'a sans doute déjà oublié ! » se dit-il en haussant les épaules.

Mais néanmoins il courut postuler.

*

Paris-Match était ouvert sur la coiffeuse de la Princesse. À la page de « La Demoiselle d'Avignon ». Et la radieuse apparition qui se penchait sur l'article aurait pu être Adélaïde elle-même. En effet, c'était le jour du Concert Royal et Koba portait, comme le voulait le cérémonial, la tenue de cour empire avec le diadème de brillants et de camées sur ses cheveux coiffés à l'antique.

Gudule et Julie approchaient avec les bracelets et le collier dans leur écrin. Koba referma le journal et décida d'avoir une conversation avec son grand-père après le Concert.

Debout devant la haute psyché de sa chambre elle avait abandonné son bras droit à Gudule, son bras gauche à Julie et, tandis que les deux femmes agrafaient ses bracelets, elle s'observait sans complaisance.

– Que tu es belle ! dit Gudule.

Derrière la porte une voix de stentor annonça :

– On commence dans un quart d'heure, Votre Altesse !

– Je suis prête, répondit Koba tandis que la sonnerie électrique retentissait à travers tout le Palais.

Oui, elle était très belle. Le trac la saisit comme toujours avant de paraître en public. Elle porta une main à son cœur. Ce n'était pas seulement « La Symphonie des Lilas » et « Hareng Saur » qui le faisaient battre si fort. C'était cet entretien qu'elle désirait obtenir du Roi. Qu'allait-elle lui dire exactement ? Bon. Il n'y fallait pas songer. Pour l'instant, il ne fallait songer qu'au Concert.

Après un dernier coup d'œil dans la glace, elle se dirigea vers la porte pour gagner les coulisses du Théâtre Royal. Sa longue traîne de satin faisait un bruit très doux sur les parquets à la française et les grenadiers impassibles qui avaient l'air de ne pas la regarder, ainsi que le voulait la consigne, ne perdaient rien du spectacle délicieux de cette fille effleurant à peine le sol telle une ombre venue d'un autre temps.

*

Dans le péristyle, les couloirs et le Foyer du public, la foule se pressait, car, comme le dit le proverbe : « Yf Palaï maguert eük kind, mutte e där, nix a Konsert[1]. » Alors il y avait des délégations de toute la nation. Des pancartes regroupaient les retardataires : « Les Viking Dancers », « Le Club de la Joyeuse Baleine », « Le syndic des pêcheurs de Hareng » avec leurs drôles de petits poissons d'argent s'agitant sur leurs bonnets de velours noir. Des soldats intimidés regardaient les plafonds peints et les corbeilles de verdure, les bras ballants, la bouche ouverte, éblouis d'avoir été choisis pour représenter les dernières recrues. Un groupe de filles de Kytère, gorge et pieds nus comme elles sont là-bas, riaient très fort derrière leurs mains écartées, les joues roses, les yeux brillants, leurs triples jupons en corolle autour d'elles. Roustan guidait le Corps Diplomatique vers les places réservées. Vêtus de blanc, les garçons du Collège Rollon et les filles de l'École Adélaïde se tenaient en rang sagement, deux par deux. Puis, comme l'heure approchait, on vit venir de tous les coins du Palais, remonter des profondeurs, accourir de l'Orangerie et des écuries tous les domestiques de la maison royale, les femmes de chambre avec leurs tabliers blancs, les valets, les sommeliers, les trancheurs, les sauciers, les marmitons, les filles de cuisine, le Chef avec son grand bonnet plissé, et les jardiniers à toutes branches, et les garçons d'écurie, palefreniers et gens de chevaux qui sentent le crin et la paille. La maison était là. On allait commencer.

*

Pas de rideau sur la scène. Tout était prêt : le Steinway de Rollon, la harpe de Koba, la batterie du petit Prince et les pupitres devant les sièges des princesses.

1. « Si le Palais était plus grand, seuls enfançon, mère et mourant, manqueraient au Concert. »

La sonnerie cessa soudain et le léger brouhaha d'attente cessa avec elle.

Du fond de la scène arriva Kilpérik en costume de satin blanc, la croix de l'Ordre de la Mer brillant sur sa petite poitrine. Tout intimidé il s'inclina devant le public. Des applaudissements émus le saluèrent. Cet enfant si beau qui n'avait jamais connu sa mère ! Tandis qu'il gagnait sa place, ses sœurs firent leur apparition. Elles vinrent plonger au bord de la scène dans une grande révérence gracieuse, les quatre cadettes encadrant Koba. Quelle brochette de beautés ! Et quels sourires ! Les jeunes soldats s'en firent mal aux mains à force d'applaudir. Mais déjà le Prince Héritier faisait une entrée de sportif, courant et s'arrêtant net auprès de son piano. Si gai, un peu décoiffé comme toujours, saluant le public comme un boxeur, s'asseyant dans une pirouette et aussitôt essayant une gamme fantaisiste tandis que Koba effleurait sa harpe et que de légères notes de musique parvenaient aux spectateurs qui retenaient leur respiration.

On attendait.

Le silence se fit soudain sur la scène, l'orchestre se leva, la salle aussi, le Roi venait d'entrer, venant du fond, son violon à la main.

Les acclamations éclatèrent. Tout le monde criait, applaudissait, debout. Le Roi était heureux. Il saluait, souriait, approuvait, s'inclinait, parcourait du regard ces rangées de visages, se réjouissait de sentir autour de lui ses petits-enfants et en même temps il avait un peu peur comme toujours depuis l'âge de cinq ans quand il avait commencé à paraître en public, mais ça il était seul à le savoir. Il fit un geste pour réclamer le silence.

– Kamarades ! dit-il, et les Kurlandais se turent. Kamarades, reprit-il, et en même temps il les invitait à s'asseoir : Assieds-toi... assieds-toi... assieds-toi, tous... – il attendit pour poursuivre que chacun sur scène et dans la salle fût commodément installé. – Gentil peuple de Kurlande, tu es venu une fois de plus au rendez-vous avec la musique. Nous allons essayer de te faire plaisir car : « In stroj der nar, in bi der støung[1] ! » Ah ! Ah ! Ah !

La salle hurlait de rire.

Les princesses avaient peine à garder leur sérieux, Kilpérik se mordait les lèvres, Rollon s'appliqua une formidable claque sur la cuisse droite. Le Roi, ravi d'un tel succès, riait plus fort que les autres. Seuls les ambassadeurs étrangers et leurs épouses présentaient des visages graves et déconcertés. La traduction qu'on leur souffla à l'oreille acheva de les consterner, mais le Roi avait repris son sérieux. Dans le silence revenu il annonça : « Nous allons commencer par jouer devant vous "La Symphonie des Lilas" de Swedenkuik, notre grand compositeur kurlandais du XIXe siècle. » Il leva son archet, regarda ses musiciens et attaqua. Les premières notes de « La Symphonie des Lilas » se répandirent dans la salle et, au-delà de la salle, sur la Kurlande tout entière, et elle atteignit les marins en mer, les malades dans leur lit de clinique, les impotents dans leurs fauteuils, les fumeurs de hareng dans leurs usines et même les nouveau-nés dans les bras de leurs mères.

À Paris, où François essayait désespérément de capter la retransmission en pensant à la jeune orpheline qu'il imaginait assise modestement sur un strapontin, on n'entendait que Glop ! Flupj ! Krak ! Bzzzzouih ! Klik, siz, zig, zig, fleeeeuh ! Aussi François tapait-il de toutes ses forces sur son poste – d'ailleurs excellent. Et soudain, l'écoute fut parfaite et François put entendre l'accent charmant de la présentatrice : « Royal R.T.K., vous

1. Plaisanterie intraduisible en français. Littéralement : « Dans le fond du fjord, le diable a semé plus d'une lentille. »

venez d'entendre en direct depuis le Théâtre Royal d'Avignonburg, en première audition "Hareng Saur", une œuvre du Prince Rollon. Mesdames, messieurs, ainsi prend fin notre Concert Royal, here R.T.K. studios, I finisk Konsert... » Il coupa rageusement. Décidément il n'avait pas de chance avec le Concert Royal.

*

Le Roi était satisfait. Satisfait et soulagé. La salle du théâtre vibrait encore derrière lui des : « Rrrrah ! rrrrah ! rrrrah ! » hurlés par le public. Vraiment, les traditions ne se perdaient pas. Un bras frais se glissa sous le sien. C'était Koba.

– Je peux te demander une audience, pappi ?

– Tout de suite ?

– Si tu veux.

Bien sûr qu'il voulait. Il avait hâte de savoir ce qui modifiait le visage de l'aînée de ses petites-filles, de connaître l'origine de ce pli léger qui barrait soudain ce front pur.

Il précéda la jeune fille dans les escaliers dérobés qui menaient à ses appartements et entra dans sa chambre d'un pas vif.

– Eh bien ? fit-il en se retournant.

Koba, muette et immobile, était restée sur le seuil. Elle regardait son grand-père mais c'était son souverain qu'elle voyait et, lentement, elle descendit à genoux, les deux mains jointes, ressemblant soudain à la Joséphine immortalisée par David.

– Que se passe-t-il ? demanda le Roi, inquiet.

– Une supplique, fit-elle dans un souffle.

– Pour rire ?

– Pas tellement...

Il alla vers elle et la releva tendrement :

– Je t'écoute.

– Voilà, commença vaillamment Koba, et soudain la tête lui tourna.

Elle ne savait plus que dire à ce vieux monsieur affectueux qui la regardait sans se douter du trouble qui la bouleversait. Alors elle commença par le plus difficile :

– Je voudrais partir ! dit-elle.

– Partir ? Pourquoi ?

– Je voudrais connaître la vie. La vie que j'aurais si j'étais une jeune fille comme les autres. (Parle Koba, parle ma fille, ne t'arrête pas ! se disait-elle pour se donner du courage.) Ici tout le monde me connaît : « Salut ma princesse, comment tu vas ? » ils disent quand je passe dans les rues. Et moi je sais que je ne vais pas bien. Là-bas j'étais comme tout le monde...

– Là-bas ? En France ?

– Oui. Les gens me disaient : « Mademoiselle, qu'est-ce que vous voulez faire plus tard ? » et moi je ne savais pas quoi répondre. « Qu'est-ce que vous voulez faire dans la vie ? » Dans la vie ? Alors j'ai senti que ma vie m'était déjà imposée et que je ne savais pas de quoi j'étais capable. Il faut que je sache ! acheva-t-elle avec désespoir.

Mais l'expression de son grand-père s'était modifiée pendant qu'elle parlait. Il la regarda longuement puis, sans la quitter des yeux, il s'écarta d'elle, voulant la voir tout entière avec son visage tendu, ses yeux brillants, touchante et fragile dans son costume de cour, couverte de diamants et si misérable, et il lui sourit.

– Wunder ! murmura-t-il doucement. Wunder ! Wunder, fit-il plus fort. À cette même place, mon enfant, il y a soixante ans, moi aussi j'ai fait la supplique !

Quelque chose se dénoua dans la gorge de Koba. Le Roi marchait de long en large, très jeune tout à coup par la grâce de ses souvenirs.

– Et le Père m'a laissé partir, dit-il à la jeune fille avec un émerveillement tout neuf que ni les années, ni les deuils, ni les peines n'avaient pu entamer. Le Père m'a laissé partir... répéta-t-il. Je lui ai dit : « Il faut que je sache », et alors, mon sac sur le dos... oubliés les Cadets de la Marine et le « Son Altesse » et les fêtes de la cour ! Erik, matelot kurlandais embarque sur bâtiment danois et le tour du monde, petite Koba ! Bourlingué ! Shanghai, Vancouver, Melbourne, Colombo ! La tempête dans les mers de Chine, une bordée à terre, la carotte de gris, une gorgée de tafia... c'est ça la vie !

L'odeur des ports, la fumée de l'opium, les parfums bruts de l'aventure et de la liberté étaient entrés dans la vaste chambre tendue de brocart rouge qu'éclairaient les lustres et les candélabres en bois de renne. Le vieillard et la jeune fille échangèrent un regard fraternel. Alors lentement, il alla vers elle, la prit par les deux épaules et, sans la quitter des yeux :

– Sang d'Adélaïde ! Fille de mon fils ! Quel dommage que tu ne sois pas l'aînée ! Tu aurais fait une reine formidable ! Rollon est un être délicieux, mais un anarchiste... – Koba rit et fit un petit geste de protestation. – Si, si ! Un gentil anarchiste, mais un anarchiste. Son « Hareng Saur » ! Jolie musique, d'accord... mais folle !... Tandis que toi ! – Il changea brusquement de ton. C'était le Roi qui parlait : Tu partiras. Sans argent. Sans escorte. Je dirai que tu fais une retraite. Rollon et moi, seuls, nous saurons la vérité. Donne-moi ta main, je vais te conduire dans la crypte. C'est là que mon Père m'a fait jurer sur les os de Rollon l'Ancien. C'est là que tu vas jurer à ton tour.

*

Ils traversèrent silencieusement le grand dortoir de pierre où reposent les souverains défunts sous le Palais d'Avignonburg.

Le Roi ne quitta la main de la jeune fille que lorsqu'ils furent arrivés au plus ancien, au plus modeste, au plus rude de tous les tombeaux qui les entouraient. Sous la dalle usée qui représentait grossièrement un gisant reposait une poussière légère, aérienne qui avait été le beau, le fort, le vivant conquérant de l'île.

– Mets-toi à genoux, dit la voix de son descendant qui résonna étrangement sous les voûtes. Pose ta main sur ce tombeau.

Elle obéit.

– Pour que ton expérience soit complète, écoute les conditions que ton souverain t'impose : Ton absence durera un an. Pendant ce temps, sous aucun prétexte et quelles que soient les circonstances, tu ne nous appelleras à ton secours ni ne retourneras dans ton pays. – Voici les conditions de ta liberté, les acceptes-tu ?

– Je les accepte.

– Fais-tu le serment de les respecter ?

– Je le fais.

La voix fraîche passait comme une caresse au-dessus des tombes.

Alors le Roi enleva de son petit doigt l'anneau d'alliance avec la mer, l'anneau qui ne le quittait jamais. Il le regarda un instant à la lumière des torches qui brûlaient sans trêve dans cette nuit éternelle.

– Pour gage de ta parole je te remets cet anneau. Regarde-le, qu'il te protège au cœur de l'épreuve et souviens-toi que tu appartiens à la couronne de Kurlande.

Il glissa la bague à l'annulaire de la jeune fille.

– Je t'abandonne au sort commun avec émotion et confiance, Kristina. Va vers le monde avec ton âme intacte !

10

François entra comme un boulet de canon dans son bureau, et sans prendre la peine de fermer la porte il se précipita sur Adalbaud de Roquefort-Chavignol qui se tenait debout devant l'armoire aux Archives.

– Vous êtes nommé ! s'exclama celui-ci en reprenant son équilibre.

– Ja ! répondit François. Ik tot Ambassador von France am Kurland !

Il ne parlait pas, il chantait. Il ne marchait pas, il volait. Le Duc, incapable d'exprimer sa joie, le serrait dans ses bras.

– Et quand partez-vous ? dit-il enfin.

– Le plus vite possible ! dit François en volant vers son bureau. Quelques congés à prendre, quelques affaires à régler, quelques vêtements à acheter, et, tout en parlant, il vidait les tiroirs de son bureau, comme un pillard en pays conquis.

Le Duc, immobile, songeait à l'ami qu'il allait perdre, mais l'espèce de feu qui brûlait François consumait aussi les regrets du Duc.

– Est-ce que nous déjeunons ensemble pour fêter ça ?

– Demain si vous voulez, répondit François sans interrompre son activité. Aujourd'hui, mon cher, je déjeune avec une femme.

La veille, en rentrant chez lui, il avait trouvé

un télégramme : « De passage à Paris mercredi. Voulez-vous déjeunions ensemble ? Fraternellement vôtre. Carole. »

Mais ce n'était pas à Caroline qu'il songeait en se hâtant vers le restaurant où ils avaient rendez-vous. C'était à Koba, bien sûr, dont il imaginait le visage lorsqu'il se trouverait tout à coup devant elle dans une rue d'Avignonburg. Car il la rencontrerait, c'était certain, et très vite, il le sentait.

Il était en avance, s'installa à la table qu'il avait réservée et prolongea son rêve heureux en imaginant cette fois qu'il déjeunait avec Koba dans le meilleur restaurant d'Avignonburg.

– Bonjour, François.

Carole était là. Il en fut presque étonné, mais se montra aussitôt chaleureux avec la jeune femme rousse et belle, toujours impétueuse, qui s'assit en face de lui.

– Mon télégramme ne vous a pas déplu, cette fois ? attaqua Caroline.

– Il m'a fait plaisir, dit François rayonnant.

Carole l'observait attentivement de son œil mi-sérieux, mi-moqueur.

– Je vous trouve bien, dit-elle enfin. Je ne sais pas si c'est à ma rivale que vous devez cet air épanoui...

– Votre rivale ? questionna François en fronçant les sourcils.

– Oui, mes compliments, elle est très belle. – Et devant l'air ahuri de François, elle ajouta : Vous n'avez pas l'air de me comprendre. Je parle de cette personne pour qui vous avez refusé de m'accompagner à Rome : cette Demoiselle d'Avignon que j'ai vue sur le journal.

– Ah ! fit François. C'est en effet la Demoiselle d'Avignon qui occupe toutes mes pensées.

Et François annonça à Caroline qu'il avait obtenu sa nomination en Kurlande. Elle éclata de rire.

– Ah ! c'est bien vous, ça. La Kurlande ! Est-ce que quelqu'un demande la Kurlande ? Mais c'est très bien, ça vous ressemble. Et il faut faire des actes qui nous ressemblent. C'est le moyen d'être heureux. Vous boirez du lait de renne, vous mangerez des harengs, vous nagerez dans l'eau glacée. Et qui sait, vous aurez peut-être une révélation ?

– Une révélation ? demanda François sur ses gardes.

– Müsik ! dit Caroline en kurlandais.

– Ah ! oui, le Concert Royal, dit François méprisant.

– Le Prince Rollon surtout, repartit Caroline avec extase. C'est un très grand musicien moderne. Son « Hareng Saur » est une des plus belles choses que j'aie jamais goûtées.

– Monsieur Fonsalette, dit une voix dans le dos de François...

Il y avait dans ces deux mots une richesse d'intonation à rendre jalouse la plus fine interprète de Marivaux.

– Monsieur le Ministre... répondit François sur le même ton et avant même de se retourner pour bien montrer qu'il n'avait pas besoin du secours de ses yeux pour savoir qui pouvait mettre tant d'intention dans si peu de mots.

– J'ai attendu de vos nouvelles et j'ai pensé que vous étiez trop occupé pour en donner. Je vois qu'il n'en est rien, dit-elle en laissant tomber de toute sa hauteur un regard glacé sur la physionomie de Caroline.

On fit les présentations; les deux femmes se toisèrent avec une insolence mielleuse qui remplit François d'amusement.

– Cher ami, dit alors Nicole à l'imposant personnage qui l'accompagnait et en qui François avait reconnu Abel Dupont-Bridaine, le « père », je ne sais pas si vous connaissez François Fonsalette ?

– Pas du tout, dit le gros homme, toujours enchanté de se montrer grossier.

– C'est un collègue de votre fils, reprit le ministre.

– Vous connaissez Félicien ? dit-il en tripotant sa rosette et son canapé. Quel est votre nom ?

– François Fonsalette, monsieur, répondit François du ton dont il aurait crié : « Vive la France ! »

– Ah ! c'est vous qui êtes nommé en Kurlande ! s'esclaffa le gros homme.

– Oui, monsieur. Ambassadeur de France en Kurlande, précisa François à l'intention particulière du ministre de la Joie de Vivre dont il vit aussitôt frémir la fourrure.

– Quoi ? Quoi ? Qu'est-ce que c'est que cette histoire de nomination en Kurlande ?

– La vérité, monsieur le Ministre, répondit François.

– Eh bien, mon garçon, vous allez vous amuser là-bas ! dit le Commandeur en essayant d'entraîner l'homme d'État qui froissait nerveusement les perles de son collier.

– Mais je lui ferai la surprise d'aller le voir sur sa banquise, susurra Caroline.

– Je ne veux pas vous importuner davantage, dit brusquement Nicole Lapierre. Vous aurez de mes nouvelles dans peu de temps.

Et elle s'éloigna aussitôt de la table de François tandis que Dupont-Bridaine toujours satisfait lui disait :

– Je vais vous faire rire, chère amie.

– Croyez-vous ? répondit brusquement le ministre en se retournant une dernière fois vers François.

– Votre Ministre est très belle, mais manque un peu de décontraction... Et si j'allais lui dire que tout est fini entre nous ? proposa Caroline.

– Je vous le conseille, dit François qui trouvait l'existence bien agréable.

*

Le peu de temps qui s'écoula avant son départ pour la Kurlande parut à François démesurément long. Mais malgré la hâte qu'il avait de se trouver à Avignonburg, il arriva fort en retard à Orly. Lorsqu'il pénétra dans le hall du rez-de-chaussée, il entendit la voix mielleuse de la speakerine qui disait :

– Vol Air France 707, à destination de Copenhague, Avignonburg, Helsinki. Les passagers sont priés de se présenter à la porte 32 pour l'embarquement immédiat.

– Nous avons tout le temps, dit François à Albert, le chauffeur du Quai qui déposait deux grosses valises devant le guichet d'enregistrement où les formalités étaient réduites au minimum pour le nouvel ambassadeur.

Pendant ce temps, à l'étage supérieur, dans le couloir d'arrivée, perdue parmi les autres voyageurs, s'avançait une jeune fille blonde, sanglée dans un imperméable beige, un sac de voyage à la main, le regard dissimulé par des lunettes aux verres teintés – probablement la plus heureuse, la plus émue en tout cas.

Paris ! Paris où elle allait se mesurer avec son destin. Paris, l'objet de ses désirs, l'attendait ! Et à Paris...

– Koba, c'est votre prénom ? demanda l'officier d'état civil à qui elle avait tendu son passeport.

– Oui, monsieur.

– Koba, LYE-LYE, répéta l'homme. Motif de votre voyage ?

– Pardon ?

– Pourquoi venez-vous à Paris ?

Elle ne pouvait pas répondre : pour savoir de quoi je suis capable...

– Vous voulez être mannequin, faire des photos, du cinéma ?

– Non ! dit vivement Koba qui avait soudain

peur de ne pas paraître convenable. Je suis une « au pair », monsieur.

– Ah ! une jeune fille au pair. Très bien, passez, dit l'homme en donnant un coup de tampon.

Puis elle arriva devant le douanier à qui elle dit qu'elle avait une bouteille d'aquavit à déclarer.

– On n'en voit pas souvent de comme ça, dit le douanier. Je peux la garder ?

– C'est pour un ami, dit timidement Koba.

– Il n'y en a pas une pour moi ?

– ... je suis desolée, dit Koba avec une sincérité déconcertante.

– Faudra y penser la prochaine fois, dit le gabelou en lui rendant sa bouteille.

« Ne pas oublier que les Français plaisantent souvent », pensa Koba.

Maintenant elle se sentait tout à fait libre, tout à fait abandonnée. Elle était elle et rien d'autre.

« 45519820 », se répétait-elle en avançant vers le grand escalier. « 45519820 ». Est-ce qu'elle appellerait tout de suite ? D'ici même ? Est-ce que ce serait correct de dire : « Je vous appelle d'Orly. Je viens d'arriver » ? Non, elle aurait l'air de se jeter à sa tête. Ce serait mieux d'attendre d'être installée chez M. et Mme Cruchon de Clamouse 54 Villa Saïd Paris XVIe. Oui, mais ce ne serait peut-être pas commode de lui parler, si elle n'était pas seule. Attendre demain ? Demain, c'était bien loin. Ce qu'elle ne pourrait pas voir avec le téléphone, pensait-elle en commençant à descendre les marches, c'est l'expression de son visage lorsqu'elle lui dirait : « Je suis la Demoiselle d'Avignon, vous vous souvenez de moi... »

Son cœur cessa de battre. Il était là. C'était lui. Il montait vers elle. Il venait à sa rencontre transporté par l'escalier mécanique. Il regardait droit devant lui, absorbé, il avait l'air heureux. Lui !

– Monsieur Fonsalette !

François tourna la tête et resta médusé.

– Koba, dit-il d'une voix étranglée.

Il se mit à danser d'un pied sur l'autre pour ne pas être entraîné par le mouvement de l'escalier et se maintenir au niveau de la jeune fille.

– Mais qu'est-ce que vous faites ici ?

– Je débarque ! dit Koba rayonnante. Je viens en France pour un an. Je suis au pair !

– Ce n'est pas vrai, dit François foudroyé, et il se sentit brutalement emporté par l'escalier, tandis que Koba immobile paraissait diminuer à vue d'œil.

« Ce n'est pas vrai », répétait-il tandis que l'escalier le déposait brutalement en haut des marches.

En une seconde Koba sentit que quelque chose de fâcheux venait de se produire. Elle remonta lentement l'escalier sans quitter des yeux le visage décomposé de François.

– Mais qu'y a-t-il ? demanda-t-elle en arrivant auprès de lui.

– Je me suis fait nommer en Kurlande !

– Non ! dit Koba dans un cri qui était plus qu'un aveu, mais François était trop abattu pour en prendre conscience.

– Si, reprit-il, je suis ambassadeur de France en Kurlande.

– ... mes compliments, balbutia Koba, navrée.

– Je voulais vous faire une surprise, dit François lugubre.

– Moi aussi, répondit Koba sur le même ton.

Et ils restaient l'un devant l'autre désemparés, bousculés, abasourdis.

« Vol 707 à destination de Copenhague, Avignonburg, Helsinki, embarquement immédiat porte 32. Dernier appel. »

– C'est votre avion ?

– Oui.

– Je vais vous accompagner, dit Koba.

– J'ai tout mon temps, dit François qui néanmoins se dirigea vers les couloirs d'embarquement.

Ils marchaient côte à côte sans pouvoir échanger une parole, sans presque oser se regarder.

– Mme Fonsalette va bien ? demanda Koba.

– Mme Fonsalette, répéta François avec un profond étonnement. Mais je ne suis pas marié !

– Votre mère, souffla Koba.

– Oh ! pardon ! oui, elle va bien. Merci.

– M. Fonsalette est attendu d'urgence à la porte 32, dit une voix caressante qui semblait promettre toutes les félicités du paradis d'Allah.

– Courez, François, courez ! supplia Koba.

– Un ambassadeur n'a pas à courir, dit François, stoïque.

– Oh ! j'ai vu la Demoiselle d'Avignon sur le journal, dit vivement Koba, elle est très belle.

– Ah ! oui, dit François en s'arrêtant devant le passage de départ.

Petit à petit le saisissement qui les avait frappés se dissipait et tous deux derrière la contrariété immédiate commençaient à sentir au fond d'eux tout un monde d'impressions qui n'étaient plus entièrement désagréables. Le sourire leur revenait aux lèvres tandis que, sur le point de se quitter, ils se dévoraient des yeux. Ne lisaient-ils point chacun sur le visage de l'autre la réponse qu'ils avaient crainte et espérée depuis qu'ils s'étaient rencontrés.

– J'avais tant de choses à vous dire… commença François sans pouvoir aller plus loin.

– Moi aussi, dit Koba. Je voulais appeler le 45519820. C'est bien votre bureau ?

– C'était mon bureau, oui, dit François. Enfin je suis bien content de vous avoir vue.

– Oui, on aurait pu ne même pas se voir, dit Koba.

– M. François Fonsalette, à la porte 32. Dernier appel, M. François Fonsalette !

– Oui, oui ! murmura François impatienté.
– Je vous avais apporté un petit cadeau, dit Koba en plongeant vers le sac qu'elle portait à la main, et, dans le mouvement qu'elle fit, la chaîne d'or et la pièce sortirent du col de l'imperméable. François reconnut la pièce qu'il avait donnée à Koba le matin de son départ.
Il la regardait en souriant.
– Oui, dit Koba en reprenant un peu de couleur, je l'ai fait monter pour l'avoir toujours avec moi, et ça, ajouta-t-elle précipitamment, c'est une bouteille d'aquavit kurlandais. Vous la prenez ? dit-elle timidement.
– Bien sûr, dit François. Qu'elle est belle !
Il contemplait l'étiquette avec un ravissement profond – mais pensait surtout à la pièce que Koba portait au cou.
– Merci, dit-il, merci ! et au revoir !
– Au revoir, dit Koba en répondant de toutes ses forces au sourire de François – mais attentive surtout à ne pas laisser échapper une larme. Au revoir, François.
Elle lui tendit la main.
– J'espère que vous ne m'en voulez pas.
– Oh ! non, dit François avec chaleur, tout en faisant passer la bouteille sous son bras pour pouvoir saisir la main de Koba. Oh ! non... Mais pardonnez-moi, il faut que...
Koba fit oui de la tête en lâchant sa main et tandis que François gagnait le guichet de la Sûreté elle sortit les lunettes noires dont elle aurait besoin dans un instant.

*

Il pleuvait.
Le car d'Air France abordait la courbe d'où l'on découvre Paris. La jeune fille enleva ses lunettes et regarda. À travers ses larmes elle

voyait une ville immense. Une ville dans laquelle elle ne connaissait personne. Un sentiment de solitude l'envahit. L'épreuve avait commencé. Elle avait voulu savoir de quoi elle était capable, eh bien, elle allait le savoir tout de suite. Elle essuya ses larmes, sortit son poudrier, se fit un sourire un peu contraint mais vaillant et s'efforça de concentrer son attention sur les deux petits jumeaux qui allaient être confiés à sa garde. Ne plus penser à ce garçon qui volait en ce moment vers la Kurlande... ne penser qu'à son travail. Mais c'était merveilleux qu'il ait voulu aller en Kurlande... ça prouvait qu'il voulait la revoir... c'était merveilleux mais c'était affreux. Non, il fallait seulement penser à son travail. Faire bonne impression à Madame. Elle n'avait pas peur de la besogne, ça non ! Elle adorait les enfants et savait les soigner, les laver, les amuser, qu'ils soient des bébés ou des gamins. Elle l'avait souvent fait en Kurlande. En Kurlande. Mais là-bas on ne la bousculait pas comme son voisin qui passait devant elle pour descendre du car, on ne la regardait pas avec insolence comme le chauffeur du car qui lui faisait répéter trois fois la même question : « S'il vous plaît, monsieur, où sont les taxis ? » On ne l'abandonnait pas sous la pluie avec ses bagages, on ne lui demandait pas si elle était libre ce soir comme ce monsieur à la voix abominablement caressante (Les Français ne sont pas sérieux, ça je le savais !), on ne lui donnait pas un coup de parapluie comme cette vieille dame hargneuse qui se précipitait sur le taxi où Koba allait monter. Le dernier.

La pluie redoubla et Koba sentit l'eau ruisseler le long de son cou. Elle empoigna ses bagages et se dirigea vers un agent à qui elle demanda dans quelle direction était la Villa Saïd. Elle était au milieu du Pont Alexandre III quand un maraudeur eut pitié de cette grande fille qui avançait péniblement, perdant son sac, posant une valise, changeant de main, reprenant son souffle, se rechargeant, repartant, s'arrêtant à nouveau, le visage dégoulinant de pluie, les cheveux trempés. En s'asseyant au fond du taxi avec un soupir de soulagement, Koba s'aperçut qu'elle avait faim et se réjouit d'être en France où l'on mange si bien. Non, elle n'était pas à plaindre. La preuve, c'était ce taxi. Elle avait toujours de la chance. Les Champs-Élysées... l'Arc de Triomphe et, tout de suite, dans une belle avenue, la voie privée de la Villa Saïd. Quel cadre agréable !

Elle paya le chauffeur, un vieux Russe taciturne qui ressemblait à un gros chien et qui lui dit seulement comme elle descendait du taxi :

– Bonne chance !

C'était gentil.

Elle sonna et attendit le sourire aux lèvres.

La porte de verre dépoli à motifs de fer forgé s'ouvrit devant Koba. Un maître d'hôtel impassible la regardait avec cette qualité de mépris que seuls certains échassiers, certains aristocrates et certains majordomes peuvent afficher.

– Je suis... commença-t-elle.

– Inutile, trancha Émile, ça se voit tout de suite, suivez-moi.

Il la laissa se débrouiller avec ses valises, la précédant dans le vestibule où parut soudain une petite femme dans les trente-cinq ans, nerveuse, élégante, chapeautée, gantée, parfumée, prête à sortir. C'était Madame.

Koba la trouva très jolie et Madame la trouva trop jolie. Enfin ! Il s'agissait de prendre cette petite bien en main dès le début, avec ces étrangères on ne sait jamais.

– C'est à cette heure-ci que vous arrivez ?

Koba essaya d'expliquer la pluie, pas de taxis, Paris qu'elle ne connaissait pas, mais Madame ne l'écoutait pas :

– Tâchez d'être exacte à l'avenir. Je me suis mise en retard pour vous attendre, je n'aime pas ça !

Et elle ajouta avec le ton de reproche douloureux de quelqu'un qui se voit trompé sur la marchandise :

– Je vous trouve bien grande...

Koba se tassa sur ses genoux. Elle voulait tellement faire bonne impression ! Mais, exquise soudain, Mme Cruchon de Clamouse la guidait vers la chambre des enfants au premier étage de l'hôtel particulier. Elle expliquait que la maison était un peu désorganisée en ce moment, leur femme de chambre ayant dû les quitter brusquement. Un deuil l'avait rappelée en province.

– Il est possible que les premiers jours je vous demande quelques menus services supplémentaires... mais rien d'épuisant, rassurez-vous. D'ailleurs notre personnel nous adore ! conclut-elle d'une voix si charmeuse que Koba se sentit prête à passer la paille de fer de la cave au grenier.

– Les petits, vous êtes là ? questionna Myriam Cruchon de Clamouse en s'arrêtant devant la porte.

Les anges, s'ils parlent, doivent émettre des sons aussi délicieux que ceux qui frappèrent l'oreille de Koba.

– Oui, maman !

Côte à côte sur leurs lits jumeaux, parfaitement semblables, avec le même sourire séraphique sur leurs jolies petites frimousses, Marc et Gilles regardaient entrer leur nouvelle demoiselle.

– Comme ils sont mignons ! dit Koba attendrie.

– Très mignons, dit Myriam Cruchon de Clamouse en montrant à Koba la chambre voisine où elle allait s'installer.

– Vous pourrez ainsi les surveiller facilement. Bien, posez votre valise. Vous allez redescendre avec moi pour prendre le reste de vos bagages et elle ajouta, se tournant vers les enfants : Soyez bien sages, comme d'habitude !

– Oui, maman ! dit le chœur des anges tandis que leur mère refermait la porte.

– Dans quelques instants, Émile montera un plateau, ils mangeront dans leur chambre, car nous ne sommes pas là ce soir. Mais ne les quittez que lorsque vous êtes sûre qu'ils sont endormis... vous verrez, vous vous plairez beaucoup chez nous, assura-t-elle en prenant son sac. Ah ! est-ce que j'ai de la monnaie ?

Non, elle n'en avait pas. Rien que des gros billets.

– Vous n'auriez pas par hasard un ou deux billets de dix francs ? demanda-t-elle à Koba.

– Oh ! si, madame, s'écria Koba, ravie de pouvoir rendre service, et elle tendit son porte-monnaie à Madame qui prit vingt francs en disant :

– Merci, mon petit. Je vous rendrai tout ça avec votre semaine.

Et elle s'en alla vers la porte en disant gracieusement :

– Vous trouverez certainement quelque chose à grignoter à la cuisine !

– Merci, madame, dit Koba.

Elle empoigna une valise et son sac de voyage et monta dans sa chambre.

Sur le seuil elle resta saisie : deux démons grimaçants, coiffés de soutiens-gorge, affublés de kilts écossais qu'elle reconnut pour les siens, se disputaient en hurlant un objet difficile à discerner au milieu d'un tourbillon de lingerie, de pantoufles et de lainages.

– C'est à moi !

– C'est à moi ! j'l'ai vu l'premier !

Et ils tirèrent chacun de son côté, permettant à la jeune fille de reconnaître sa blouse de lin, brodée à la main par la mère de Julie.

Crac ! la belle blouse paysanne – un hiver de travail au coin du feu ! – se fendit en deux.

– Ma blouse ! gémit Koba.

– Sa plouse ! pouffèrent les gamins enchantés de son accent en envoyant les lambeaux brodés en l'air.

Une manche, lamentable, s'accrocha au lustre.

– Ce n'est pas gentil, ce n'est pas joli ce que vous faites ! dit la jeune fille au bord des larmes.

– Ce n'est pas chentil, ce n'est pas choli ! On est des filains bedits karsons ! Hou ! les filains bedits karsons !

Puis comme elle faisait mine de récupérer son bien, les deux démons commencèrent une ronde infernale autour de la chambre en jouant au ballon avec l'oreiller de Koba qu'Émile reçut en pleine figure au moment où il entrait, portant le plateau du dîner : deux assiettes de soupe, des œufs à la coque, des épinards, un cœur à la crème. Sans lâcher le plateau, Émile glissa lentement vers le sol sous les yeux effarés de Koba. Sa veste blanche était balafrée d'épinards, la soupe coulait sur la moquette mais il avait sauvé les œufs et le fromage. Marc, reconnaissant, prit le cœur à la crème à pleine main et visa. Le visage d'Émile disparut sous une épaisse mousse blanche.

– Avec du sucre, ce sera meilleur ! glapit Gilles en le saupoudrant.

– Un shampooing aux œufs ! rugit Marc en cassant un œuf sur le crâne du malheureux.

C'en était trop pour Koba.

– Ne jouez pas avec la nourriture ! dit-elle révoltée.

Gilles lui tira la langue mais le sang de Rollon s'était réveillé dans les veines de sa descendante. Elle empoigna les deux gamins d'une main d'acier, les souleva du sol, leur arracha leurs trophées et les précipita dans leur chambre avec une force qui leur coupa le souffle. Puis elle ferma la porte à clef et se pencha sur Émile que sa propre mère n'aurait pu reconnaître.

En silence, ils rassemblèrent les restes du plateau et commencèrent à mettre de l'ordre. Soudain, les jumeaux, revenus de leur surprise, se jetèrent sur la porte, la bourrant de coups de pied, faisant alterner injures, prières, hurlements et gémissements.

– Ils sont souvent comme ça ? demanda Koba.

Émile leva vers le ciel des yeux cernés de fromage et poussa un profond soupir. Puis il rit nerveusement :

– M'est bien égal ! je pars demain ! Je suis resté un mois, j'ai vu cinq femmes de ménage, trois femmes de chambre, deux filles au pair !

– J'ai FAIM ! hurlaient les jumeaux.

– Vous n'aurez rien à manger ! dit Koba.

– Alors on met le feu !

– J'appellerai les pompiers ! dit Koba.

Émile s'était relevé avec les décombres. Il se dirigea vers la porte.

– C'est vrai qu'ils le font parfois, dit-il.

– Ils font quoi ?

– Ils mettent le feu, et il referma la porte.

Koba frémit. Mais elle décida de ne pas céder et continua à ranger sa chambre dévastée.

Peu à peu les jumeaux se calmèrent.

Koba s'était installée. Elle avait sorti *Mes Fouilles* de son sac de voyage. Il faudrait qu'elle trouve une cachette sûre pour ce livre. Est-ce que tous les petits enfants français étaient aussi vivants que Gilles et Marc ? Elle eut brusquement faim. Très faim. Elle n'avait rien mangé depuis le léger smørebrød de l'avion. Quelle heure était-il ? Minuit moins vingt-cinq. Elle entrouvrit prudemment la porte de la chambre des jumeaux. Ils s'étaient couchés et dormaient paisiblement. Koba sourit et referma à clef. Madame avait dit de ne pas les quitter avant qu'ils soient endormis et puis d'aller manger à la cuisine. Mais où était la cuisine ? Émile avait disparu. La cuisine devait être en bas, rez-de-chaussée ou sous-sol. Elle trouverait bien. Mais d'abord elle ne trouva pas le bouton électrique qui commandait l'escalier. Elle descendit à tâtons dans le noir. Comme elle arrivait aux dernières marches elle se figea, terrifiée. Quelqu'un cherchait à s'introduire dans la maison. On forçait la serrure et elle pouvait apercevoir la silhouette d'un homme qui poussait lentement la porte et entrait à pas de loup. De la main elle chercha un objet lourd à lui lancer à la tête et referma sa main sur quelque chose qu'elle eut du mal à soulever. Brusquement le cambrioleur alluma l'électricité et la découvrit, brandissant une haute lampe de bronze, telle la Statue de la Liberté.

– Cruchon ! dit-il avec un aimable sourire et, comme elle restait immobile et sans voix, il poursuivit : Je suis M. Cruchon de Clamouse. Vous êtes sans doute la jeune fille au pair ?

Koba respira et posa son arme.

– Oui, monsieur. Je m'appelle Koba Lye-Lye.

Mme Cruchon de Clamouse n'était pas grande mais M. Cruchon de Clamouse était tout petit. C'était un homme aimable, gai et bon enfant.

– Qu'est-ce que vous faisiez dans le noir avec cette lampe ? demanda-t-il en se débarrassant de son pardessus.

– Je cherchais la cuisine. Je n'ai pas mangé !

– Eh bien, moi non plus ! dit-il ravi de cette rencontre. Suivez-moi. On a dû me laisser une petite collation, nous partagerons...

Koba le suivit dans le couloir qui menait à la cuisine. « Je boirais bien du vin, pensa-t-elle, pas beaucoup mais une petite goutte. »

– Avez-vous pris contact avec les jumeaux ? demanda Monsieur en effleurant de l'œil la table vierge de tout couvert.

– Oui, oui, dit Koba.

– Ils sont amusants, hein ?
– Assez, dit-elle sobrement.
Mais l'inquiétude commençait à gagner le maître de maison. Il venait d'ouvrir successivement le placard et le garde-manger. Rien.
– ... ce sera dans le réfrigérateur, dit-il d'une voix faible.
Eh bien, non, dans le très vaste et très beau réfrigérateur il n'y avait que trois œufs, deux tristes sardines en tête à tête sur une assiette et une bouteille de lait entamée.
Il éclata :
– C'est toujours la même chose ! Il n'y a jamais rien dans cette maison... et naturellement, ma femme n'est pas là ! Je rentre de province, je suis affamé... !
– Je peux faire des snuppes ! s'écria Koba.
– Des quoi... ?
– Des snuppes ! Fabrication kurlandaise, très bon ! Il y a du poisson, des œufs, du sucre... et je vois de la farine ! Je fais des snuppes ?
Elle fit des snuppes. Monsieur était ravi. Il la regardait fouetter ses œufs, tourner sa pâte à beignets, il lui passait un bol, jetait les coquilles vides. Il trouvait cette jeune fille bien gentille.
– Je sens que je vais me régaler ! dit-il quand elle posa sur la table où il avait dressé leur couvert un plat étrange et appétissant.
Il goûta.
– Est-ce que ça vous plaît, monsieur ?
– La première bouchée m'enchante ! Bon appétit, mademoiselle !
– Bon appétit, monsieur !
La porte s'ouvrit brutalement et Madame parut sur le seuil.
– Mais qu'est-ce qui se passe ? dit-elle, et son nez s'agitait comme celui d'un lapin à qui on essaie de vendre une carotte pas fraîche.
– Tu vois... je mange des snuppes ! dit son mari qui était devenu tout rouge.

– Des snuppes ! répéta Myriam Cruchon de Clamouse. Qu'est-ce que c'est que ça ?

– Spécialité kurlandaise, dit Koba.

– Mais qui vous a permis de faire des snuppes à mon mari quand je ne suis pas là ?

– Vous ne m'aviez rien laissé à manger ! dit Monsieur qui semblait devenir de plus en plus petit.

« Mon Dieu, pensa Koba, on dirait Alice quand elle a mordu dans le champignon ! »

Et elle s'attendait à le voir disparaître.

Il disparut en effet mais après l'assiette de snuppes que Madame jeta dans le vide-ordures.

Koba en sentit une douleur cuisante au creux de l'estomac.

– Mais Mademoiselle n'a rien mangé ! dit courageusement le petit homme.

– Et Eliacin, pauvre bête, qu'est-ce qu'il va manger, lui ? C'est son poisson que vous avez pris, mademoiselle, dit-elle douloureusement. Le poisson de mon chat.

– Je suis désolée, madame, dit Koba.

– Du poisson ! Il faut vraiment que tu aies perdu la tête ! Tu seras couvert de boutons demain ! Souviens-toi de ton dernier saumon, tu étais joli au réveil... !

– Bonsoir, mademoiselle ! dit précipitamment le malheureux.

– Bonsoir, monsieur.

– Et si vous tenez absolument à manger, dit Madame en emboîtant le pas à son mari, faites-vous une tartine de beurre.

– Bien, madame.

Et, tout en étalant du beurre sur du pain, Koba Lye-Lye, fille au pair dans le XVIe, se répéta avec beaucoup de philosophie la parole de son auteur préféré :

« Il ne faut pas se décourager. Jamais. »

11

Une bourrasque de vent plus violente que les autres força la fenêtre, les rideaux volèrent à travers la pièce, accompagnés de flocons épais et drus. François s'éveilla en sursaut. Il pensa d'abord qu'il avait dormi à la belle étoile tant l'air autour de lui était vif. Ses yeux encore embrumés de sommeil parcoururent les murs qui l'entouraient et finirent par se fixer sur un jeune homme souriant qui avait l'air d'un ange à lunettes et qui se tenait debout au pied de son lit.

« Où suis-je ? » pensa François.

– Puis-je refermer la fenêtre, Excellence ? dit l'ange qui, sans attendre de réponse, saisit les deux panneaux vitrés, les approcha, s'arc-bouta et finit par les réunir.

Pendant ce temps, François, la tête appuyée au bois du lit, avait tiré la courtepointe jusqu'à son menton. Une lumière blafarde ne parvenait pas à éclairer toute la pièce qui semblait meublée dans le goût gothique allemand le plus fabriqué.

– Monsieur l'Ambassadeur voudra bien m'excuser pour cette intrusion. J'ai frappé cependant. Et je me suis décidé à entrer, car j'ai craint que Votre Excellence ne prît froid.

– Ça va, dit François en éternuant.

Petit à petit la réalité se reconstruisait. Il était à l'ambassade de France en Kurlande. Il était ambassadeur. Ah ! oui ! il y avait eu une tempête terrible. Son appareil malmené avait dû être dérivé sur Oslo. Il était arrivé en pleine nuit avec plus de huit heures de retard. Le reste, son arrivée à l'aéroport, le trajet jusqu'à l'ambassade, son coucher, rien n'en subsistait dans son esprit.

L'ange à lunettes allait sûrement le lui apprendre.

– Bruno Fronval Lapeyre de Tarnac, dit-il en s'inclinant. Je ne sais si dans mon affolement, cette nuit, j'ai seulement songé à me présenter correctement à Son Excellence.

François ne put lui répondre. Il éternua violemment et se cogna la tête au bois du lit.

Aussitôt Fronval lui présenta sa robe de chambre et François fut bien obligé de se lever.

– Dites-moi, Fronval, il fait souvent ce temps-là ?

– Nous entrons dans la saison des strøms, monsieur, répondit doucement Fronval.

– Et ça dure longtemps, la saison des strøms ?

– Cela dépend, monsieur l'Ambassadeur. Mais jamais plus de huit mois, répondit Fronval d'une voix rassurante.

– Je vois, dit philosophiquement François en jetant les yeux sur le mur où ce qu'il avait pris pour des décorations un peu fantastiques lui apparaissait maintenant comme de gigantesques taches d'humidité.

– Je vois, répéta-t-il en hochant la tête. Enfin, un bon bain chaud me remettra d'aplomb.

– Justement, commença Fronval avec un sourire légèrement inquiétant... Je dois prévenir Son Excellence que la baignoire de sa salle de bains est capricieuse. – Et devant l'expression inerte de François, il précisa : Tac-tac-tac-tac !

– Tac-tac-tac-tac... ? répéta François, s'attendant au pire.

– Oui, la tuyauterie est à l'antique et nous ne

parvenons à avoir l'eau vraiment chaude qu'en été.

– Je vois. Pas pendant la saison des strøms.

– C'est ça.

– Eh bien, un bon bain froid me remettra d'aplomb.

– Voilà, dit Fronval avec bonne humeur. Je me propose ensuite de faire faire à Son Excellence le tour du propriétaire.

– J'en serai ravi et j'en profiterai pour faire également connaissance avec tout le personnel.

– Oh ! ils attendent avec impatience le moment de vous présenter leurs respectueux devoirs, dit Fronval avec ferveur. C'est une telle joie pour eux d'avoir un maître ! Si Votre Excellence permet, je vais à présent faire couler son bain, dit-il en sortant une clef anglaise de la poche intérieure de son impeccable complet croisé – et il entra dans la salle de bains.

François leva les yeux au ciel et retrouva au plafond les mêmes motifs que sur les murs, en un peu plus accentué toutefois. Par les interstices de la fenêtre se glissait un courant d'air glacé. Il jeta un coup d'œil dehors. De la neige à perte de vue, que ce soit sur le sol ou dans le ciel. Pas d'habitations de ce côté, quelques arbres fourbus sous leur fardeau blanc. Le drapeau français renonçait à flotter, il s'était frileusement ramassé autour du mât.

– Ça y est ! dit une voix qui venait de la pièce voisine.

Et aussitôt le tac-tac-tac-tac ! du robinet ébranla l'ambassade jusque dans ses fondements, informant la maison que M. l'Ambassadeur allait prendre son bain.

*

Une heure plus tard, François pénétrait dans son bureau. Il avait auparavant fait un tour à travers l'ambassade qui l'avait laissé fort méditatif. Il sentait bien que Fronval ne lui montrait pas tout. Il avait vivement refermé la porte de la véranda d'été, pas assez cependant pour que François ne vît point les stalactites qui pendaient de la charpente.

– Vous verrez, elle est très agréable en été, très fraîche.

– Je n'en doute pas, avait répondu François avec un sourire entendu.

Devant un certain nombre de portes, Fronval passait furtivement, disant : « Là, il n'y a rien. Là, ce n'est pas la peine. Ici, c'est la même chose. »

Et finalement on était arrivé à son bureau.

– Si Son Excellence veut bien se donner la peine, dit Fronval en s'effaçant.

François pénétra dans une vaste pièce où il fut accueilli par une douce chaleur. Un feu de bois pétillait joyeusement dans la cheminée.

– C'est dans cette pièce que Monsieur l'Ambassadeur se tiendra le plus souvent.

Sous l'évidence banale de la phrase il y avait un subtil parfum de recommandation que François savoura en souriant.

– Elle est très agréable, continua Fronval, et la cheminée ne fume pas.

– Ah bon, parce que les autres... ? interrogea François.

– Les autres fument, monsieur.

À la façon dont Fronval annonçait la chose en baissant les yeux, il était impossible de savoir s'il s'agissait pour lui d'un défaut ou d'une qualité.

« Ce garçon ira loin, pensa François en faisant le tour de la pièce. »

Le mobilier, avec un cachet désuet, paraissait confortable, les miroirs étaient superbes, les lustres imposants, les tapis épais, les peintures aux murs classiques. Il s'assit à son bureau, en prit possession des deux bras écartés, et se rendit brusquement compte qu'il était vraiment ambassadeur, ce qui le fit méditer un court instant.

– Y a-t-il autre chose à voir ? dit-il enfin à Fronval.

– ... Je ne pense pas, répondit le jeune homme après une imperceptible hésitation que François apprécia à sa juste valeur.

Et, cherchant une formule qui pût résumer ses impressions sans blesser son jeune collaborateur, il lui dit d'un ton pénétré :

– Ce n'est pas grand !

– Non, ce n'est pas grand, répliqua Fronval. Mais si vous désirez voir les chambres des domestiques, la buanderie...

– Non, non, je vous fais confiance ! coupa François.

– Il y a bien le salon d'apparat, au rez-de-chaussée, dit Fronval du ton dont un alpiniste évoquerait la face Nord des Grandes Jorasses... mais ce serait risqué.

– Risqué, dit François interloqué. Mais pourquoi ?

– Personne ne l'a traversé depuis le départ de M. Badinguet.

– Ce n'est quand même pas le Matto Grosso, dit François.

– Non, ce n'est pas le Matto Grosso, répondit Fronval avec beaucoup de sérieux. Mais plusieurs carreaux sont cassés. Les radiateurs ne marchent plus, l'électricité est coupée et le plancher en est inégal.

– Oui, ce serait risqué, dit François. Pas de salon d'apparat.

– Il ne reste plus que le vestibule d'honneur où le personnel de l'ambassade s'est assemblé pour souhaiter la bienvenue à Son Excellence, dit Fronval en s'inclinant.

– Eh bien, allons-y.

François se leva avec énergie.

– Permettez-moi de vous précéder, dit Fronval qui disparut précipitamment.

François le suivit sans hâte. Il ne pouvait se défendre d'une certaine émotion. Il tenait à faire bon effet devant tout le personnel réuni. Il savait par expérience à quel point le premier contact peut être déterminant pour l'avenir des relations humaines. Il avait soigneusement choisi son vêtement, quelque chose de sombre, avec gilet, un peu habillé. Il craignait terriblement de faire jeune.

Arrivé au haut de l'escalier, il ajusta son nœud de cravate, releva le menton et descendit bravement les marches, tout en répétant « mes chers amis, mes chers amis », car c'est ainsi que commençait son discours de bienvenue.

« Son Excellence, M. François Fonsalette, ambassadeur de France ! » clama Fronval qui se trouvait déjà au bas des marches.

François apparut et le sourire qu'il s'était composé se figea instantanément.

Dans le grand vestibule il y avait trois personnes. Deux filles, face à l'escalier, blondes, court-vêtues, nu-pieds, qui se poussaient du coude en le regardant avec des yeux brillants. Et un peu en retrait, les mains jointes, le regard éploré, une dame d'un certain âge, vêtue de noir.

– Et les autres ? demanda François à voix basse.

– C'est tout, jeta Fronval dans un souffle.

– Ha, dit François.

Les deux filles d'un seul mouvement accomplirent une profonde révérence découvrant deux gorges superbes.

Fronval sourit, gêné, à l'adresse de François.

Les deux filles gardaient la même position, regardant François à la dérobée et pouffant de rire entre elles.

– Jüng und bibi, Ambassador ! disait l'une.

– Mute shön, gute nine ! répondait l'autre.
– Oh ! Gut ! Gut ! Gut !
Et elles se trémoussaient en dévisageant François.
– Ne vous inquiétez pas, monsieur l'Ambassadeur, elles sont de Kytère, dit Fronval.
– Kytère ?
– Une petite île au Nord, le seul des territoires kurlandais où l'on ne parle ni ne comprenne le français.
– Mais qu'est-ce qu'elles disent ?
Fronval rougit jusqu'aux oreilles.
– Veuillez les excuser. D'ailleurs leurs propos sont plutôt flatteurs pour Votre Excellence.
– Oui, c'est ce qu'il m'avait semblé, dit François en s'avançant vers les deux jeunes filles qu'il fit relever, tout en les observant d'une façon pensive.
– Et celle-là, elle est de Kytère aussi ? demanda François en désignant la dame aux cheveux blancs.
– Oh ! moi, monsieur l'Ambassadeur, je suis née Porte de Vanves ! dit la vieille dame en s'avançant d'un pas, et elle se mit à pleurer.
Fronval expliqua que Mme Ottarlik était venue en Kurlande comme dactylo voilà plus de trente ans, du temps de M. de Jouvencelle, qu'elle avait épousé le professeur de gymnastique de l'ambassadeur, et qu'elle était restée.
– Ne partez pas, monsieur l'Ambassadeur, ça me fend le cœur de voir cette maison de France désertée ! C'est un beau pays que la Kurlande, vous savez, accueillant, gai, agréable..., et ses sanglots redoublèrent.
François lui prit la main et l'assura qu'il n'était pas question pour lui de quitter la Kurlande.
– J'ai voulu venir, je suis là, je resterai, dit-il avec force.
– Oh ! tant mieux, tant mieux ! dit la vieille secrétaire en tirant son mouchoir.
François lui donna congé en guise de bienvenue

puis il se tourna vers les deux filles en faisant appel à toutes ses connaissances en kurlandais :

– Draher vëng ! leur dit-il.

À ces mots les deux filles refirent une révérence et tout en s'éclipsant manifestèrent leur joie par force sourires à l'adresse du Jüng und bibi Ambassador.

– Elles sont heureuses, dit Fronval avec une pointe d'émotion. M. Badinguet ne leur a jamais parlé kurlandais. Et puis, ajouta-t-il, embarrassé, M. Badinguet n'était pas... enfin, je veux dire... il était beaucoup moins... que monsieur l'Ambassadeur.

Mais François n'écoutait pas. Il dévisageait silencieusement Fronval avec tant d'insistance que celui-ci finit par se troubler.

– D'homme à homme, commença François d'une voix grave, Fronval, qu'est-ce que vous faites ici ?

Fronval interdit, regarda François.

– Mais je me plais, monsieur l'Ambassadeur, je suis ici depuis dix-huit mois, je me plais.

– Pourquoi ? insista François sans diminuer l'intensité de son regard.

– Pourquoi ? répéta Fronval éperdu... Mais... c'est mon premier poste... J'étudie, j'observe... je fais un peu de cuisine.

Et devant l'expression hautement stupéfaite de François, il expliqua que, sorties des harengs, les jeunes domestiques qu'il venait de voir étaient un peu perdues. Alors, il s'était mis à cuisiner, lui Fronval.

– M. Badinguet aimait bien mes paupiettes, avança-t-il avec timidité. Par la Valise, j'ai un arrivage régulier de tripes et d'escargots et je crois pouvoir avancer que, sans me flatter, je réussis assez bien la tarte Tatin. Tout ceci est modeste, je sais, mais il me semble cependant que je suis utile à quelque chose, monsieur l'Ambassadeur.

– Fronval, commença François en lui posant familièrement la main sur l'épaule, étant donné la vie qui nous est faite dans cette ruine charmante, où nous allons, je le sens, main dans la main, repriser les rideaux déchirés, astiquer les cuivres ternis et manger votre délicieuse cuisine dans une vaisselle ébréchée, Fronval, ne croyez-vous pas que « monsieur l'Ambassadeur » prête un peu à rire, et que « monsieur » suffirait ?

– Ah ! non, pas ça ! s'exclama Fronval d'une voix pathétique. Pas ça ! Il y a six mois que je n'ai pas pu dire : « monsieur l'Ambassadeur », monsieur l'Ambassadeur. Ne me frustrez pas !

– Comme il vous plaira, dit François en se tournant vers la porte où un coup timide venait d'être frappé.

Mme Ottarlik passa son museau de souris pour annoncer que le chauffeur était à la disposition de Son Excellence.

– Nous avons quand même un chauffeur, dit François en se tournant vers Fronval.

– Le chauffeur du Marché Commun, Excellence. – Et, devant l'air surpris de François, il expliqua : Oui, Excellence, le pays est petit, le budget des ambassades modeste : nous avons un chauffeur et une voiture en indivis avec le Benelux, l'Allemagne et l'Italie. Un homme charmant d'ailleurs ! un Russe.

– Blanc, dit François.

– Non, noir, dit Fronval. Je l'ai convoqué car j'ai pensé que Son Excellence serait heureuse de faire connaissance avec le pays.

– Par ce temps-là ? dit François en jetant un coup d'œil vers la fenêtre.

– Justement, nous profiterons de ce que les routes sont encore praticables.

*

Quelques moments plus tard François qui, sur les conseils de Fronval, avait revêtu une immense pelisse et un bonnet de fourrure, assis au fond de la DS officielle sur laquelle Pouchkine venait de fixer le pavillon français, prenait contact avec les paysages kurlandais.

Ce qui était une manière de parler bien sûr, car la buée qui couvrait les vitres de la voiture en rendait les lignes imprécises. François était plus intéressé par le personnage de Pouchkine, le beau Noir russe qui souriait dans le rétroviseur de toutes ses dents et ne paraissait nullement incommodé du froid polaire qui régnait dans la voiture.

– Nous roulons sur la route des grèves, missié l'Ambassadeu', dit Pouchkine.

– Ah, dit François qui suivait seulement des yeux le va-et-vient régulier des essuie-glaces.

– Il faut vous dire que les Kurlandais ont une affection particulière pour la mer, expliqua Fronval. Ils se baignent en toute saison.

François frissonna sous son manteau de fourrure. Tout à coup la voiture patina puis s'arrêta.

– Qu'est-ce que c'est que ça ? demanda Fronval.

– M'en va voir, missié Fronval, dit Pouchkine en sortant du véhicule.

– Rien de grave, dit Fronval en réponse au regard inquiet de François.

Pouchkine réapparut à la portière.

– C'est seulement une crevaison. Je vais réparer.

Fronval proposa à François de se dégourdir les jambes. François fit la grimace, il se contenta de baisser la vitre et de mettre le nez à la portière.

Pouchkine commençait à changer la roue en chantant en russe « Plaine, ma plaine ». François le regardait avec envie.

– Vous n'avez pas froid, Pouchkine ?

– Moi, missié ? s'étonna le chauffeur. Mais je

suis russe ! dit-il avec un grand sourire. Moi y en a ici comme dans mon pays !

À cet instant, François vit surgir de la brume un colosse qui frappait des deux poings sur son torse nu en hurlant :

– Rrrrrah ! Rrrrrah ! Rrrrrah !

Le géant se roula dans la neige à plusieurs reprises puis se perdit à nouveau dans la brume.

– Va prendre son bain, le veinard ! dit Pouchkine en désignant du menton un endroit où devait se trouver la mer.

Fronval lui demanda s'il avait des nouvelles au sujet de l'audience que Sa Majesté devait accorder à Monsieur l'Ambassadeur.

– Ah ! oui, c'est fait, dit Pouchkine en se redressant. Je n'étais libre que jeudi prochain à 11 heures, à cause de la visite des Italiens, vous savez. Alors Sa Majesté qui devait partir pêcher le hareng avec ses petites-filles ce jour-là a accepté de décaler son départ pour que je puisse conduire Monsieur l'Ambassadeur de France, dit Pouchkine avec un sourire chaleureux à l'adresse de François, étonné de la manière dont le jour des audiences était débattu en Kurlande.

– Ces petites cours nordiques sont charmantes de simplicité, dit Fronval qui avait parfaitement suivi la pensée de François. Ce sera donc dans dix jours.

– Espérons que nous aurons meilleur temps, gémit François.

Pouchkine le regarda en riant.

– Ah ! faut êt' d'ici pour supporter l' climat, missié l'Ambassadeu' !

*

Au bout de quelques jours de claustration à l'ambassade, le moral de François était au plus bas. Il n'avait rien d'autre à faire qu'à marcher de long en large dans son bureau, à soigner son rhume, à regarder la neige tomber. Il ne pouvait même pas écrire à Koba. Dans l'émotion de la rencontre, il n'avait pas songé à lui demander son adresse. Peut-être aurait-elle eu l'idée de lui écrire à l'ambassade ? En effet, elle lui avait écrit. Mais les jumeaux avaient mis le feu à la lettre. François ignorait tout cela et, le front collé à la fenêtre, il se maudissait :

« Quelle idée j'ai eue de venir m'enterrer ici ! Combien de temps vais-je rester prisonnier de la Sicile du Nord ? disait-il en considérant les espaces neigeux. On croit rêver ! Quand je pense que je pourrais être à Paris ! Au Jardin des Plantes ! Chez la Marquise de Sévigné ! Avec elle ! En train de manger des glaces ! Non, non, pas de glaces, reprit-il vivement, un grog ! »

– Votre grog, monsieur l'Ambassadeur !

La voix de Fronval se fit entendre derrière lui. « Est-ce que je commence à parler tout haut ? se demanda François avec inquiétude. Il ne manquerait plus que cela ! »

Fronval s'avançait, le grog fumant posé sur un plateau.

– Merci, dit François qui ajouta au moment de boire : Il m'arrive parfois de penser tout haut, Fronval, n'y faites pas attention.

– Je puis affirmer à Votre Excellence que je ne me permets jamais de connaître les pensées de mes supérieurs.

– C'est bien, dit François en prenant une gorgée brûlante.

– Je pensais de mon côté à cette belle cérémonie : la présentation de vos lettres de créance à Sa Majesté.

– Oui, dit François sans enthousiasme.

– Monsieur l'Ambassadeur a-t-il un uniforme dans ses bagages ? demanda Fronval qui savait parfaitement que non.

– Est-ce bien nécessaire ici ? demanda François.

– Plus les États sont petits, plus les susceptibilités sont grandes, répondit judicieusement Fronval. D'ailleurs, ajouta-t-il avec un sourire, le Roi portera sûrement le grand manteau de cour.

– Ah, fit François contrarié.

– Si Son Excellence le permet... commença Fronval, et le jeune secrétaire lui fit part de l'idée qu'il avait eue. Pourquoi ne pas ajuster aux mesures de Son Excellence un uniforme en fort bon état qu'avait laissé ici M. de Jouvencelle ? celui-là même qui figurait dans une vitrine du grand vestibule.

– Il m'a paru d'une curieuse couleur, dit François.

– Lilas mourant d'Adélaïde, Excellence. Le Roi ne pourra qu'être flatté de ce délicat rappel.

– Et qui fera les retouches ?

– Votre serviteur, si Son Excellence le permet, dit Fronval en s'inclinant, et, sortant un centimètre de sa poche, il commença à prendre les mesures de François qui se laissa faire, car il n'y avait pas de temps à perdre.

Le lendemain, la boule de tailleur sur le bras, la craie à la main, des épingles plein la bouche, Fronval procédait au premier essayage.

– Vous l'avez bien repris, dit François admiratif en se contemplant dans la psyché de sa chambre à coucher.

– Encore une petite pince sous la feuille de chêne, dit Fronval en passant une épingle. Et un peu d'aisance à l'emmanchure gauche, – il fit un trait à la craie sur le tissu mauve. Puis il vint se placer à côté de François pour juger de l'effet dans le miroir. – Excellence, vous êtes... fit-il avec un petit claquement de langue qui exprimait sa satisfaction.

Le jeudi suivant à onze heures moins quelque minutes, la DS noire, dextrement menée par Pouchkine et portant fanion de l'ambassade de France, s'immobilisa au bas des marches du Palais Royal d'Avignonburg. François, ému, réussit à descendre de la voiture sans se prendre les pieds dans son épée, sans laisser tomber son bicorne, sans oublier ses lettres de créance. Très droit, il se dirigea vers le grand escalier de marbre, très haut, très long, très large qui menait à la salle d'audience royale; à chaque palier, des gardes rendaient les grands honneurs dans un cliquetis d'armes et d'éperons. En haut des marches, Roustan, le mameluk du Roi, se cassa en deux sur son passage. Il suivit de longues galeries aux plafonds majestueux, pénétra dans plusieurs salons éblouissants de dorures, entendit résonner son pas sur les dalles et les parquets. Onze heures sonnaient comme il arrivait devant une porte à double battant qui s'ouvrit brusquement à son approche, tandis qu'une voix de stentor, une voix incroyable de puissance et d'ampleur, un véritable tonnerre humain, annonçait :

– Son Excellence, M. François Fonsalette, ambassadeur de France.

– Ah ! si elle pouvait me voir, pensa François en pénétrant dans la pièce où se tenait le Roi.

Dès qu'il le vit, François ne put cesser de le regarder. Tant de majesté, tant de simplicité, tant de beauté aussi le frappaient. La pièce était séparée en deux par une balustrade dorée de l'autre côté de laquelle, surélevé de quelques marches, se trouvait le Trône Royal – et sur le Trône, Sa Majesté, entièrement enveloppée dans le manteau de grande cérémonie rouge sombre, bordé d'une épaisse fourrure, et qui, prenant du cou jusqu'aux pieds, rendait le corps totalement invisible. Un regard d'un bleu intense suivait chacun des gestes fixés par le protocole, un regard bon relevé d'une étincelle de malice. François s'avança jusqu'à la balustrade, après s'être incliné trois fois. Puis il attendit l'agrément du souverain : un simple mouvement de tête que Sa Majesté accompagna d'un bienveillant sourire.

– J'ai l'honneur de présenter à Votre Majesté les lettres...

– Voilà qui est fait, dit le Roi en se mettant debout. Monsieur Fonsalette, je vous tiens quitte, et par une porte qui s'ouvrait dans la balustrade le Roi vint rejoindre François.

Le jeune ambassadeur remit ses lettres de créance dont le souverain se débarrassa illico dans les mains de Valdemar, tandis qu'Uladislas, l'homme à la voix d'airain, apportait deux fauteuils pour la conversation.

– Asseyez-vous et causons, dit le Roi.

François, muet d'émotion, se contentait de sourire.

– Votre Président va bien ? commença le Roi qui était méthodique.

François, surpris, répondit :

– Sire, je le pense.

Et sans transition, le Roi enchaîna :

– Vous êtes marié ?

– Non, Sire, dit François en essayant de mettre une ombre de regret dans sa réponse.

– Alors, à quoi elles pensent les Françaises ? demanda le Roi.

Et il éclata d'un rire énorme, communicatif qui finit par détendre François étonné de s'entendre rire lui aussi. Quel charme avait cet homme !

– Dites-moi quelque chose, dit le Roi en s'arrêtant brusquement de rire.

– Que je dise quelque chose à Votre Majesté, balbutia François qui se sentait vide comme une outre dans le désert.

– Oui, dit le Roi venant à son secours. Une longue, belle phrase dans ta langue natale. Pour la musique, fit-il avec un geste qui évoquait les balancements du rythme.

Et François épouvanté s'entendit commencer une phrase qu'il avait apprise en classe de 3e, qu'il croyait avoir oubliée, et dont il s'était demandé à l'époque à quoi pouvait bien servir de l'apprendre par cœur. C'était du Chateaubriand.

– « Il y a dans la vie du marin quelque chose d'aventureux qui nous plaît et qui nous attache. Ce passage continuel du calme à l'orage, ce changement rapide des terres et des cieux tiennent éveillée l'imagination du navigateur. »

Un grand silence s'était fait dans la pièce et François tout en déclamant vit que Valdemar et Uladislas écoutaient avec un ravissement extatique. Le Roi, les yeux mi-clos, accompagnait de la tête le rythme des phrases.

– « ... Il est lui-même, dans ses destinées, l'image de l'homme ici-bas : toujours se promettant de rester au port, et toujours déployant ses voiles; cherchant des îles enchantées où il n'arrive presque jamais, et dans lesquelles il s'ennuie s'il y touche... »

– Ah ! que tu dis bien ! s'exclama le Roi. Que tu dis bien. Aucun accent ! Oserais-je demander une prière à Son Excellence ?

– Je suis aux ordres de Sa Majesté.

– Voilà, dit le Roi avec beaucoup de sérieux, c'est mon petit-fils Kilpérik. Il a dix ans, très mignon, très ! Mais... – Le souverain baissa la voix et s'avança, en confidence :... la tare héréditaire ! murmura-t-il.

– La tare héréditaire, répéta François dans un souffle.

Le souverain hocha la tête.

– Depuis Adélaïde, de bien-aimée mémoire, dit-il en levant les yeux au ciel, chaque génération de notre famille compte une victime. Pauvre petit !

– Et comment se manifeste cette tare héréditaire, Majesté ?

– L'accent ! dit le Roi avec un émoi douloureux.

– L'accent, répéta François perplexe.

– Oui, l'accent du Midi, et le Roi joignit les mains en geste de consternation. Est-ce que l'ambassadeur veut bien nous aider à guérir le jeune prince ?

– Sire, l'honneur de guider le jeune prince à travers les difficultés de la langue française me sera une tâche très chère !

– Eh bien, voilà qui est dit, fit le Roi tout à coup joyeux en tapant sur le genou de François. Mais savez-vous que tu es un jeune homme charmant !

François rougit de confusion.

– Si, si ! insista le souverain. Oh ! je préfère à Badinguet ! Badinguet pas drôle ! Pas d'estomac, pas de pied marin, pas de gaieté, pas de santé... La jeune Excellence est solide, oui ?

– Oui, affirma François avec énergie.

– Ah ! tu charmes le Roi, mon garçon, s'écria le souverain en se levant. Viens voir la mer !

Il entraîna l'ambassadeur jusqu'à une grande fenêtre qu'Uladislas venait d'ouvrir précipitamment. L'air vif saisit François, mais moins que l'absence de balustrade. La Baltique où dérivaient quelques glaçons venait lécher les murs du château, huit ou dix mètres plus bas.

– Beau paysage, dit François sans trop s'aventurer.

– Le plus beau du monde ! reprit le Roi avec un large geste circulaire. C'est ici qu'aborda la barque de Rollon, il y a dix-sept siècles ! C'est ici que tout commence ! Messeigneurs ! dit-il.

Et sous les yeux incrédules de François il se débarrassa vivement de son grand manteau de cour, apparut en slip, tous ses tatouages à l'air, et après avoir rugi d'une voix sauvage : « Rollon und Adlaïd' ! » il plongea dans les eaux glacées de la Baltique qui se refermèrent sur lui. François épouvanté prit à témoin Uladislas et balbutia :

– Sa Ma... Sa Majesté a sauté !

– C'est exact, Excellence, dit Uladislas avec le plus grand calme.

– Mais que dois-je faire ? reprit François, éperdu.

– Ce qu'il plaira à Votre Excellence, dit l'homme à l'organe de bronze.

Alors François, sentant que tout le prestige de la République était en jeu, tendit son épée au Grand Chambellan, cria : Vive la France ! et sauta. Il eut une pensée pour Koba en pénétrant dans les eaux salées du pays de sa bien-aimée.

Le Roi qui avait assisté au plongeon exultait.

– Par Adélaïde ! il a sauté ! Le Français a sauté !

François réapparut à cet instant à la surface, assommé, transi, suffocant.

– Ça va, monsieur Fonsalette ?

– Ça va, Sire, répondit-il entre deux gorgées.

– Rollon ! cria le Roi qui venait d'apercevoir son petit-fils derrière un morceau de banquise. Viens par ici ! Le Français a sauté, mon vieux !

– J'arrive, pappi !

On le vit disparaître sous les eaux et émerger sous le nez de François avec un large sourire.

– Monsieur l'Ambassadeur, dit le Roi, permettez-moi de vous présenter mon petit-fils Rollon, l'héritier du trône.

– Salut la France, dit Rollon en sortant un bras de l'eau. Elle est bonne, hein !

– Très bonne. Votre Altesse, dit François qui songea alors qu'il ne reverrait sans doute plus la France, ni sa mère, ni Napoléon, ni Koba tandis qu'il s'enfonçait lentement avec son bel uniforme gorgé d'eau.

– Dis donc, la France, tu n'as pas l'air à la

noce ! Viens chez moi, il y a du feu ! hurla Rollon en éclatant de rire.

Il empoigna François par le cou comme un petit chien et l'aida à regagner la rive où des serviteurs admiratifs les attendaient avec des peignoirs.

– Tu sais que tu es le premier ! lui dit Rollon quand ils mirent pied sur la terre ferme.

*

Un quart d'heure plus tard, François se trouvait dans le studio de l'appartement privé de Rollon, sous les combles du Palais-Royal, là où le Prince Héritier composait sa singulière musique. C'était une pièce dépourvue de tout décorum. S'y entassaient des toiles non figuratives qui toutes n'étaient pas au mur, des objets curieux rejetés par la mer, souches polies, branches d'arbres d'un blanc irréel, coquillages, morceaux d'ambre, quantité d'objets hétéroclites, un antique gramophone, un paravent chinois couvert de photos d'affiches de concert, et bien sûr quantité d'instruments de musique, avec à la place d'honneur un superbe piano à queue. François contemplait tout cela du fond d'un profond fauteuil où il était enfoui, couvert de fourrures, les pieds dans une chancelière, une bouillotte serrée contre lui, tenant dans sa main tremblante un verre d'aquavit kurlandais. Il contemplait aussi son pantalon retourné, suspendu par les deux jambes, qui fumait au-dessus du poêle. Sa veste fumait un peu plus loin, le tissu lilas mourant d'Adélaïde avait déteint sur les dorures, et, sur le même fil, séchaient ses deux gants blancs qui semblaient les gants de Mickey Mouse. Il tremblait de tous ses membres, ce qui l'empêchait de suivre les explications que le prince Rollon, assis au piano, lui donnait sur sa prochaine « Symphonie Aquatique », où figurait musicalement chiffré tout un monde de pieuvres, de calmars, d'holothuries, de crevettes, de crabes, etc.

– Là, disait Rollon, tous ces petits violons c'est un banc de crevettes qui s'avance, et puis boum ! (un coup de gong) et les petits violons se dispersent car ils ont vu la pieuvre. C'est la harpe qui s'avance, horrible, gluante, par saccades... Ça ne va pas, la France ? interrogea Rollon en se tournant vers lui. Tu trembles ? tu n'aimes pas ma musique. C'est tes dents qu'on entend comme ça ?

En effet les dents de François s'entrechoquaient spasmodiquement.

– C'est nerveux, Votre Altesse, articula-t-il avec difficulté.

– Oh ! Y a pas d'Altesse, mon vieux. Tu dis Rollon, et puis c'est tout. Allez, bois un coup, mon vieux.

Et François but une gorgée du liquide incolore qui ajouta quelques tressaillements à ceux qui l'agitaient déjà. Mais la pensée de Rollon était revenue à sa chère musique.

– Ah ! régner ! soupira-t-il, régner ! Alors que la Musique m'appelle !

Et il plaqua sur le clavier une série d'accords vengeurs qui étaient beaux.

– J'ai une amie qui rêve de vous connaître, dit François. C'est Caroline Van Essling.

À ce nom, Rollon bondit de son siège jusqu'au fauteuil de François.

– Van Essling, répétait-il exalté. Tu connais la Van Essling ! Mais c'est le plus grand mécène international ! C'est la dernière flamme qui brûle sur l'autel de l'harmonie ! dit-il en saisissant le bras de François. Mais tu brûles toi aussi, on dirait ! la fièvre ! Sympathique ! Je vais te porter dans ton lit, mon camarade, tu verras, dit-il en mettant François sur pied. Encore deux ou trois bains comme cela, et tu auras le sang de Viking !

François dormit deux jours pleins, et quand il se réveilla, il apprit qu'il était devenu un héros national. Fronval se tenait auprès de lui avec une pile de journaux.

– Quel triomphe ! monsieur l'Ambassadeur !

– Un triomphe ? répéta François qui émergeait d'un sommeil sans rêve.

– Tenez, dit Fronval en plaçant les journaux devant lui.

Son plongeon avait eu un retentissement considérable. La Presse kurlandaise saluait en gros caractères l'exploit de l'ambassadeur de France.

– Ambassadeur et plongeur ! titrait *Le Petit Sicilien du Nord*.

– Événement national : L'ambassadeur de France a sauté, disait *Le Flambeau d'Adélaïde*. Et la *Kurlandisch Tagbladett* le montrait sortant de l'eau en grande tenue d'ambassadeur, son bicorne à la main, avec cette simple légende qui devait faire fortune : « Der Plongier ! »

– Et le courrier, Excellence ! Ce sont des centaines de lettres qui vous attendent. Ah ! C'est au cœur de la Kurlande que vous avez plongé ! Vous êtes une figure nationale à présent ! Ah ! Je suis fier ! conclut Fronval qui s'était instinctivement mis au garde-à-vous.

À ce moment on entendit une voix joyeuse dans l'antichambre.

– Où est-il le héros populaire ? Est-il réveillé ? et Rollon entra en trombe, un petit tonneau sous le bras en criant : Oui ! Il est réveillé ! Tiens ! Eau-de-vie de lichen ! Ça te fera du bien, dit-il en balayant d'un revers du bras tous les remèdes que Fronval avait réunis au chevet de Son Excellence. Tout de suite un verre pour commencer, dit-il en versant par-dessus bord une rasade d'eau grise que François dut absorber sur-le-champ, tandis que lui faisait ses recommandations à Fronval.

– Soignez-le bien, mon copain ! Bien manger,

bien boire ! Ah ! Ah ! Der Plongier, on veut te garder longtemps en Kurlande.

Puis il s'arrêta brusquement :

– Mais il fait trop chaud ici ! Tu vas crever ! Malheureux ! – Et il ouvrit la fenêtre à deux battants : Voilà, dit-il en se retournant, tu es sauvé.

François, dépassé, n'avait encore rien compris de ce qui lui arrivait.

– Ah ! Je t'ai amené mon petit frère ! Kilpérik ! où es-tu ? dit Rollon en appelant vers l'antichambre.

Alors François vit entrer le petit garçon le plus blond qu'il eût jamais vu; dix ans, mignon, propret, bien habillé, qui s'avançait timidement.

– Allez, approche, petit âne, lui dit Rollon, avec une intonation affectueuse, et dis quelque chose à monsieur l'Ambassadeur. – Et, tourné vers François : Tu vas voir son accent !

Alors le petit bonhomme toisa son frère et lui dit avec un accent qui se serait encore distingué à Avignon ou à Beaucaire :

– J'ai pas d'accent ! C'est toi qui en as un de terrible ! Et tu t'en rends même pas compte !

– En effet, dit François qui n'avait jamais rien entendu de pareil. Voulez-vous me lire quelques lignes ? et il tendit un journal au jeune garçon.

*

À la même heure exactement, Napoléon qui lisait le *Times* dans la cuisine d'Avignon poussa un cri.

– Qu'y a-t-il, Napoléon ? demanda Mme Fonsalette.

– Madame ! Madame ! Monsieur a plongé dans la Baltique !

– Qu'est-ce que vous dites ? s'exclama Christine en proie à une vive inquiétude.

Et Napoléon lui traduisit l'article de l'Honorable Oliver Pickerlamber, correspondant particulier du *Times* à Avignonburg, où il était relaté qu'« un jeune diplomate français, Son Excellence François Fonsalette, avait plongé dans les eaux glacées de la Baltique, en grande tenue d'ambassadeur, à la suite de Sa Majesté Erik XIV, geste sportif et élégant qui méritait d'être salué dans nos colonnes », et l'article concluait : « Il est vivement question que la Kurlande rejoigne le Marché Commun. »

– Tout ça c'est très bon pour nous, jubilait Napoléon.

– Pour la France? questionna, étonnée, Mme Fonsalette.

– Certes, pour la France. Mais je veux dire pour nous, pour Madame, pour Monsieur, pour moi. Ce plongeon aura fait faire un bond à Monsieur dans le cœur et l'estime d'une certaine étudiante kurlandaise !... Mon Dieu, madame ! Je vois déjà le jardin se peupler de petits enfants blonds et bondissants !

– Touch wood ! Napoléon, dit vivement Christine en saisissant le bras de son fauteuil.

– Touch wood ! Ma'am, fit Napoléon en accomplissant le même geste.

La convalescence de François fut rapide. Il prit connaissance de son courrier. Oui, des centaines de lettres touchantes, et aussi une multitude de cadeaux, des fleurs séchées, des poupées folkloriques, des baigneurs, bien sûr, et quantité d'eau-de-vie. C'est vrai qu'il était aimé en Kurlande. Il regrettait que Koba fût à Paris. Mais un jour ou l'autre, elle saurait. Elle serait bien heureuse. Il songeait à tout cela en écoutant la Symphonie kurlandaise, une œuvre de Rollon, bien sûr, qui était là, en face de lui dans l'autre fauteuil, de l'autre côté de la cheminée.

– Ça me fout le cafard, dit tout à coup le prince. Tu rêves d'une baguette... et tu auras le sceptre. Tiens, donne-moi un autre Kir, mon frère.

François, comme on voit, avait entrepris de perfectionner l'éducation française de Rollon – qui le suivait des yeux tandis que François allait remplir son verre.

– Tu es guéri, toi; on va pouvoir faire une belle pêche avec le Roi...

– Ben, pas tout de suite, s'il te plaît.

– Tu sais, je suis inquiet, reprit Rollon. Le Roi attend l'ambassadeur d'Équateur... Tu vois ce que je veux dire.

– Oui, il va encore... dit François en mimant le geste de plonger.

– C'est sûr ! Enfin il est solide, soupira Rollon. Un de ces jours on ira galoper avec mes sœurs ! des beautés mes sœurs ! Surtout la petite !

– La petite ? questionna François.

– Oui, c'est la plus grande. Mais pour moi, c'est toujours la petite, car c'est la première sœur que j'ai eue et je l'appelais la petite... Mais elle n'est pas avec nous, dit-il au bout d'un temps.

Puis il murmura, embarrassé, quelque chose qui pouvait être : « Retraite... Secret d'État... »

François en conclut que la jeune fille devait être un peu bizarre et qu'on la soustrayait à la vie publique. Il hocha la tête avec commisération; cela arrivait dans les meilleures familles.

– Et Kilpérik ? interrogea Rollon au bout d'un instant, son accent ?

– Ça, dit François avec une moue dubitative, ce n'est pas encore une réussite. Mais il est si gentil ce gosse. Hier je lui ai donné une composition française...

À ce moment, Fronval fit son entrée en tablier de cuisine, poussant devant lui une table roulante surchargée de bouteilles, d'argenterie, de porcelaines et de préparations des plus succulentes.

– Mais la voilà, la Composition Française, exulta Rollon qui détaillait toutes les merveilles : Nuits-St-Georges, pommes Dauphine, escargots, foie gras, camembert, Sauternes... La Valise, Fronval ? questionna-t-il.

– La Valise, Votre Altesse, acquiesça Fronval les yeux baissés de fierté.

– Ah ! la France, reprit le Prince Héritier avec émotion. Paris ! Dommage que tu seras pas là cet hiver quand je vais y aller. On sortirait ensemble incognito, on ferait les frasques (c'est bien les frasques ! hein, François ?) les frasques ensemble, tu me présenterais à des Parisiennes... Oh ! Quelle vie !... Mais pas la peine, j'ai quelqu'un à voir là-bas... Et toi ? dit-il à François en se redressant dans son fauteuil, tu as quelqu'un là-bas ? – et comme François souriait – tu as quelqu'un, hein, farceur ? Oui, il a quelqu'un ! conclua Rollon devant l'air embarrassé de François.

Koba, une nouvelle fois, essayait d'écrire à François. Elle était seule dans sa chambre. Pour une fois les terribles jumeaux la laissaient en paix. Depuis un moment on ne les entendait plus, ils devaient lire.

Koba regardait avec émotion l'enveloppe qu'elle avait déjà rédigée.

Monsieur François Fonsalette
Ambassadeur de France
Ambassade de France
AVIGNONBURG
Royaume de Kurlande

Puis elle jeta les yeux sur sa lettre, espérant ne pas faire trop de fautes :

« Cher François,

» Enfin, je vous écris ! Heureusement vous êtes officiel pour savoir où ! Ma première lettre a pris feu; je vous raconterai. Aimez-vous mon pays ?

Moi, j'aime le vôtre. Je garde deux adorables petits jumeaux... »

À ce moment, des hurlements déchirants de bêtes à l'agonie se firent entendre venant de la salle de bains qui séparait sa chambre de celle des enfants. Vite elle se précipita, et reçut un jet d'eau en pleine figure. Les deux monstres s'étaient embusqués dans la baignoire, avaient ouvert le robinet, branché un tuyau de caoutchouc, puis l'avaient dirigé sur la porte. Koba, inondée, calme et résignée, referma la porte à clef, s'épongea le visage et reprit sa lettre, tandis qu'une grêle de coups de pied, de coups de poing faisait trembler le panneau de la porte.

« ... Ce sont de gentils petits enfants, très bien élevés. »

À présent des gros mots s'ajoutaient au tumulte. Koba demeurait imperturbable.

« ... Leurs parents sont des gens charmants... »

La porte de la chambre de Koba s'ouvrit, livrant passage à Mme Cruchon de Clamouse hors d'elle. Le silence se fit aussitôt dans la salle de bains.

– Koba ! Vous êtes folle ! Qu'est-ce qui vous prend ? Enfermer les petits dans la salle de bains ! Mes pauvres chéris ! dit-elle en ouvrant la porte. – Un jet d'eau la cueillit au visage. – Koba ! Venez à mon secours ! Vite ! hurla Mme Cruchon de Clamouse. Vite !

Mais Koba voulut d'abord terminer sa phrase :

« ... Des gens charmants qui me traitent avec beaucoup d'affection. »

*

« ... Mais si mon séjour est agréable, je cultive quand même un regret : que M. Fonsalette il n'est pas là. »

François hocha la tête d'attendrissement, et promena un regard heureux à travers son bureau, avant de reprendre sa lecture.

« … Vous n'êtes pas là; mais j'apprends tant la vie, et un jour peut-être ? je vous croiserai à Orly dans l'autre sens. Je vous dis encore… »

Une petite voix dont il connaissait bien l'accent lui fit interrompre à nouveau sa lecture.

– Ho ! François ! Ho ! Vous êtes visible ?

– Oui, Kilpérik, entrez, dit François en souriant, tandis qu'il dissimulait la lettre de Koba dans son sous-main. Entrez, mais perdez l'habitude de commencer toutes vos phrases par : Ho ! Té ! Vé !

– Voui, monsieur. Té, vé ma rédaction.

Et devant la mine consternée de François il porta la main à sa bouche.

– Oh ! Peuchère ! Je m'ai encore trompé !

– Kilpérik ! fit François avec reproche.

– Peuchère, je le fais pas exprès, dit l'enfant avec un joli sourire.

François le prit par l'épaule, se dirigea vers un coin de la pièce qui était réservé aux leçons de français, et fit asseoir le jeune prince devant lui.

– Mais vous avez une bosse, dit François en avisant une superbe enflure qui poussait sous les boucles blondes de son élève.

– Peuchère, je suis tombé dans l'escalier de mon papé !

– Donnez votre rédaction, dit François résigné.

– Té ! Oh ! Pardon ! se reprit vivement Kilpérik.

François commença à lire à haute voix :

– « Le Renne de M. Seguin. » Tiens ! fit-il amusé.

– « … Oh ! Qu'il était joli le petit renne, avec sa barbiche de sous-officier… »

François s'arrêta, scandalisé.

– Mon grand frère vient souper avec vous ? interrogea Kilpérik, le nez tourné vers la cuisine.

– Oui, Kilpérik. Mais ne détournez pas la conversation.

– Je vous dis ça, parce que ça sent bon la

daube, déclara l'arrière-petit-fils d'Adélaïde. Il vient presque tous les soirs.

– « Oh ! Qu'il était joli le petit renne... »

– Y a pas de rennes en France ? questionna l'enfant.

– Hé ! Non ! Pas de rennes, dit François que l'accent commençait à gagner.

– Rien que des chèvres ?

– Rien que des chèvres.

– Ici, pas de chèvres ! reprit Kilpérik avec l'accent du désespoir... Je suis un enfant privé de chèvres !... C'est joli une chèvre ?

Alors François, définitivement contaminé, retrouva toute son enfance avignonnaise.

– Si c'est joli une chèvre ? Je comprends que c'est joli ! Quand j'avais ton âge, j'avais une petite chevrette, une chevrette blanche, Guitounette elle s'appelait; elle me suivait partout... Peuchère ! conclut François avec une tristesse qui toucha le jeune prince.

– Le loup l'a mangée ?

– Hé non !... Les voisins, dit François.

– Fan de chichourle ! fit le jeune prince consterné.

– Hé oui ! reprit François, entraîné. Fan de ch...

Il s'arrêta et, respirant profondément, les yeux au plafond :

– Mon cher Kilpérik, commença-t-il en redescendant vers le jeune prince et attentif à maîtriser ses intonations. Mon cher Kilpérik, vous êtes un petit garçon que j'admire beaucoup et que j'ai infiniment de plaisir à voir, mais dans votre intérêt, comme dans le mien, je crois qu'il vaut mieux suspendre ces leçons de français.

– Hé pourquoi ? fit l'enfant désolé.

– Mais parce que si je rentre en France avec l'accent que je prends auprès de vous, je perds ma place.

– Hé bé, restez ! dit le petit prince ravi. Nous, on vous aime bien !

À cet instant, Fronval ouvrit la porte et annonça :

– Son Altesse Royale, le Prince Rollon, et il ajouta à mi-voix : que Son Altesse veuille bien excuser mon tablier, je suis en pleine daube.

Mais Rollon l'entendit à peine. Il avait un visage tragique.

– Qu'est-ce que tu as ? demanda François en venant vivement au-devant de lui.

– Le Roi a reçu l'ambassadeur d'Équateur, dit seulement Rollon.

Il y eut un instant de silence et Kilpérik demanda :

– Pépé a sauté ?

Rollon fit oui de la tête, puis d'une voix à peine perceptible il laissa tomber ce seul mot.

– Congestion.

12

Koba se regardait dans la glace, et elle n'était pas mécontente. Elle était jolie. Elle allait passer une bonne soirée. Pour la première fois depuis qu'elle était à Paris, elle sortait. Madame avait enfin trouvé une femme de chambre et Koba allait pouvoir réaliser son rêve : aller à la Comédie-Française.

Les Comédiens-Français étaient venus jouer à Avignonburg quelques années plus tôt. Elle n'avait pas manqué un seul de leurs spectacles. Mais ce soir c'était différent; elle allait chez Molière. Toute seule, hélas... On jouait *Les Surprises de l'Amour*. Elle se sentait parisienne. Elle se sourit et piqua une épingle dans ses cheveux roulés sur sa nuque. L'agnel d'or brillait sur sa robe sage. L'anneau royal – que les jumeaux appelaient « ta drôle de bague » – brillait à sa main gauche. Elle se leva et passa son manteau.

– Aaaaahh !...

Un gémissement déchirant lui parvint de la pièce voisine.

– Koba... Koba... Oh ! Koba !... J'ai mal !... Au secours ! Vite !...

Qu'est-ce qu'ils avaient encore inventé ?... Elle s'approcha de la porte et la poussa brusquement sans entrer dans la pièce. Une boîte de talc se répandit sur le sol devant les jumeaux à l'affût.

– C'est loupé ! dit Koba de bonne humeur. Je commence à vous connaître ! Je suis un vieux renard !

Les jumeaux étaient déçus. Une si belle farce ! Et puis, pourquoi était-elle habillée alors qu'eux étaient déjà en pyjama ? Ils la suivirent dans sa chambre, soupçonneux :

– Où tu vas ?

– À la Comédie-Française !

– On vient avec toi ! décida Marc.

– À cette heure-ci les petits garçons font dodo !

– On va déchirer toutes tes affaires !

– On mettra le feu à toutes tes robes !

– Vous vous arrangerez avec Marguerite, dit Koba avec calme.

Au nom de la nouvelle femme de chambre Marc se jeta par terre et Gilles se mit à hurler à la mort :

– Non ! Non !... Pas Marguerite !...

Mais déjà Marguerite entrait de son pas tranquille. Elle portait la tenue noire à tablier et petite coiffe blanche que si peu de femmes de chambre acceptent de porter de nos jours. Avec son mètre quatre-vingt-douze, sa légère moustache et son teint couleur rosé de Provence, elle avait beaucoup d'allure. D'un coup d'œil elle approuva la tenue de Koba.

– Une jeune fille qui sait se tenir à sa place ! disait Marguerite d'une voix qui faisait trembler le quartier...

Koba saisit son sac et se dirigea vers la porte :

– Je vous les confie, Marguerite. Bon courage !

– Vous inquiétez pas, mon petit, ils seront sages, répondit la colossale soubrette, tandis que les jumeaux atterrés rampaient sous le lit.

Koba frappa à la porte du boudoir de Myriam Cruchon de Clamouse. Cette dernière ouvrit des yeux étonnés en voyant la jeune fille avec son manteau, son sac, ses gants.

– Vous sortez ? demanda-t-elle.
– Oui, madame, dit Koba, radieuse, et elle expliqua : Madame avait dit tous les mercredis...
– Et nous sommes mercredi ? s'étonna Myriam Cruchon de Clamouse.
– Oui, madame. Le premier mercredi il n'y avait personne pour garder les enfants; le deuxième mercredi Madame recevait du monde; maintenant que nous avons Marguerite...
– Bon, eh bien sortez !
– C'est-à-dire que je ne peux pas, madame.
– Eh bien ne sortez pas !
Mon Dieu que cette fille était agaçante ! Toujours aimable, toujours souriante, toujours empressée... et maintenant, qu'est-ce qu'elle faisait plantée là à la regarder en rougissant ?
– Est-ce que Madame peut me donner un peu de l'argent ?
– Un peu d'argent ! Pour quoi faire ?
– Je vais à la Comédie-Française ! dit Koba.
– Et alors ?
– C'est pour acheter ma place...
– Mais je vous ai payée !
– Non, madame.
Tiens c'est drôle, elle aurait juré l'avoir payée pourtant ! Bon, eh bien qu'est-ce qu'elle lui devait ?
– Trois semaines... plus 10 francs.
– Quels 10 francs ?
– Que j'ai donnés avant-hier à Madame pour son taxi.
– Vous êtes sûre ?
Koba hocha affirmativement la tête.
– Je veux bien vous croire, dit Madame avec grandeur, et elle lui tendit deux billets de 10 francs.
– Je vous donnerai le reste demain; 20 francs pour la Comédie-Française, c'est bien suffisant.
– Merci, madame, dit Koba avec chaleur.
Et elle partit légèrement vers la plus proche station de métro.

Le métro ! Ça aussi c'était Paris ! Pas comme la Comédie-Française, bien sûr ! Mais c'était Paris quand même. Est-ce qu'elle saurait le prendre ? Marguerite lui avait expliqué comment il fallait faire et, généreuse, elle lui avait donné un ticket de seconde. Elle se sentait libre, riche, et remercia avec effusion le poinçonneur qui fit un petit trou dans son titre de transport. Elle se trouva assise auprès d'une vieille dame. À George-V, un freinage brusque les jeta l'une contre l'autre et elles se sourirent. À Champs-Élysées-Clemenceau, Koba mourait d'envie de parler. Entre Concorde et Tuileries elle n'y tint plus :

– S'il vous plaît, madame, pour la Comédie-Française, je descends bien à Palais-Royal ?

– Oui, mademoiselle, dit la dame.

– Merci, madame, dit Koba, et elles se turent car la vieille dame était timide.

C'est en passant devant le kiosque, place Colette, qu'elle vit le journal.

Elle resta sans voix, sans mouvement, ne pouvant détacher ses yeux du titre :

« Angoisse à la cour de Kurlande. Le souverain presque octogénaire frappé d'une congestion. »

Acheter le journal, dévorer l'article, apprendre que pappi avait encore sauté, que les médecins ne pouvaient se prononcer... Mon Dieu ! se précipiter vers l'agent le plus proche, lui demander d'où elle pouvait téléphoner à l'étranger en pleine nuit, courir à perdre le souffle jusqu'à cette poste derrière la Bourse... Elle avisa le guichet marqué « Téléphone » et s'approcha.

La préposée la regarda interrogativement...

– S'il vous plaît, dit Koba d'une voix oppressée, je voudrais téléphoner en Kurlande !

– Où ça ? demanda la préposée méfiante.

– En Kurlande. Royaume de Kurlande.

– Ah ! C'est pas demandé souvent ça. Quel numéro ?

– Mais je voudrais d'abord savoir le prix.

– Le prix de l'unité ?

– Euh !... le prix.

– Eh ben, oui, le prix de l'unité.

– C'est ça, dit Koba perdue.

La préposée chercha dans ses tarifs.

– La Kurlande... ah ! voilà, 23,81 francs les trois minutes et le tiers par unité suivante.

Koba regarda avec angoisse les deux billets de 10 francs qu'elle tenait à la main et répéta « 23,81 francs » d'une voix sans timbre.

– Oui, dit la préposée et elle ajouta avec impatience : Quel est votre numéro ?

– On ne peut pas parler juste pour 20 francs ? demanda Koba au bord des larmes.

La préposée haussa les épaules :

– Ben non, évidemment ! Les gens disent n'importe quoi ! – Et elle répéta un ton plus haut : Alors, quel est votre numéro ?

– Je vous demande pardon, dit Koba en se détournant, et elle s'éloigna du guichet suivie des yeux par la préposée interloquée qui s'indigna :

– Faudrait que je fasse des prix maintenant !

Elle s'était laissée tomber sur un banc de bois dans un coin du bureau de poste. Inconsciente de ce qui se passait autour d'elle, elle pleurait et elle ne s'en rendait même pas compte.

... Angoisse... Congestion... Les médecins ne peuvent pas se prononcer... Elle regarda sa bague. Sa drôle de bague... Comme elle était seule ! Comme c'était dur d'être seule !

– Alors, princesse, on a des ennuis ? dit une grosse voix.

Un camionneur des Halles, grand, fort, jovial se tenait devant elle, en salopette bleue, souriant et chaleureux.

– Vous me connaissez ! murmura Koba saisie.

Il éclata de rire.

– Je vais pas attendre qu'on nous présente pour te demander si je peux t'aider ! (Non, il ne la connaissait pas !) Qu'est-ce qu'il y a qui ne va pas ?

– ... C'est mon grand-père, dit Koba dans un souffle.

La bonne figure du camionneur devint grave :

– Il est... malade ?

Koba fit oui de la tête, et, dans le mouvement, perdit trois grosses larmes.

– Où ça, il est malade ?

– En Kurlande.

– Oh ! là ! là !... et il évalua respectueusement la distance. Et tu viens d'apprendre ça par téléphone ?

– Non, dit Koba, lamentable. Je n'ai pas pu téléphoner. Il me manque 3,81 francs.

Ce détail parut le ravir :

– Et c'est pour ça que tu pleures ? Viens, on va lui téléphoner à ton grand-père ! dit-il en sortant son portefeuille.

– Vous allez me donner de l'argent ! murmura Koba.

– Pardi !

– Mais je ne peux pas accepter ! On ne se connaît pas !

– Bastien ! fit-il en lui tendant la main.

– Koba ! répondit-elle en serrant cette main, et elle se sentit moins misérable.

Bastien ouvrit son portefeuille.

– Si ton grand-père trouvait une jeune fille française sur un banc en train de pleurer parce qu'elle peut pas appeler Paris, qu'est-ce qu'il ferait ?

Koba sourit et Bastien acheva triomphalement :

– Ah ! tu vois !

Elle prit le billet qu'il lui tendait. Elle était très grave :

– Merci, monsieur; c'est très gentil ce que vous faites, et elle alla demander son numéro.

À 2 327 kilomètres de la poste de la Bourse, un téléphone armorié sonna sur une table incrustée d'ambre et d'écume de mer. Uladislas décrocha, annonça de sa voix fabuleuse :

– Allô, chambre du Roi... et s'illumina soudain : Princess Kristina !

Un cri de joie d'une extraordinaire vigueur retentit dans la chambre et le Roi, couché mais superbe, s'empara du téléphone que lui tendait son valet de chambre.

– Kristina ! répéta-t-il, et une petite voix lointaine et très émue lui répondit :

– C'est moi, pappi !

Le Roi but d'un trait un verre de genièvre. Sur son lit une collation gargantuesque prouvait que Sa Majesté avait repris goût à la vie.

– Vous avez trois minutes, la Kurlande, dit la voix de la préposée dans un style shakespearien dont elle n'était nullement responsable.

– Merci beaucoup, mademoiselle, dit le Roi, amusé. Alors, ma petite Koba, tu es devenue la jeune fille comme les autres ?

– Mais toi, pappi, tu es malade ? demanda la voix angoissée de Koba.

– Malade ! Moi ? Fini ! s'écria Erik XIV, brandissant une cuisse d'eider dans sa main libre. J'étais malade, mais la fièvre est partie et toi tu me guéris tout à fait ! Où es-tu ?

– À Paris, dans un bureau de poste. Tu m'as fait peur, pappi ! Promets-moi que tu ne te baigneras plus avant mon retour !

– Je jure ! Et ton serment ?

– Mon serment ? Je le tiens.

– Personne ne sait ? Tu ne dis rien ?

– Personne ne sait, dit Koba, et soudain la communication devint très mauvaise.

Elle parvint cependant à comprendre que son grand-père lui demandait si la vie était dure.

– Oui, pappi, oui, très dure ! dit-elle avec

enthousiasme. Non, je ne perds pas courage ! et puis il y a des gens gentils, ajouta-t-elle avec un coup d'œil à Bastien qu'elle apercevait à travers la porte vitrée. Et la famille ?

La famille allait bien. Mais la préposée annonçait la fin de la communication. Santé ! cria Koba. Courage ! dit Sa Majesté et ce fut tout.

Bastien vit sortir de la cabine une jeune fille radieuse.

– Il va mieux ! cria-t-il.

– Oui, firent les yeux brillants de Koba.

– J'en étais sûr !

Elle le regarda et lui dit profondément :

– Ce que vous êtes gentil.

– Penses-tu ! fit-il, pudique, et il l'entraînait vers la sortie quand la voix aigre de la préposée s'éleva :

– La Kurlande, s'il vous plaît !

– Oh ! pardon, s'excusa Koba rougissante mais si heureuse. Je vous dois combien... ?

– Je vous l'ai déjà dit : 23,81 francs... – et tandis que la jeune fille, après avoir payé, rejoignait son nouvel ami, elle murmura entre ses dents : ... ces étrangères, elles essaient toujours !

*

Koba prit une profonde aspiration de l'air nocturne de Paris et trouva ce poison délicieux. Elle sourit à Bastien qui la considérait avec sympathie.

– Si je comprends bien, tu es toute seule à Paris. Qu'est-ce que tu fais ?

– Jeune fille au pair.

– Et tes patrons te laissent sans un sou ?

– Monsieur donne l'argent et puis Madame oublie... fit-elle gaiement.

– Je vois... Si c'est pas malheureux ! Et ils habitent où tes oiseaux ?

– Près du Bois de Boulogne.

– Je vais te ramener dans mon carrosse ! décida Bastien, et comme Koba protestait il la prit par le bras et l'emmena devant un énorme camion qu'il lui présenta avec un geste de père fier de son enfant.

– Voilà ! dit-il simplement, et il invita la jeune fille à se hisser à bord.

Koba était éblouie. Elle n'était jamais montée dans une aussi gigantesque machine où la délicatesse de nature de Bastien se sentait à la façon dont il avait aménagé la cabine.

– C'est un peu votre maison, dit Koba en regardant les rideaux de cretonne, la rose dans un vase et les photos en couleurs, où le camion posait devant des paysages ensoleillés.

– C'est ma maison, dit Bastien.

Il avait mis le moteur en marche et effectuait un démarrage en douceur. On était bien dans cet observatoire roulant, quelle bonne hauteur pour visiter Paris, pensa la jeune fille.

– Qu'est-ce que vous transportez ? demanda-t-elle.

– Oh ! ça dépend des fois. Je suis pas maniaque. Je vais où on me dit d'aller. Je ramène ce qu'il y a. J'ai des amis partout.

« C'est vrai, pensa-t-elle. Tout le monde doit aimer Bastien. »

– J'ai la belle vie ! poursuivait-il.

Et ça aussi on sentait que c'était vrai. Mais Bastien ne parlait jamais très longtemps de lui. Il s'informa du grand-père kurlandais.

– Dans quoi il travaille ?

– Mon grand-père ? fit Koba prise de court.

– Oui.

– On a une affaire de famille, dit-elle prudemment.

– Dans quoi ?

– ... la pêche, surtout, dit Koba qui n'aimait pas mentir.

Bastien compatissait : « C'est pas ça qui fait rouler sur l'or ! »

Il avait l'accent du Midi, mais pas celui de Kilpérik, pas celui de Napoléon non plus, plutôt celui que devait avoir le roi Henri IV. Quelle chaleur humaine ! On pouvait se chauffer le cœur rien qu'à l'écouter parler. Bastien, l'ami imprévu. Il ne se doutait pas de ce qu'il lui apportait. Elle était heureuse qu'il ne sache pas qui elle était. C'était plus facile.

Koba s'aperçut soudain qu'ils prenaient l'avenue du Bois.

– Nous sommes presque arrivés, dit-elle.

Mais Bastien ne faisait pas les choses à moitié, il voulut s'engager dans la voie privée.

– Chez nous, disait-il, on raccompagne les jeunes filles jusqu'à leur porte. On descend, on les aide à descendre, et on attend qu'elles soient rentrées pour partir. C'est ça qu'on appelle les manières !

Le gros camion s'arrêta.

– Comment je fais pour vous rendre l'argent ? demanda Koba.

– Ah ! c'est vrai... eh bien, je sais où tu habites, dit-il sérieux; quand je suis aux abois, je te fais signe ! et ils éclatèrent de rire.

À cet instant une DS sombre vint se ranger non loin du camion.

– Ce sont mes patrons qui rentrent, dit Koba.

– Chouette ! dit Bastien avec simplicité, on va faire connaissance !

Et ses 87 kilos sautèrent légèrement sur le sol.

Madame subissait une série de chocs.

D'abord ce camion devant sa maison.

Puis ce colosse qui en jaillissait.

Et enfin, Koba qu'il aidait à descendre.

– Oh ! mais ça ne se passera pas comme ça ! dit-elle à son mari éperdu.

Aussi quand Bastien s'inclina, parfait homme du monde, et lui dit avec la voix d'Henri IV :

– Mes hommages, madame. Je ramène votre jeune fille..., elle l'interrompit sèchement :

– Monsieur, je ne vous parle pas ! – et se tournant vers son mari ordonna : Bertrand, dites-lui quelque chose !

– Bonjour, cher monsieur, dit l'infortuné Cruchon de Clamouse dépassé par la situation.

Et les deux hommes échangèrent une chaleureuse poignée de main.

– Bonsoir, cher monsieur !

Elle haussa les épaules et, puisqu'il n'y avait rien à espérer du côté de son mari, s'en prit à Koba.

– C'était ça la Comédie-Française ? dit-elle en désignant Bastien d'un coup de menton méprisant. D'où venez-vous ? De faire des snuppes à monsieur, je suppose ?

Bastien, qui ignorait totalement les mystères de la cuisine kurlandaise, sentit la moutarde lui monter au nez :

– Madame, madame, fit-il avec un petit tremblement dans la voix, il ne faut pas alléguer des suppositions grossières.

– Mais ce n'est pas grossier, cher monsieur ! s'écria Bertrand Cruchon de Clamouse désireux d'arranger les choses. Expliquez-lui, Koba.

– Les snuppes, c'est très bon, dit Koba au désespoir.

– Et Mademoiselle les fait très bien ! dit Bertrand qui trouvait que la conversation prenait un tour agréable.

– Eh bien ! qu'elle aille les faire ailleurs que chez moi ! Vous entendez, ma fille : je vous chasse ! Vous ne faites plus partie du personnel !

– Oh ! Madame... !

– Oh ! Myriam... !

– Je vous chasse, c'est clair !

Bastien, placide, regardait la scène de toute sa hauteur : cette femme qui s'agitait, ce petit homme affolé, et Koba dont les yeux devenaient trop brillants...

– Eh ben, princesse, dit-il doucement, t'avais drôlement besoin de me rencontrer.

– Vous, taisez-vous !

« Princesse ! n'importe quoi ! » pensa Myriam Cruchon de Clamouse qui chercha quelque chose de très désagréable à dire et trouva :

– D'abord, vous avez de grosses mains !

Bastien sourit avec une majesté suprême.

– N'essayez pas de me mettre en colère, madame, il n'y a rien à faire. Même quand je cogne, madame, avec mes grosses mains, je ne me fâche pas.

– Bertrand, faites-le sortir ! ordonna Madame.

– Mais où, ma chère amie ? Où ? Nous sommes dans la rue.

– Je suis vraiment désolée, madame, dit Koba, sincère.

– Allez faire votre valise tout de suite !

– En pleine nuit ? dit Monsieur.

– J'ai dit : tout de suite ! glapit Madame.

Et dans le silence qui suivit on entendit la voix de Bastien qui disait :

– Allez faire votre valise, Princesse, Madame vous le demande si gentiment.

Koba le regarda et il lui dit avec cette chaleur simple qui était sa façon d'exister :

– Je vous attends.

– Suborneur, siffla Madame, comme Koba, très triste, rentrait dans la maison.

– Si Madame croit me gagner par la flatterie...

Elle haussa les épaules, furieuse, et les quitta.

Monsieur attendit prudemment que la porte de l'hôtel particulier se fût refermée sur elle pour dire :

– Croyez bien que je regrette...

– Du tout, camarade, coupa Bastien. Moi, j'ai à la supporter cinq minutes, mais toi – il regarda le petit homme avec sympathie –, toi je te plains !

– Oh ! dit Monsieur avec un naturel parfait, je voyage beaucoup.

*

Le gros camion était reparti. Bastien avait rangé les bagages de Koba dans le fond de la cabine. Du coin de l'œil il surveillait la jeune fille. Elle était triste. Elle ne parlait pas. Hébétée par les événements de la soirée elle se revoyait fourrant à la hâte ses affaires dans ses valises, quittant à pas de loup sa chambre où ronflait Marguerite. Une dernière fois elle avait regardé les jumeaux dormir. Si mignons dans leur sommeil... Qu'allait-elle devenir ?

– Je n'aurais pas dû partir, dit-elle brusquement.

– T'aurais pas dû partir ? T'as vu comment elle t'a balancée, la patronne ?

Elle ne répondit pas et Bastien changea de ton :

– ... Ça va pas, ma grande, t'as le cafard ? Eh ben, quand ça va pas y a qu'une chose à faire : il faut casser la croûte !

Un faible sourire de Koba l'encouragea :

– Ah ! t'as faim, hein ? eh ben on va aller manger un morceau et on parlera de ton avenir. Des gens comme tes patrons, c'est une honte nationale. T'en fais pas, Princesse, des braves gens, y en a ! Bastien t'en trouvera ! Et puis, ajouta-t-il timidement, pour te loger, en attendant, je connais une jeune femme très sérieuse, avec deux petits enfants... tu y auras toujours un lit et de l'amitié.

Comment n'aurait-elle pas repris courage ?

Et quand elle pénétra à la suite de Bastien dans le café-restaurant des Halles bourdonnant de cris, de rires, d'appels, d'ordres transmis à la cuisine, de verres choqués, qu'elle se trouva devant un comptoir de zinc, qu'elle eut serré la main du patron, trinqué avec Bastien et qu'on eut déposé un boudin frites devant elle, l'avenir lui parut moins sombre.

Le boudin était délicieux, les frites craquantes, le vin... le vin c'était un peu comme si François était là. « À votre santé » avait-elle dit au patron et à Bastien. Mais ce toast s'adressait aussi à l'absent.

On parlait d'elle au-dessus du comptoir, on s'occupait d'elle.

– Tu connais personne qui cherche une gouvernante ? demandait Bastien au patron.

– Ça doit se trouver...

– Pour la loger je peux l'amener chez Marie, mais il faut lui trouver du boulot dans sa partie. Du boulot de princesse, acheva-t-il en riant.

– Je peux faire n'importe quel travail ! assura Koba la bouche pleine.

– Tais-toi donc ! lui dit son manager avant de pousser un cri de joie : « Fernand ! » et il échangea de grands gestes d'amitié avec un garçon qui venait d'entrer vêtu de l'élégante tenue bleu marine des chauffeurs de bonne maison.

– Bastien !

Les deux hommes se serrèrent la main en se donnant de joyeuses bourrades. Fernand ôta sa casquette en découvrant Koba à qui on venait de servir une seconde portion de frites.

– Mademoiselle.

– Mon ami Fernand, dit Bastien, et Koba, une demoiselle kurlandaise.

– Monsieur.

Bastien attaqua tout de suite :

– Fernand, si je te disais : je suis toute seule, sans travail, sur le pavé de Paris, qu'est-ce que tu me dirais ?

– Je te dirais : qu'est-ce que tu sais faire dans la vie, ma petite fille ?

– Je garde les bébés et je suis au chômage.

– Alors je te dirais d'une part ça tombe bien, la jeune fille de Madame va se marier...

– C'est pas vrai !

– ... et d'autre part les patrons doivent me retrouver ici.

– Non !

– Si fait ! ils étaient à la Comédie-Française ce soir et ils veulent manger une gratinée !

Bastien se tourna vers Koba, superbe :

– Qu'est-ce que je te disais ?

Elle n'était plus du tout triste. Elle regardait avidement autour d'elle; les garçons de boucherie aux blouses maculées de sang côtoyaient les femmes en robe du soir, une marchande de fleurs mangeait un steak au comptoir, les serveurs bousculaient la clientèle ravie, un clochard vidait un canon en racontant sa vie à un colosse impassible.

– Ça te surprend ? remarqua Bastien. Ah ! si tu avais connu les Halles autrefois. Ça c'était quelque chose, hein, Fernand ?

– Oh ! là ! là ! dit Fernand avec âme.

Mais sa voix fut couverte par un glapissement harmonieux. Une jeune femme venait de s'arrêter sur le seuil.

Et pendant quelques instants chacun oublia sa propre existence pour admirer cette chose rare, quasi disparue, exquisément dévêtue de mousseline et de bijoux, démente et subtile, choquante et de bon ton : une vraie femme du monde.

– C'est Madame, murmura Fernand.

– Tonnerre ! fit Bastien entre ses dents.

– Tom ! fit la jeune femme à un homme en smoking en qui un observateur médiocre pouvait reconnaître un homme de cheval. Tom ! reprit-elle mélodieusement.

– C'est Monsieur, expliqua Fernand, pendant que chacun retournait à sa propre orbite.

– Pourquoi ne vient-on pas tous les soirs ici ?

– Je me le demande, ma chère, je me le demande.

Il avait la voix placée dans cette zone magique des fosses nasales, clef de voûte de toute une société et que ne savent plus faire résonner que les dernières familles où les garçons disent vous à leurs parents et cirent eux-mêmes leurs bottes.

– Je crois qu'on nous a réservé une table, ajouta-t-il. Venez !

– J'ai la dent, j'ai la pépie, je m'amuse ! dit la jeune femme en le suivant, et dans son sillage toutes les odeurs qui flottaient dans l'air baissèrent pavillon devant son parfum.

– Excusez-moi, dit Fernand à ses amis, et il se dirigea vers la table de ses patrons devant lesquels il s'inclina.

De loin Bastien le surveillait en s'efforçant de garder une attitude discrète et indifférente. Il vit que Fernand désignait Koba.

– Ravissante ! entendit-il malgré la distance, et il se sentit très fier.

– Ça marche ! Ça marche ! dit-il à la jeune fille qui, voyant qu'on parlait d'elle, esquissa un petit sourire timide.

Ça marchait. La jeune fille plaisait.

– Mais comment l'avez-vous connue, Fernand ?

– Par mon ami Bastien, madame la Comtesse.

– Ce monument qui est à côté de la petite ?

– Oui, madame la Comtesse.

Tom et Kiki étaient trop snobs pour être snobs. Leur totale désinvolture avec les usages leur permettait d'être heureux et de rendre les gens heureux.

– Tom ! supplia Kiki, invitez ces personnes à notre table !

– Ma chère, j'allais le faire.

– Je vous adore ! dit Kiki en déposant un baiser sur la main aristocratique de son mari tandis que Fernand s'acquittait de son ambassade.

– Vous êtes invités à venir à la table de Monsieur et Madame.

– Comme c'est gentil, dit Koba, et elle se dirigea vers la table des Poudreuse tandis que Bastien, soudain grave et inquiet, retenait un instant son ami par la manche :

– Fernand, d'homme à homme, on peut leur confier une jeune fille ?

– On peut, dit Fernand sur le même ton. Ils sont cinglés... mais sérieux !

Bastien respira (il connaissait peu d'aristocrates et avait eu un instant d'inquiétude), et il alla s'incliner devant Kiki.

– Mon ami Bastien... La demoiselle kurlandaise...

– Poudreuse ! dit Tom, et il ajouta, désignant Kiki : Ma femme.

– Asseyez-vous près de moi ! dit cette dernière en prenant la main de Koba.

– Gratinée pour tout le monde ! commanda Tom à la cantonade.

– Oh, dit Koba, affolée, je viens de manger un grand boudin !

Mais Bastien l'interrompit vivement :

– Elle accepte ! assura-t-il très fort, ajoutant pour elle à voix basse : Tu sais pas si tu mangeras demain !

– Vous êtes kurlandaise ? demandait Kiki.

– Oui, madame.

– Vous aimez les enfants ?

– Oh, oui ! madame, beaucoup !

– Où étiez-vous jusqu'à ce soir ?

C'est à ce moment que Bastien, distingué, intervint :

– Chez des pignoufs, madame : je les ai vus ! De vrais pignoufs !

– Comment s'appellent-ils ?
– Cruchon de Clamouse, madame, dit Koba.
Elle ne s'attendait pas à un tel succès. Les Poudreuse hurlaient de rire. Les Cruchon de Clamouse ! Pauvre petite ! Les Cruchon de Clamouse !... Tom expliqua : lui est un brave type; mais elle est impossible !
Kiki confia :
– Ils ont voulu être golf avec nous; on ne les a pas pris !
– Des pignoufs ! répéta Bastien qui triomphait.
– Vous savez qu'ils ne sont pas du tout Clamouse ! lui dit Kiki.
– Non, fit-il, intéressé.
– Mais pour être Cruchon, ils sont cruchons : ce sont les vins du Kruchon ! dit Tom.
Les vins du Kruchon ! Ce vitriol qui empoisonnait les consommateurs ! Eh bien, ça n'étonnait pas Bastien ! Pouah !
Kiki encore vibrante d'éclats de rire demandait son nom à Koba. Koba ! Que c'était charmant !
– Vous entendez, Tom ! Elle s'appelle Koba !
Tom entendait, appréciait, approuvait, servait du Bourgueil à la ronde et Kiki glissait son bras sous le bras de la jeune fille.
– Koba, vous faites partie de la famille !
– Oh ! Madame !
Bastien était heureux.
– Ça, princesse, tu vois, c'est la vie, dit-il gravement. Un jour à la rue, demain sur le trône !

13

François avait lu et relu la lettre de Koba. Le fil était renoué entre eux, pensait-il, et cette pensée le rendait particulièrement joyeux. Et puis il en avait fini avec les suites du plongeon. Tiens, c'est cela qu'il faudrait raconter à Koba; il saisit du papier sur son bureau et se réjouissait déjà à l'idée de lui narrer son arrivée à l'Ambassade, son plongeon en compagnie du Roi, son intimité avec le prince Rollon, lorsque Fronval apparut portant une dépêche qu'il tenait dans ses mains revêtues de gants blancs.

– Vous portez des gants blancs ! s'étonna François en prenant la lettre.

– J'épluchais des oignons, Excellence, dit Fronval en baissant les yeux; et puis c'est une dépêche personnelle de la part de M. le Secrétaire général !

La dépêche n'était pas longue. Elle fut une surprise pour François.

– Je rentre à Paris, dit-il à Fronval qui reçut le choc en pleine poitrine. « ... rappelé d'urgence à Paris pour une mission de durée indéterminée dont le caractère vous sera précisé sur place », relut-il à haute voix, avec une jubilation qu'il parvenait mal à dissimuler.

On lui notifiait d'autre part qu'il restait chargé d'affaires en Kurlande et que son mandat n'en était pas terminé pour autant... Il ne prit pas le temps de s'interroger sur la mission que l'on allait lui confier, tant il goûtait déjà le plaisir de revoir Koba. Inutile de lui écrire. La surprise serait plus vive, leur joie décuplée !

– Coucou, dit Rollon surgissant en costume de marin kurlandais.

L'air heureux de François le frappa dès l'abord.

– On voit que tu es rétabli cette fois ! Allez, déshabille-toi, la France, et mets le costume marin; on va à la pêche trois jours ! Embarquement pour Kytère !

François, d'un geste désolé, lui tendit la dépêche qui venait de lui parvenir. Le visage de Rollon se rembrunit.

– À peine tu es guéri, on te reprend à nous, dit-il en lui rendant la missive.

– Mais je reviendrai !

Le prince hocha la tête d'une manière dubitative et avec un regard empreint d'une vraie tristesse il regarda son ami.

– Ah ! La France !... On te regrettera ! Tu vas nous oublier... Regarde Fronval qui pleure.

– Ce sont les oignons, Excellence ! souffla Fronval.

– Et tu pars tout de suite ? questionna Rollon.

– Oui, répondit François avec un élan qu'il ne put surmonter.

– Oh ! dis donc ! commença le prince en dévisageant François. Tu as l'air bien content d'aller retrouver Paris, toi ! Hein ! Embarquement pour Kytère, ajouta-t-il avec un clin d'œil.

*

« Glich ! Glich ! slip er pinch !
Glop ! er ploch, dac[1] ! »

1. Dors, dors ! rêve des lutins !
Au revoir ! envole-toi sur les nuages !

Koba chantait la berceuse des petits enfants kurlandais en l'accompagnant de gros baisers sur les pieds roses du bébé Poudreuse. Le bébé riait et essayait d'attraper le nez et les cheveux de Koba qui l'embrassa une dernière fois.

– Maintenant tu vas faire un gros dodo jusqu'à 4 heures, petit lapin. Et on ira promener au Bois tous les deux. D'accord ?

– ... cor..., répéta le bébé tandis qu'elle tirait les rideaux et sortait de la chambre en emportant le plateau du déjeuner.

En traversant les salons de l'appartement pour gagner la cuisine elle continuait à chanter sa berceuse, souriante, détendue. Elle avait repris confiance dans ce milieu agréable où chacun avait une personnalité unique, même Marthe, l'énorme cuisinière à la voix de contractuel.

– Miam ! Miam ! fit Koba en entrant dans le sanctuaire où flottait une odeur savante.

– Perdrix aux choux, expliqua Marthe en soulevant le couvercle de la cocotte, et dans son timbre effrayant il y avait toute la tendresse d'un Bernard Palissy surveillant ses cuissons. On a un évêque à déjeuner.

– Oh ! fit Koba impressionnée, et elle se mit à laver la vaisselle du petit en prenant l'expression recueillie qui lui paraissait convenir à la situation.

– Bonjour !

Kiki entrait dans la cuisine vêtue d'un pyjama de lainage blanc qui laissait libre de toute entrave la peau lisse et bronzée de son ventre plat. Elle n'en pouvait plus ! Un vrai débris ! Elle se traînait ! Jusqu'à 5 heures du matin ! à l'ambassade du Japon, elle était restée debout, faisant un bouquet avec l'attaché militaire...

– Affreux ! ajouta-t-elle.

– L'attaché ? demanda Koba.

– Non ! Le bouquet ! – Elle prit les mains de Koba : Je suis bien habillée ?

– C'est très joli, madame.

Kiki expliqua :

– C'est parce qu'on a l'évêque à déjeuner. Pour lui je ne fais pas de frais; c'est mon petit-cousin Billy-Bill. Mais elle, c'est une chipie !

– Oh ! fit Koba saisie.

– Marthe ! Ma pauvre Marthe ! cria soudain Kiki. Quelque chose d'affreux pour vous... – Et comme la cuisinière la regardait avec méfiance elle ajouta : Monsieur a invité douze personnes à dîner pour demain soir... vous êtes fâchée ?

– Ben je comprends, dit la grosse femme ravie. Si on faisait des poulets aux écrevisses ? Ou du jambon à l'ananas ?

Mais Kiki n'eut pas le temps de répondre. Béatrice, huit ans, faisait irruption par l'entrée de service, rose, les yeux brillants, en manteau, béret, écharpe, son cartable à la main :

– Maman ! Devine ! Je suis rentrée de l'école en camion !

– Tu en as de la chance ! Bonjour, Bastien ! ajouta-t-elle en tendant la main au colosse qui suivait la petite fille.

Bastien précisa tout de suite qu'il ne faisait que passer. Il était délicat et n'aimait pas arriver chez les gens à l'heure du repas. Il avait même laissé tourner le moteur en bas, dit-il. Il venait seulement prendre des nouvelles de la princesse.

– Vous voyez que ça marche ! Elles ont déjà des secrets ! dit Kiki en lui désignant Koba qui parlait à l'oreille de Béatrice.

Avec un air de conspiratrice la petite fille quitta la cuisine, importante, et Koba reprit sa petite vaisselle, l'air de rien.

– Ça va bien ? demanda Bastien à mi-voix en la désignant à Kiki.

– Un amour ! délira la comtesse.

– Et puis rendable service ! rugit la cuisinière

en tournant vers eux sa face illuminée par l'ardeur du charbon.

– Un compliment de Marthe ! Ça s'arrose ! dit Kiki en sortant des verres. Vous buvez un coup, Bastien ?

– C'est trop gentil, madame la Comtesse !

– Allez, on trinque ! fit Kiki en débouchant une bouteille.

Bastien, plaisantin, posa une main sur son verre :

– C'est pas un vin du Kruchon ?

Dans l'éclat de rire qui suivit, Béatrice revint, cachant quelque chose derrière son dos; elle le donna à Koba.

– Santé, Bastien ! disait Kiki.

– Santé, madame la Comtesse !

– Santé, Bastien !

Koba était devant lui, mais ce qu'elle tenait dans ses mains jointes en corolle, ce n'était pas un verre. C'était un petit ours en peluche, assis sur son derrière soyeux, portant un billet de 10 francs dans ses pattes de devant.

– Qu'est-ce que c'est ? murmura Bastien.

– Un petit ours qui paie mes dettes et qui portera bonheur à ton camion !

– Je suis sûr qu'il te portera bonheur à toi aussi ! dit-il, et la minuscule créature passa dans ses grosses mains qui tremblaient un peu.

*

Le lendemain matin, François tombait dans les bras du Duc venu l'attendre à Orly. Le Duc lui apprit que c'était « la Joie de Vivre » qui l'avait fait revenir.

– Elle a remué ciel et terre pour ça. Et d'ailleurs, elle vous attend au ministère.

François qui songeait déjà à appeler Koba jugea préférable de remettre ce coup de téléphone après l'audience du ministre.

– Mon pauvre bon, j'ai voulu être là pour vous accueillir, disait le Duc en jetant de longs regards peinés sur François. Je vous admire, vous savez.
– Ah oui ? fit François surpris.
– Oh ! oui, reprit le Duc pénétré. Vous êtes courageux, mais à l'intérieur vous devez être effondré.
– Effondré, moi ? s'étonna François qui rayonnait de bonheur.
– Oui, souffla le Duc compatissant. Votre orpheline, la Kurlande.
Et François expliqua au Duc que l'orpheline n'était pas en Kurlande, mais ici même, à Paris, jeune fille au pair.
Le Duc joignit les mains dans un mouvement d'action de grâces.
– Et mieux que ça, reprit François. Figurez-vous que je l'ai croisée à Orly le jour de mon départ.
– Non !
– Elle débarquait à Paris et je m'envolais pour la Kurlande !
– Quelle situation ! s'exclama le Duc. Quel destin ! C'est grec !
Et ils montèrent dans la voiture officielle qui déposa le Duc au Quai et conduisit François jusqu'au ministère de la Joie de Vivre.

Le ministre le vit entrer comme la matérialisation même de ses efforts et de sa victoire, c'est-à-dire que François fut accueilli avec beaucoup de chaleur. Et comme lui-même était très heureux ils furent enchantés l'un de l'autre.
– Ah ! mon cher Ambassadeur, bonjour ! Vous voyez, quand j'ai décidé d'avoir une chose, je l'obtiens.
François se demanda si c'était lui la chose, mais Nicole précisait :
– Je voulais vous faire revenir, vous êtes là ! Qu'est-ce que vous dites de ça ?

François reconnut qu'il ne savait comment la remercier.

– Avouez que vous soupiriez après Paris !

– Oh ! oui, dit-il avec un accent qui enchanta le ministre et l'abusa tout à fait.

– À la bonne heure ! J'ai failli vous tuer quand j'ai appris par cette ancienne danseuse... Enfin, tout cela est du passé ! Oublions ! Voilà : je veux faire de vous mon plus proche collaborateur. Il y a quelques grincements du côté du Quai où on tient à vous. Mais moi encore plus, et j'en fais mon affaire. Le poste que je crée à votre intention vous mettra bien en selle et d'ici peu vous aurez un maroquin.

François s'étonna qu'on voulût lui donner un cheval.

– Mais non, pas un cheval, dit le ministre en riant. Un maroquin : un portefeuille. Vous serez ministre.

– Ah bon, dit François dont l'esprit était déjà ailleurs. Si ça peut vous faire plaisir, tout ce que vous voudrez !

Quand, en arrivant au Quai, le Duc lui demanda si les projets de Nicole ne contrariaient pas trop ses plans, François se souvenait à peine qu'il venait de quitter le bureau du ministre.

– Quels projets ? dit-il en ouvrant de grands yeux.

Le Duc rit et comme il faisait mine de sortir, François lui dit : « Ne partez pas, Adal. Le spectacle de ma joie va vous faire du bien. » Et il commença d'une main tremblante le numéro de Mme Cruchon de Clamouse qu'il avait appris par cœur en Kurlande.

– Allô, je suis bien chez Mme Cruchon de Clamouse ?

– Elle-même, répondit une voix brève.

– Mes hommages, madame, dit François de sa

voix la plus mélodieuse. Pardonnez-moi de vous déranger, pourrais-je parler à Mlle Koba Lye-Lye ?

– Certainement pas, répondit la voix encore plus sèche. Elle ne fait plus partie de mon personnel. Et je ne veux plus entendre parler d'elle.

– Vous savez sans doute où l'on peut la joindre ?

– Je n'en ai pas la moindre idée, monsieur.

– Mais enfin, que s'est-il passé ? demanda François décomposé.

– Presque rien, monsieur. Elle est partie en pleine nuit avec un fort des Halles.

Et là-dessus, on raccrocha.

François restait pétrifié l'écouteur à la main. Le Duc qui avait suspendu son travail n'osait intervenir. Enfin, il s'avança jusqu'à son ami qui tourna vers lui un regard vide et large.

– Qu'y a-t-il ? demanda le Duc.

François en balbutiant le mit au courant.

– En pleine nuit ! avec un fort des Halles ! répétait le Duc. Cette fois c'est du Zola !

*

Koba n'attendait pas d'avoir une réponse de François pour lui écrire une nouvelle lettre et surtout elle voulait lui faire part de son changement d'adresse et lui raconter ses dernières aventures. En même temps elle l'enviait d'être en Kurlande. Était-il heureux, lui qui avait la chance de voir la mer tous les jours – et quelquefois le Roi ?

– As-tu un amoureux, Koba ? dit une petite voix auprès d'elle.

Une petite voix qui s'accordait si bien au fil de ses pensées qu'elle n'eut même pas besoin de sortir de son rêve pour répondre à Béatrice, dans un souffle :

– ... Oui, je crois.
La petite fille qui écrivait sur une table à côté d'elle regardait avec dévotion, avec piété, cette grande créature blonde qu'elle sentait immergée dans un monde auquel son âge n'avait pas encore accès. Elle la regardait et l'enviait.
– Où est-il ? demanda la petite fille.
– En Kurlande, répondit Koba avec une double pointe de tristesse au cœur.
– Il est kurlandais ?
Un sourire passa sur les lèvres de Koba.
– Non, il est français.
– Comment s'appelle-t-il ? demanda la petite fille.
– C'est un secret, répondit Koba, tandis que sa main, machinalement, traçait une à une sur la feuille blanche les lettres du nom de François.

François, lui, était assis devant le ministre de la Joie de Vivre dans son bureau. L'air absent, un peu hébété, comme s'il sortait d'une longue anesthésie.
– Suivez bien mon plan, lui disait le ministre en se levant pour arpenter son bureau. Je pars à Lyon. Vous venez me rejoindre à Lyon. Puis nous allons ensemble à Strasbourg, et enfin vous vous présentez seul à Toulouse. Vous voyez où je veux en venir ? dit-elle en pivotant vers François dont les yeux papillotaient comme ceux d'un élève surpris.
– Oui, articula-t-il, je fais le Tour de France.
– Mais non, pas le Tour de France ! dit le ministre en haussant les épaules; vous ne voyez pas ?
François secoua la tête.
– Eh bien de cette façon, poursuivit le ministre, progressivement les gens s'habituent à vous voir; à mes côtés d'abord et puis seul. Petit à petit on vous connaîtra, vous serez interviewé, photogra-

phié… Là-dessus on vous ménage quelques bonnes apparitions à la télévision, c'est capital ! Et en peu de temps vous aurez une tête nationale !

François porta sur le ministre un regard vitreux.

– Une tête nationale, répéta-t-il.

– Oui ! enchaîna le ministre tout à son programme. Ce qui nous permettra d'accéder à la députation, et de là, tout doucement… hein !… qu'est-ce que vous serez ? demanda-t-elle avec une mimique engageante.

– Fatigué ! laissa tomber François.

– Quoi ! rugit le ministre.

– Fatigué, répéta François avec une profonde et véritable expression de lassitude, je suis fatigué, Nicole.

Et il se leva, tout en prenant son manteau posé sur le dossier du fauteuil.

– Mais qu'est-ce que vous avez ? qu'est-ce qui se passe ? interrogeait Nicole tout en le suivant vers la porte. Vous étiez si gai, si entreprenant, en rentrant, il y a deux jours !

– Je vous demande pardon, dit François sur le point de sortir, je ne suis pas bien… Je vous appellerai…

– Mais qu'est-ce qu'il a ? Qu'est-ce qu'il a ? répétait le ministre tandis que la porte se refermait.

François déambulait, ballotté, bousculé, sans bien savoir où il allait. Il faisait froid mais il marchait le pardessus ouvert, les mains dans les poches, le regard inerte, droit devant lui.

Il réalisa qu'il était devant les grilles du Quai d'Orsay quand le Duc l'arraisonna.

– Je vous ai vu arriver et je suis descendu pour que nous fassions route ensemble.

François, le sourcil froncé, se tourna vers son ami.

– Eh bien n'allons-nous pas au cocktail de Mémé Pallavicini ? lui demanda le Duc.

– Mémé Pallavicini, répéta François, comme s'il entendait ce nom pour la première fois. Non je n'y vais pas, dit-il au bout d'un moment.

Le Duc se récria.

– Mais vous avez accepté ! Ce n'est pas possible ! Mémé sera très fâché !

– Je sais, fit François avec un geste indifférent de la main. Excusez-moi...

Il fit mine de s'éloigner, mais le Duc le rattrapa.

– Enfin, vous ne croyez pas à ce fort des Halles !

– Non ! dit François dans un sursaut. Je n'y crois pas ! Je crois en elle... Mais je ne sais plus où la retrouver... Je pense qu'elle est peut-être retournée en Kurlande... Je ne sais plus que faire... Je n'ai plus envie de rien... non, laissez-moi.

Et il s'éloigna sans même saluer le Duc, seul avec son chagrin.

De son côté, Koba commençait à trouver le temps long. Pas un signe de François depuis qu'elle était à Paris. Au début elle se précipitait toute joyeuse à la cuisine le matin; car c'était là par une tradition cocasse que Kiki, en déshabillé, répartissait le courrier de la maison.

Parfois la tentation venait à Koba de penser que François l'avait oubliée. Pourquoi n'aurait-il pas rencontré quelqu'un en Kurlande ? Alors elle serrait très fort la cuiller qu'elle tenait à la main pour donner sa bouillie au bébé. Elle effaçait cette pensée en fermant les yeux.

– Vous avez mal à la tête, ma chérie ? lui demanda Kiki en entrant dans la cuisine, le courrier à la main.

– Non, madame.

– Il faut me le dire si quelque chose ne va pas ? C'est promis ?

– Oui, madame, souffla Koba, et elle se dirigea vers l'évier pour tourner le dos à Marthe, à Fernand, à Béatrice aussi qui l'observait beaucoup, à Madame.

– Une lettre de ma sœur, commenta Kiki en triant le courrier, le bal rose de Gladys, Versailles, l'Élysée... le percepteur, encore ! Mais il passe son temps à m'écrire ! Tenez, Fernand, pour vous ! Ça ce sont des factures, les vilaines; mon bottier, Galerie David; une carte pour Béatrice ! et ça ?... une réclame pour des livres cochons. Merci... Voilà.

– Rien pour moi, madame ? demanda Koba sans se retourner.

– Non, chérie; vous attendez une lettre ?

– Pas vraiment, dit Koba qu'une pensée noire commençait à effleurer.

– Quoi ! rugit Kiki. Abderhaman ben Ahmed à Paris !

Elle poussa un cri de joie et se tourna vers Koba :

– Ma chérie ! Abderhaman ben Ahmed est à Paris ! – Et devant la mine ignorante de Koba : C'est l'Emir d'Omouk, ma chérie ! Nous l'avons rencontré à Las Vegas l'année dernière, il est monstrueux, merveilleux ! Chérie, je vais donner le plus grand dîner de ma carrière ! s'exclama-t-elle en embrassant Koba sur les deux joues.

Koba qui, pour se rassurer, pensa que François était peut-être malade.

Il était vraiment malade. C'était en tout cas l'opinion du Duc qui venait le voir chez lui à intervalles réguliers, car François ne descendait même plus au Quai. Le Duc le trouvait toujours allongé sur le divan de son salon, fumant des heures entières, laconique, presque muet. Il ne sortait plus, ne voyait plus personne, n'ouvrait pas, mangeait à peine, se rongeait. Sa neurasthénie prenait des proportions alarmantes. Tous les efforts du Duc étaient vains. Mais il ne renonçait pas. Il passait le soir, avant d'aller dans le monde, en habit suranné, un habit qui avait dû appartenir à son père ou à son oncle, un habit qui n'était pas à ses mesures, mais il avait tant de joie à glisser, chaque soir, une fleur à sa boutonnière – son seul luxe. Et il essayait d'entraîner François qui n'était pas insensible à tant de constance.

– François, soyez gentil, venez avec moi au bal rose de Gladys !

– Un bal rose ! ricanait François. À la fin du XXe siècle !

– Justement ! Ce sera peut-être le dernier. Ne le manquez pas !

– Non, disait François d'une voix douce.

– Alors, accompagnez-moi chez les Poudreuse, la semaine prochaine.

– Non, disait François de la même voix.

– Les dîners des Poudreuse sont ce qu'il y a de plus drôle à Paris ! Vous viendrez !

– Non !

– Un dîner en l'honneur d'Abderhaman ben Ahmed, insista le Duc.

Un grain de sable se déplaça dans la tête de François.

– Abderhaman ben Ahmed, répéta-t-il; l'Émir d'Omouk ?

– Oui, dit le Duc, en reprenant espoir.

– ... il est marrant..., dit François au bout d'un long moment.

– Justement ! jubila le Duc. Vous viendrez ?

François tira longuement sur sa cigarette, inhala le poison avec délice, rejeta doucement la fumée et laissa tomber ces mots prometteurs :

– On verra...

Chez les Poudreuse, c'était la panique. Pauline, la femme de chambre, avait 39 de fièvre.

– Je suis maudite ! gémit Kiki. Je crois que je vais me suicider !

– Mais non, madame, conseilla Koba, désolée.
– Douze invités ce soir, et personne pour servir ! Sa Sublimité l'Émir d'Omouk ! Le marquis de Serpa-Fermante qui a cent ans ! Quelle horreur !
– Si ça peut rendre service à Madame, je veux bien essayer…
– De servir ? demanda Kiki stupéfaite.
– Oui, madame.
– De servir… Mais il n'en est pas question ! Je ne peux pas accepter !
– Madame est si gentille !
Kiki indécise regardait la jeune fille simple et souriante, si fraîche, si belle…
– Vous avez une robe noire ?
– Non, madame, fit Koba.
– Il faut une robe noire… – et soudain, une idée folle – le genre d'idées qu'elle aimait – trotta à travers la tête de Kiki comme une souris farceuse : Miracle ! cria-t-elle. J'ai trouvé ! Oh ! merci ma chérie ! – Elle sauta au cou de la jeune fille. – Vous me sauvez, mon ange ! Vous verrez, nous aurons un triomphe !

14

Le Duc ne mentait pas quand il disait que les dîners Poudreuse étaient les plus drôles de Paris. On se serait battus pour avoir une invitation, mais en vain, les maîtres de maison n'obéissant qu'à leur instinct et à leur goût, et c'était peut-être pour ça que jamais personne ne s'était ennuyé dans leur salon ou à leur table.

Kiki, radieuse et palpitante de trac, allait d'un groupe à l'autre, tressant autour de ses invités une guirlande d'italien, d'espagnol, d'anglais et même de français. Elle portait une robe indescriptible. Rien. Du lainage prune avec quelques lacets dans son dos nu. Mais auprès de ce chiffon la robe de brocart de Conchita del Fuego semblait un accessoire de pacotille et les bijoux historiques que portait la vieille Foufou de Bainville avaient l'air d'avoir été ramassés dans la sciure.

Kiki échangeait de brefs regards avec Tom et surveillait Fernand qui passait les cocktails. Il fallait absolument que Sa Sublimité arrive la dernière et il manquait encore... un coup de sonnette la fit tressaillir. Mais ce n'était pas Sa Sublimité. Le Duc de Roquefort-Chavignol, un camélia blanc à sa boutonnière désuète, entrait, dans le salon – Adal chéri ! – et il traînait derrière lui ce Fonsalette qu'on ne voyait plus nulle part – si Mémé apprenait qu'il était ici, il en mourrait de chagrin !

– Je vous adore d'être venu ! dit-elle à François qui lui baisait la main.

François était superbe. Une mélancolie ardente avait présidé à sa toilette et il s'était préparé à cette soirée en disant : Sortons ! avec le même désespoir que s'il avait dit : Buvons ! Il était beau. Et les femmes sentaient qu'il y avait quelque chose à découvrir et peut-être à consoler au-delà de cette élégance en smoking de velours bleu.

– Vous connaissez les Serpa-Fermante, bien sûr, affirma Kiki en le menant auprès d'un couple qu'il n'avait jamais vu.

Le marquis avait certainement cent ans et n'était plus transportable que dans le fauteuil métallique où il trônait comme une idole de pierre des soirées entières, ses mains diaphanes et immobiles sur les accoudoirs, le regard très loin fixant dans le passé les ombres de d'Annunzio, de la Duse et de Victor-Emmanuel qui avaient été ses amis. Il ne parlait plus, mais mêlait à la conversation générale des bruits étranges semblables à ceux d'une poulie raclant un vieux puits.

Sa femme, une rousse superbe, la moitié de son âge, se tenait près du vieillard dans des mousselines flamboyantes qui laissaient deviner un corps inaltérable.

– François Fonsalette, répéta-t-elle lentement en promenant un regard caressant et avide sur le front de François, la bouche de François, les yeux de François, les épaules de François, les mains de François...

Et il aima cette voix dont l'accent évoquait Belgrade, Rio, Dubrovnik, Rome, Londres, Paris... toutes les capitales où cette femme avait dû vivre, toutes les gouttes de sang qui devaient former son sang.

– Vous n'avez pas été en poste à Damas ?

– Il y a trois ans, oui, madame.

La marquise poussa un cri mélodieux :

– Alors c'est vous ! – Et comme François paraissait étonné elle enchaîna : Vous connaissez Clarita Ferguson ?

Clarita Ferguson ! Mon Dieu !... les dîners sur sa merveilleuse terrasse au bord du Barada, les grands plateaux d'argent portés par les serviteurs silencieux, les photophores aux flammes vacillantes dans la nuit, Clarita...

– C'est ma sœur ! gémit la marquise, et dans sa joie elle tapa sur l'épaule de son mari et cria : Ercole, M. Fonsalette cognosce la mia sorella, Clarita !

Pour la première fois François entendit le bruit de poulie et il s'inclina avec un peu d'épouvante devant le vieillard.

– Mon mari Ercole Serpa-Fermante; M. Fonsalette, dit la marquise.

– Eeerrrrrrh ! fit le marquis en accompagnant cette civilité d'un tremblement qui fit danser sur sa poitrine les décorations austro-hongroises, monténégrines et papales qu'il était l'un des derniers à porter.

Mais déjà sa femme lui tournait le dos et ne s'occupait plus que de François :

– J'ai failli vous connaître là-bas, malheureusement vous étiez déjà parti.

– Clarita m'a souvent parlé de vous, mais...

– Mais je m'appelais alors Lady Bruce-Paddington, expliqua-t-elle, je n'avais pas encore épousé celui-ci !

Et elle tapa de nouveau sur le vieillard.

Du coin de l'œil Adal surveillait son protégé et se réjouissait de le voir s'intéresser à autre chose qu'à son chagrin. Il aurait été parfaitement heureux s'il ne s'était pas embarqué dans une longue et difficile phrase en espagnol pour tenir courtoisement compagnie à Conchita et à un grand monsieur (un Grand d'Espagne certainement) qui parlaient de la propriété des Fuego près de Grenade :

– … Y mas conmoviendo que el Prado, disait le Duc, porque es mas… es mas… – Décidément il ne trouvait plus ses mots et il dit à voix haute : Comment dit-on : à la mesure humaine ?

Le Grand d'Espagne, étonné, s'écria :

– Oh ! mais vous parlez bien le français !

– Et vous aussi ! rétorqua le Duc.

– Et où avez-vous appris notre langue ? poursuivit le Grand d'Espagne qui n'était pas espagnol.

– Eh bien, dans ma terre de Chavignol.

– Je vous avais pris pour le Duc de Torremolinos ! avoua le grand Français.

– C'est mon cousin ! fit le Duc en s'inclinant, et ils se remirent à parler espagnol car Conchita boudait.

Anne-Marie Bernsen, en pantalon de samouraï, s'était repoudrée dans la chambre de Kiki et revenait dans le salon. Elle prit son amie par la taille et les joues des deux jeunes femmes se frôlèrent un instant :

– Tout va bien ?

– Paniquée ! dit Kiki avec un sourire radieux.

Tom et la belle Indira Gamil étaient séquestrés dans un coin de fenêtre par Foufou de Bainville qui était assommante mais si drôle quand elle se mettait à chanter. Fonsalette était casé, Conchita avait sa cour, le marquis ne risquait pas de bouger, il ne manquait plus que l'Émir…

– C'est vrai qu'il est si riche qu'il distribue ses bagues au dessert ? demanda Anne-Marie en regardant ses mains qu'elle avait belles.

– On verra ! dit Kiki, agitée, qui alla délivrer son mari.

François et la marquise étaient enchantés l'un de l'autre.

– Vous avez exactement les mêmes yeux ! disait

François; j'aurais dû dire en entrant : salut à la sœur de Clarita.

La marquise s'appuya coquettement au fauteuil d'infirme de son mari :

– Elle est très jolie, ma sœur, roucoula-t-elle.

– Très ! assura François, et il enchaîna un ton plus bas : Pour qui ne vous connaît pas !

– Mais vous êtes charmant ! dit la marquise chavirée, et comme elle n'était pas égoïste elle tapa sur son mari et cria de toutes ses forces : Il est charmant !

Le bruit de poulie fut recouvert par la voix de Fernand qui annonçait :

– Sa Sublimité Abderhaman ben Ahmed, Émir d'Omouk !

Tout le monde se leva sauf le marquis que son grand âge dispensait des obligations de l'étiquette et, dans le silence qui se fit soudain, on vit entrer Sa Sublimité. Il était coiffé du voile et des cordonnets, son regard vif était dissimulé par des lunettes vertes et il portait une grande robe blanche sur un pantalon européen. Un être hybride aux longues paupières fardées de bleu, vêtu d'un smoking en paillettes, le suivait discrètement.

– Qui est cette jeune fille qui l'accompagne ? demanda Foufou dont la vue n'était pas excellente.

– C'est son secrétaire ! souffla Anne-Marie.

– Oh ! Comme c'est curieux ! s'écria la vieille dame, et elle sortit un face-à-main qui avait appartenu à Talleyrand.

Les présentations au souverain pétrolifère prenaient fin. L'Émir et son secrétaire avaient refusé les cocktails et buvaient la cerisette préparée à leur intention. Pou Quinon-Chinette, le plus beau parti de France, s'était glissée à quatre pattes derrière les invités, dissimulant ainsi l'incorrection de son retard. Kiki trouva que la jeune fille forçait un peu sur l'absence de soutien-gorge et se dit avec un grain de mélancolie : « Je dois vieillir... »

Les conversations avaient repris. Conchita boudait : le beau secrétaire ne comprenait pas l'espagnol ! Anne-Marie, innocente, admirait les bagues de l'Émir. Foufou criait un souvenir de 1912 dans l'oreille de Serpa-Fermante qui grinçait de joie; François disait passionnément à la marquise :

– Je ne connais rien de plus émouvant que la naissance de l'Unité italienne !

– Oh ! soupira la marquise, votre conversation est fascinante !

– J'appelle ça le miracle du patchwork ! Vous savez : la couverture faite de petits morceaux ! – et comme il la sentait palpitante et à sa merci il murmura de toute son âme : Il Risorgimento ! – sans la quitter des yeux ce qui le priva d'un spectacle délicieux.

La porte de la salle à manger venait de s'ouvrir et une femme de chambre sortant tout droit de la Belle Époque se tenait timidement sur le seuil et annonçait avec un léger accent :

– Madame est servie !

Puis elle resta muette, bouche ouverte, étonnée, radieuse, saisie, n'en croyant pas ses yeux : François était là !

Elle le regardait qui ne la voyait pas. François !... Et elle restait de plus en plus souriante, de plus en plus inconsciente, de plus en plus heureuse, froissant le petit tablier de dentelle, sa longue robe noire se balançant avec allégresse autour de sa taille mince, tandis que Kiki, voyant enfin son trouble, l'interrogeait :

– Qu'est-ce qu'il y a, ma chérie ?

– Rien, madame, rien ! et elle partit, légère, touchant à peine le sol de ses bottines 1900.

Elle pénétra dans la cuisine comme une trombe joyeuse, se précipita sur Marthe et l'embrassa dans le cou.

– Ma chérie ! Ma chérie ! balbutiait-elle.

– Eh bien ! Eh bien ! disait Marthe, surprise.

– Je suis si heureuse ! – Et elle se précipita sur Fernand : Il faut que je vous embrasse !

– J'espère que vous n'allez pas embrasser tous les invités ! dit Fernand dépassé.

– Oh ! non ! Pas tous, cria la jeune fille du fond de son cœur tandis que les deux domestiques échangeaient un regard de surprise.

Et elle resta plongée dans son rêve heureux, ouf ! il était retrouvé – jusqu'à ce que le coup de sonnette de la maîtresse de maison donnât le signal du premier plat. Aussitôt Koba empoigna une immense corbeille de fruits.

– Mais ce n'est pas le dessert !

Fernand affolé l'arrêta dans son élan.

– Ah ! c'est vrai ! reconnut Koba radieuse, et elle partit avec le plat de foie gras que Marthe lui tendait.

– Mais qu'est-ce qu'elle a ? pouffa la cuisinière.

– J'ai l'impression que ça va être un dîner pas ordinaire ! dit Fernand en emportant le Sauternes.

En approchant de la salle à manger Koba entendait la voix bien-aimée de plus en plus distinctement et il lui semblait que c'étaient des douceurs que lui disait François.

– L'échec des insurrections libérales de 1820, de 1831, de 1848 n'est qu'une marche de l'escalade vers l'Union et la liberté. La rencontre de Victor-Emmanuel et de Cavour... Cavour !

Plus personne ne parlait; ils étaient tous suspendus à ses lèvres, rêvant déjà de raconter dans le monde : « L'autre soir chez les Poudreuse... »

François ! Il allait bien lever les yeux, la voir, lui sourire... mais non ! il s'enfonçait passionnément dans son propos comme dans la terre de Saint-André, poursuivant sa statue...

– Avoir connu le déchirement du Grand Schisme, avoir enlevé le traité de Cateau-Cambrésis, avoir subi la domination des héritiers de Charles Quint, avoir fait rayonner la Renaissance sur le Monde européen, avoir frémi sous la botte des hussards et...

« Quelle aisance, quelle culture, quel charme », pensa Koba.

– ... et puis tout d'un coup en arriver à cette prise de conscience de la Maison de Savoie d'une part, et des libéraux d'autre part pour enfin ponctuer la conquête de soi par la prise de Rome. La prise de Rome ! Quel titre ! Mais quel Shakespeare des temps modernes pourrait écrire la pièce qu'on attend après ce Sésame de l'esprit !

Koba dégusta comme un sorbet à la fraise le murmure flatteur qui parcourut la table. Elle le regarda, fière de François, heureuse de sentir l'agnel d'or, bien au chaud comme un secret sous son corsage de femme de chambre et soudain elle vit les signaux discrets mais désespérés que lui faisait Kiki. Mon Dieu ! Elle avait oublié de passer le plat ! Elle faillit décapiter dans sa hâte le monsieur qui était si grand, fit tomber une cuillère et présenta le plat à Sa Sublimité en rougissant sous le regard glauque qu'il leva sur sa beauté.

– ... Moi, voyez-vous, les Italiens je les porte dans mon cœur ! les Italiennes aussi ! disait François, et Koba eut envie d'être née à Vérone.

Elle essayait de ne pas faire de fautes et en même temps de capter un regard... Rien à faire ! Il évoquait les chrétiens visitant en autocar les ruines où furent dévorés leurs ancêtres, il faisait apparaître la silhouette démunie de Romulus sortant des marais et venant élire domicile sur les 7 collines – elle bouscula le verre de Fou Quinon-Chinette et se confondit en excuses.

– ... Tout ça pour en arriver en 1870 à la prise de Rome... par qui ? par les Italiens ! N'est-ce pas beau comme l'enfant lui-même reconnaissant sa mère ?

Elle s'approcha de lui palpitante avec son foie gras.

– … comme l'amant retrouvant le visage de la femme aimée ?

Elle était toute proche, de toutes ses forces elle voulait qu'il se retourne. Mais il ne se retournait pas. Il ne voyait même pas le plat et elle dut faire tomber elle-même dans son assiette la tranche rose et truffée qui s'écrasa avec le bruit d'une grosse larme.

– Merci, mademoiselle.

Oh ! comme il avait dit ça ! Quelle indifférence ! Elle fut au bout de la table où l'Émir, impressionné et respectueux, demandait à Kiki en désignant François.

– C'est un avocat ?

– Vous connaissez naturellement la fameuse anecdote entre Cavour et Garibaldi ?

François s'adressait toujours à la marquise pour mieux ferrer son auditoire.

– Non, fit la marquise qui, dans sa tête, avait déjà commencé vingt lettres délirantes à Clarita.

– Ah ! triompha François, elle est très savoureuse et illustre bien la différence des caractères. C'était en 1852, non, en 1853… non, attendez…

Et comme il levait les yeux de dessus la nappe pour chercher ses souvenirs il crut avoir une vision. Celle dont il rêvait douloureusement, elle était là devant lui… Non, c'était un mirage ! Mais le mirage lui fit un clin d'œil et un sourire si radieux qu'il n'eut pas besoin d'avancer la main pour savoir que c'était la vraie Koba qui présentait un plat de l'autre côté de la table – (au fait, pourquoi ?) – à quelqu'un qui était déjà servi et qui la regardait avec stupeur.

L'Émir qui avait pris goût à cette page d'histoire fut le premier à réclamer la suite :

– Et alors ? dit-il.

François, muet, suivait Koba des yeux.

– Et alors ? dit Kiki après un temps.

– Et alors ? dit la marquise.

François sentit qu'on attendait quelque chose de lui :

– Alors quoi ? demanda-t-il égaré.

L'Émir l'encouragea :

– Continuez !

– De quoi est-ce que je parlais ?

La table entière voulut l'aider : « De l'Italie ! Cavour ! Garibaldi ! L'Unité Italienne ! Il Risorgimento ! »

– Moi ? s'étonna François sincère.

Des hurlements de rire secouèrent les invités, Kiki et Tom échangeaient des regards de triomphe au-dessus de leur argenterie de famille : quel chou ce Fonsalette ! il ne faudrait plus donner un dîner sans lui !

– Ercole ! – La voix de la marquise s'éleva dominant le tumulte : Vous vous amusez ? demanda-t-elle à son mari.

Frappée par l'air navré du vieillard, étonnée par l'aspect virginal de son assiette, elle s'étonna : « Ha gia finito ? » Alors la voix d'Ercole Serpa-Fermante, cette voix qui avait fait trembler des soldats et frémir des belles dames, cette voix qu'on n'avait pas entendue depuis la dernière guerre mondiale s'éleva, ténue mais précise dans le silence respectueux et un peu craintif qui se fit soudain :

– Ho mangiato niente; M'hanno dementicato !

Mon Dieu ! C'était vrai ! Koba devint rouge de confusion, tandis que Kiki affolée se tordait les mains :

– Comment ! pauvre cher ami, on vous a oublié ?

– Dépouis lé début, ajouta le marquis.

L'Émir se mit à rire doucement, son secrétaire se mordit les lèvres et écrasa une larme qui se faufilait le long de son maquillage; François se moquait de tout.

– Je suis désolée, madame, murmura Koba, et elle se précipita vers la cuisine.

Confuse, Kiki profita de cette sortie pour dire :

– Nous vous prions de l'excuser, il faut que je vous dise un secret, ajouta-t-elle en baissant la voix, ce n'est pas du tout une femme de chambre, c'est la jeune fille étrangère qui s'occupe des enfants !

– Ils en ont de la chance ! dit l'Émir à qui son secrétaire lança un regard noir.

– Mais où avez-vous trouvé cette merveille ? demanda Foufou.

– Aux Halles, la nuit, nous l'avons arrachée aux griffes des Cruchon de Clamouse !

– Les Borgia ! cria le Duc qui eut un triomphe.

– Elle est divine ! dit Anne-Marie. Et cette tenue 1900, il n'y a que toi, Kiki, pour avoir des idées pareilles !

Kiki reprenait goût à la vie :

– Ce matin, un vrai désastre, excusez-moi, Altesse, fit-elle en se retournant vers l'Émir, pour tous ces détails domestiques !

– Exquis ! Exquis ! Paris ! dit l'Émir qui avait envie de garder plus longtemps que prévu son appartement au Crillon.

– ... j'étais en panne de femme de chambre; l'enfant qui est exquise s'est proposée, nous avons fait un tour au grenier, et voilà !

– Elle porte la tenue de la femme de chambre de bonne-maman Poudreuse ! dit Tom.

Le silence se fit soudain. Koba, de plus en plus rouge, se tenait sur le pas de la porte. Tout le monde la mangeait des yeux.

– Madame, dit-elle sans voix, il n'y a plus de gigot.

– Plus du tout ? fit Kiki ennuyée.

– Plus du tout, firent les lèvres de Koba, et elle articula péniblement : On a donné l'os au chien !... il reste juste un peu de boudin de midi...

– Du boudin ! rugit la marquise. Mais c'est merveilleux ! Ercole adore le boudin ! Ercole, vous êtes content, vous aurez du boudin !

– Mmmm... ! mi piacce molto ! molto ! dit le vieillard qu'on ne pouvait plus faire taire.

Koba, sur un signe de la maîtresse de maison, fila de nouveau vers la cuisine tandis que les compliments pleuvaient sur sa personne et que François, machinalement, disait merci, merci avec reconnaissance.

– Mais dans quel pays ça s'achète ? demanda l'Émir.

– Elle est kurlandaise ! dit Tom qui n'était pas fâché de cette rareté.

Cela fit une grande lumière dans l'esprit d'Adalbaud de Roquefort-Chavignol et il pensa que parfois, l'amitié est fée.

Koba rentra, portant un joli plat d'argent sur lequel trônait un morceau de boudin. Des regards d'envie accompagnaient la jeune fille s'adressant aussi bien à elle qu'à l'appétissant morceau de charcuterie qu'elle fit délicatement glisser dans l'assiette du marquis.

– Tiens, voilà du boudin ! dit l'Émir qui avait des lettres, et la table se remit à rire sans quitter de l'œil le centenaire qui mangeait son boudin avec un appétit de jeune homme.

– La Kurlande, la Kurlande, dit Foufou en se tournant vers François, mais au fait vous êtes notre ambassadeur en Kurlande.

– Oui, fit-il en cherchant les yeux de Koba, c'est un pays magnifique !

Merci, firent les yeux de Koba pendant que le grand monsieur demandait si les filles y étaient magnifiques.

– Je ne sais pas, dit François.

– Vous ne savez pas, dit Pou Quinon-Chinette. Mais on sait ces choses-là !

– Et les princesses de Kurlande ? demanda Anne-Marie.

– Il paraît qu'il y a une douzaine de filles superbes dans cette famille, dit Tom.

– La jeune fille doit les connaître, dit Foufou.

– Oui, oui ! fit Koba.

– Vous n'avez pas dû vous ennuyer là-bas ! fit Kiki en le menaçant du doigt.

– Mais si ! Mais si ! assura François qui s'adressait directement à Koba. – Et, comme tout le monde le huait : menteur, cachottier, farceur ! il ajouta, toujours pour la jeune fille : La preuve c'est que je suis revenu à Paris et que j'y reste !

– C'est vrai !

Le cri était sorti du cœur même de Koba.

– Oui ! dit François radieux.

– Oh ! tant mieux ! soupira-t-elle.

Les dîners des Poudreuse étaient amusants mais ça, on ne l'avait encore jamais vu. Ils étaient tous muets, déconcertés, puis, brusquement, le Duc qui n'avait plus de doutes éclata d'un rire énorme et sans aucune distinction, d'un rire de valet de chiens médiéval, d'un rire de bâtisseur de cathédrale, suivi de près par le marquis à qui le boudin avait rendu des forces, déchaînant une tempête d'hilarité autour de la table où chacun pleurait dans son assiette, dans sa serviette ou sur l'épaule du voisin. Il n'y avait plus que François et Koba de sérieux, lui assis, elle debout, son plat à la main, se regardant dans les yeux avec tout l'amour du monde.

15

– Koba ! Koba est là !

Il était venu à sa rencontre, l'avait aidée à quitter son manteau, l'avait fait asseoir sur la banquette en face de lui dans le petit restaurant tranquille où ils avaient rendez-vous et ne cessait de la regarder en répétant son nom.

– Ça ne me paraît pas vrai, dit-il enfin.

– À moi non plus, dit Koba.

Et il se fit un tel silence entre eux qu'ils éclatèrent de rire.

– C'est joli ce que vous portez, dit François en jetant un coup d'œil sur la robe de Koba.

Mais celle-ci préféra croire que François parlait de la pièce d'or à son cou.

– C'est un ami qui m'a offert... commença-t-elle en prenant la pièce entre ses doigts.

– Non, non, je parlais de votre robe ! Très élégante.

Koba dit que c'était sa première acquisition à Paris et de nouveau ils se dévorèrent des yeux – au point que le garçon qui sortait déjà son crayon pour prendre la commande préféra attendre un autre moment.

– Cette nuit je ne pouvais pas dormir en pensant que j'avais failli ne pas venir au dîner Poudreuse...

– Quelle horreur ! gémit Koba en mettant ses mains devant son visage.

– Et tout à l'heure en vous attendant, je m'imaginais que vous aviez peut-être mal compris l'adresse et que nous allions attendre chacun de notre côté dans un restaurant différent...

– Cette fois, j'aurais pleuré, dit Koba ! Affreux !

– Affreux comme Orly !

Ils parlèrent d'Orly avec de délicieux frissons d'émotion rétrospective.

– Mais hier soir, tout à coup, quand je vous ai vue ! dit François en fermant les yeux.

– J'ai cru que vous alliez jamais me voir. Alors j'ai pensé : Au dessert je lâche la crème sur lui. Il sera bien obligé.

– Ces messieurs-dames prendront ? dit le garçon qui n'en pouvait plus d'attendre.

– Hein ?... le menu... jeta François que cette présence importunait. Oh ! pardon ! ajouta-t-il a l'adresse de Koba. Vous voulez peut-être...

– Non, non, le menu, dit vivement Koba.

– Et pour la boisson, messieurs-dames ? demanda le garçon qui ne semblait guère avoir fréquenté les ambassades.

– Un vin d'Avignon, dit Koba étonnée de sa propre audace.

Le garçon parut à la fois surpris et méprisant.

– Un vin d'Avignon, écrivait-il en haussant imperceptiblement les épaules.

Mais ni François ni Koba ne le regardaient. Elle avait dit « Avignon » et le mot créait des ondes de souvenirs autour d'eux, les isolant du monde environnant.

– Et la Kurlande ? dit brusquement Koba. Comment vont-ils ?

François lui fit remarquer qu'il ne pourrait certainement pas lui donner des nouvelles de tous les Kurlandais.

– Commençons par le Roi, dit alors Koba qui avait hâte d'avoir des nouvelles de pappi. L'avez-vous vu avant votre départ ?

– Non, dit François, mais je sais qu'il était en voie de guérison. À propos, savez-vous que j'ai failli périr là-bas ?

Il lui raconta son plongeon et elle s'écria :

– Mais vous êtes le premier ! le premier ! – Elle le regardait avec des yeux extasiés : Vous devez être un héros national !

– Je crois que je suis assez connu, dit modestement François. Ils m'ont surnommé Der Plongier.

– Der Plongier ! répéta Koba, vibrante.

– C'est d'ailleurs à cette occasion que j'ai fait la connaissance de Rollon. Pardon, se reprit-il... du Prince Rollon. Je dis Rollon parce que nous sommes devenus amis.

– Oh ! comment va-t-il ? dit Koba avec beaucoup de chaleur.

Cet intérêt visible pour le prince frappa François et quelque chose au fond de lui en souffrit.

– Il va bien, répondit-il. J'espère le voir d'ici quelques jours, il m'a fait savoir qu'il venait à Paris. Mais je ne me fais pas d'illusions : ce n'est pas pour moi qu'il vient. Je crois plutôt qu'il a quelque beauté à voir.

Koba baissa le nez sur son assiette en riant d'une façon discrète.

– Qu'est-ce qui vous fait rire ? demanda François légèrement mal à l'aise.

– Rien, rien dit Koba ravie d'être mystérieuse.

– Est-ce qu'il vous plaît ? hasarda François.

L'éclat de rire qui suivit sa question le rassura tout à fait.

– Ce n'est pas du tout mon genre, dit Koba avec l'accent de la plus grande sincérité.

Elle avait deviné l'inquiétude de François et en jouissait. Tant mieux s'il était un peu jaloux.

– Et les princesses ? questionna-t-elle.

François lui demanda si tous les Kurlandais étaient aussi attachés qu'elle à la famille royale.

– Je l'espère ! répondit vivement Koba.
François lui dit qu'il ne leur avait jamais parlé, qu'il les avait à peine vues, que d'ailleurs il les confondait, elles étaient si nombreuses.
– Il y en a même une que je n'ai pas vue du tout. On m'a dit qu'elle faisait retraite, je ne sais où, au Tibet ou chez les Incas. Moi je crois plutôt qu'ils l'ont mise à l'écart, dit-il en baissant la voix.
– Ah oui ? fit Koba vivement intéressée.
– Elle ne doit pas être tout à fait d'aplomb, murmura François avec un geste éloquent. Vous n'avez jamais entendu parler de cela en Kurlande ?
– Jamais ! dit Koba d'une façon très assurée.
Le garçon arrivait avec les hors-d'œuvre et le « vin d'Avignon » qui était un Châteauneuf-du-Pape. Ils trinquèrent, ils burent.
– Et pour vous, tout va bien ? Rien ne vous manque ?
– Rien, assura Koba. – Puis un instant après elle ajouta, comme en s'excusant : Sauf la mer. Je souffre de ne pas la voir, l'entendre, la toucher.
François lui proposa aussitôt de la conduire à la mer.
– Nous pourrions partir tous les deux en fin de semaine.
– Oh ! je serai si heureuse...
– Merci ! dit vivement François.
– ... de voir la mer ! termina Koba.
Ce qui les fit rire tous les deux.
– Eh bien, parlez-en à Kiki.
Koba se demandait si elle oserait.
– Vous savez ce que disent les Kurlandais : sans essayer...
– ... n'aucun succès ! termina Koba en approuvant de la tête.

*

Le samedi suivant la voiture de François roulait

à toute allure sur l'autoroute de l'Ouest en direction de Honfleur. C'était un après-midi de fin d'automne mêlant sous un ciel gris le vent et la pluie. Mais il aurait fallu bien autre chose pour tempérer l'immense bonheur de Koba qui s'exprimait depuis qu'ils avaient quitté Paris par une succession de chants kurlandais, de ces chants brefs et très rythmés, presque improvisés, par lesquels ce peuple rend compte de ses émotions.

Parfois, François jetait un coup d'œil sur le profil de Koba fixé sur la route. Elle avait rangé ses cheveux sous un petit bonnet de laine qui donnait de son visage une image que François ne connaissait pas encore.

« Kudra tina tek bing !
Stupe e naga
Kudra tina den kese
E ka ruppa ! »

chantait-elle, en marquant le temps de la main sur son genou.

– Vous comprenez les paroles ?

– Oui, oui, dit François avec assurance. D'ailleurs j'adore vos Run'or Galik. Ils sont si originaux : cette baleine qui habite un fromage !

Un hurlement de rire faillit le faire sortir de la route.

– Qu'est-ce qu'il y a ?

Mais Koba riait trop pour pouvoir s'exprimer; à la fin elle lui apprit qu'il n'était nullement question d'une baleine, mais d'une souris.

– Mudra c'est la baleine et kudra la souris !

Et elle enchaîna aussitôt avec une chanson qui parlait d'une baleine verte qui faisait à un ambassadeur français en grande tenue les honneurs de son palais au fond du golfe d'Avignonburg.

François lui demanda si c'était l'idée de voir ses cousins les Normands qui la rendait aussi joyeuse.

– C'est la mer ! dit-elle en faisant exploser la syllabe dans toute sa force.

– On va déposer les bagages en vitesse, et puis…

– Oh ! non, monsieur Fonsalette, supplia Koba les mains jointes, la mer ! je veux la mer tout de suite !

Suivit une chanson où un marin kurlandais naviguant sur l'océan se désole de ne pas voir la mer.

François avait le sentiment de rouler avec elle depuis des années et pourtant ils n'avaient passé que très peu d'heures ensemble. Le temps avait la bonne mesure avec elle : il semblait éternel.

François avait pensé qu'elle voulait simplement voir la mer, mais quand il eut arrêté sa voiture à l'écart, sur un petit tertre qui dominait une plage de galets, quand il vit Koba jaillir de la voiture et sans même fermer la portière dévaler la pente, courir vers l'eau grise aux rouleaux écumants, quand il la vit sans presque ralentir jeter son bonnet, son anorak, son chandail, ne s'arrêter qu'au bord des flots pour quitter son pantalon et apparaître en maillot, il comprit qu'elle voulait vraiment se mêler à cette eau glaciale, que c'était un acte quasi religieux qu'elle allait accomplir. Il frissonna de la tête aux pieds en la voyant plonger d'un seul coup au cœur de l'eau tumultueuse. Après la chaleur de la voiture, le vent qui balayait la côte le faisait grelotter davantage. Il chercha dans ses propres affaires un peignoir de bain et descendit à son tour vers la mer, ramassant au passage les vêtements dont Koba avait jalonné sa route. Admiratif et transi, la tête dans les épaules, une main resserrant son col, il la regardait s'ébattre au milieu des vagues.

– Elle est bonne ! hurlait Koba.

– Tant mieux, murmura François entre ses dents.

Enfin elle sortit de l'eau et courut vers François en criant :

– Merci, monsieur Fonsalette ! Je n'oublierai jamais ce que vous avez fait pour moi !

– Pas de quoi ! dit François dont les dents s'entrechoquaient.

Koba se roulait avec volupté dans le peignoir.

– Je brûle ! disait-elle.

– Vous avez bien de la chance ! J'ai failli perdre connaissance en vous voyant entrer dans cette eau.

– Rien à craindre avec moi, monsieur Fonsalette. – Elle se frictionnait vigoureusement. – Je peux vous ranimer, vous rendre la respiration, vous faire des piqûres, des massages ! Chez nous, toutes les filles travaillent une année dans un hôpital. Vous voyez, avec moi vous êtes en sécurité, monsieur Fonsalette.

– Je me le demande, murmura François qui la regardait se rhabiller.

*

Ils choisirent, d'un commun accord, un petit hôtel en bas de la ville sur le quai. Ils entrèrent. François demanda à la patronne s'il lui restait des chambres.

– Une chambre ? dit la dame en plongeant le nez dans ses registres.

– Non, deux, dit François.

La dame releva la tête et sans chercher à dissimuler une profonde stupeur, elle se fit confirmer qu'il voulait bien deux chambres.

– Comme vous voudrez, dit-elle en retournant à ses papiers.

Koba tournée vers le mur dévisageait une carte de Normandie. François demeurait impassible.

– J'ai bien quelque chose, dit la dame, mais qui ne se touche pas.

– Ça n'est pas nécessaire, dit François avec le plus grand sérieux.

– Et si ça ne vous fait rien on est en train de les finir.

François déclara qu'ils feraient un tour en ville en attendant.

Il pleuvait : cette douce pluie normande qui flotte dans l'espace et ne s'effarouche pas d'un rayon de soleil. Koba respirait avec volupté.

Ils allèrent acheter des cabans jaune vif et des casquettes. Elle fit une foule de grimaces dans le miroir en essayant toutes sortes de coiffures. C'était une nouvelle Koba, agitée, comique, pleine de fantaisie. Ils sortirent. Son sang rendu impétueux par le bain glacé, Koba avait besoin de mouvement. Elle empoigna brusquement la main de François et l'entraîna dans une course éperdue autour du vieux bassin. Elle ne s'arrêta qu'essoufflée, épuisée en haut des marches de la lieutenance.

Ils regardèrent la ville.

Puis ils redescendirent, elle reprit la main de François tandis qu'il la conduisait vers l'Église Sainte-Catherine. Le jour commençait à décliner. Koba admirait les façades étroites et hautes, les reflets dans l'eau du bassin. François pensait que le bonheur c'est tout simplement de marcher en tenant la main de la personne qu'on aime, surtout lorsque cette personne tourne vers vous un visage épanoui et vous dit :

– Ce soir, je vais dévorer !

Ils dévorèrent l'un et l'autre. Sur la table, des carapaces de crabes, de langoustines, de crevettes, des coquilles d'huîtres, de moules attestaient de leur appétit. Koba, qui ne connaissait pas le cidre, en avait fait un large usage. François lui demanda si elle avait encore faim.

– Ne peux plus, dit-elle.

Et, profitant de ce qu'il n'y avait plus d'autres clients dans la salle, elle s'étira jusqu'à l'extrémité de ses membres.

– C'est mal élevé aussi en France, j'espère, demanda-t-elle pour donner plus de prix à sa désinvolture.

– Oui ! dit François. Vraiment plus rien ?

Koba fit non de la tête. Elle s'était régalée. Elle avait surtout goûté le cidre. François demanda un verre de calva.

– Calva ? Qu'est-ce que c'est ? dit Koba en se redressant subitement.

– Alcool de pomme ! dit François d'un air tentateur. Vous en voulez ?

Koba secoua la tête.

– Je goûterai seulement.

Ce qui voulait dire qu'elle prendrait quelques gouttes dans son verre.

Ils s'étaient installés dans le salon voisin de chaque côté de la cheminée, les yeux tournés vers la flamme, avec dans les membres cette langueur qu'apporte la première fatigue. Le bruit léger des bûches qui crépitaient ne rendait jamais le silence pesant. Le chien de la maison était venu se coucher entre eux, et le museau sur les pattes suivait lui aussi le fil de ses pensées.

– Encore un peu ? demanda François en désignant le verre qu'il tenait au chaud entre ses mains.

Koba se tourna vers lui, en souriant :

– Vous voulez me faire tourner la tête ?

– Non. Absolument pas, dit François.

Elle accepta le verre. Elle ferma les yeux. « Qu'est-ce que j'ai confiance en lui », pensa-t-elle tout en buvant. Et un moment après : « C'est terrible ! »

Elle lui rendit le verre sans même le regarder. Mais sous la chaleur du feu, sous la douce morsure de l'alcool ses pensées malgré elle se dénouaient un peu.

Elle se répétait qu'il devait être bon de vivre auprès de ce garçon. Mais elle n'osait pas s'avancer plus loin.

L'esprit de François, lui, connaissait moins d'entraves, il laissait voguer son imagination. La soirée qu'il vivait n'était que la répétition d'infinité de soirées qu'il avait déjà vécues avec Koba, la même paix, la même douceur, le même feu. C'était leur chien, leur maison. Ce serait leur chambre. Il se répéta : leur chambre.

– Si nous parlions un peu de l'avenir, dit-il du fond de ses pensées et presque sans s'y attendre.

– Oh ! please, monsieur Fonsalette ! fit Koba avec une petite grimace comique. Pas ce soir, je n'ai plus la force !

Et elle joignit les mains en geste de supplication. Le regard de François s'était posé sur la bague du serment.

– Tiens ! dit-il en examinant attentivement le bijou.

Le cœur de Koba fit un profond décrochement dans sa poitrine.

– C'est une nouvelle bague, continua François d'un ton insidieux. Vous ne la portiez pas à Avignon.

– Justement, dit Koba malgré elle.

– ... Justement quoi ?

Et comme Koba ne répondait pas :

– C'est un cadeau ? demanda-t-il d'une voix à la fois ironique et cruelle.

– Oui, souffla Koba.

– Un souvenir ? insista-t-il.

– Oui, dit Koba en retirant sa main.

François eut l'air de réfléchir un bon moment, mais il ne savait pas bien ce qu'il pensait, ni même ce qu'il éprouvait.

– Quand je parlais de l'avenir, dit-il au bout d'un moment, et prenant bien le temps de sourire en plantant ses yeux dans ceux de Koba, je voulais simplement savoir ce que nous faisions demain ?

– Ce que vous voulez, dit Koba qui avait retrouvé ses esprits, mais ce soir, je suis détruite, et puis je sens mon français s'embarrasse, dit-elle en se levant.

François voulut se lever.

– Non, vous ne m'accompagnez pas. Vous restez là près du feu avec le... (elle chercha le mot)... le calva ! et le chien... Bonsoir, monsieur Fonsalette, dit-elle en lui tendant la main.

– Bonsoir, mademoiselle Lye-Lye. À demain.

Elle s'éloigna jusqu'aux deux marches du couloir puis se retourna.

– Merci pour la mer !... et pour tout. Je suis la deuxième fois plus contente de ma vie.

– La deuxième fois ?

– Oui, la première fois c'était à Avignon... Oh ! vous avez oublié ! dit-elle en disparaissant.

François but une gorgée de calva, et ses yeux rencontrèrent ceux du chien fixés sur lui. Il se pencha pour lui caresser la tête. Le chien se dressa sur ses pattes de devant et François lui demanda en confidence :

– Qu'est-ce que tu ferais à ma place, hein ?

*

– Hello ! fit Koba en apparaissant sur le seuil de la pièce tandis que François beurrait sa troisième tartine.

Elle accrocha sa casquette de marin et se laissa tomber sur une chaise en face de François.

– Bien dormi ? lui demanda celui-ci.

– Terrible ! et j'ai une faim ! Aussi je vais me jeter sur la tartine du camarade ! Je peux ? demanda-t-elle en saisissant la tartine que François venait de préparer. Vous avez déjà déjeuné ? Quelle heure est-il donc ?

François lui dit qu'il était plus de 11 heures.

– J'ai honte ! dit-elle en plantant ses dents dans la tartine. Qu'est-ce qu'on fait aujourd'hui ?

François suggéra qu'on pourrait aller se baigner.

Koba, la bouche pleine, approuva vigoureusement.

– Mais, précisa-t-il, moi qui ne suis pas un Nordique, je préférerais la piscine de Deauville. Le médecin m'a recommandé de ne pas renouveler mon exploit kurlandais.

– Deauville ! approuva Koba entre deux bouchées.

– Est-ce que vous tenez à déjeuner ?

– Non, fit Koba de la tête.

– Alors piscine, et puis après je vous amènerai au puits des Miracles.

Koba accueillit la proposition comme une merveille, sans même se demander ce qu'était le puits des Miracles.

– Et puis ce soir, continua François, araignées, tourteaux, langoustes, homards, pain, beurre...

– Et cidre ! dit Koba en s'étranglant à moitié.

– Vous avez l'air particulièrement gaie, ce matin.

– Je suis toujours gaie, monsieur, dit Koba. Et puis j'en profite... la semaine prochaine, je serai en Suisse.

François reposa brutalement sa tasse.

– En Suisse ?

– C'est vrai, j'ai oublié de vous dire.

Koba lui apprit qu'elle devait partir avec les enfants Poudreuse dans un chalet isolé, en Suisse.

– Décidément, nous ne nous retrouvons que pour nous séparer, observa mélancoliquement François.

– Il ne faut pas être triste aujourd'hui, François. Pensez à la belle journée que nous allons avoir !

Dans la voiture, Koba se montra pleine d'entrain. Elle trouvait la lumière très belle, admirait la vue de la Côte de Grâce, l'église et l'étang de Criquebœuf. Et en même temps, à propos de tout se livrait à une foule de réflexions, et quand son français n'allait pas aussi vite que sa pensée, elle obligeait le langage à de si surprenantes distorsions que tout ce qu'elle disait en prenait une nouvelle valeur. François mit sur le compte du temps, du soleil, de la vitalité, ce jaillissement ininterrompu. Il n'y avait pas que cela : depuis l'incident de la bague la veille au soir, Koba se méfiait instinctivement des moments de silence. C'est d'eux que pouvait venir le danger – du rêve, de la réflexion. Non, il fallait conduire la journée de façon à ne pas laisser s'installer un certain climat – et puis après-demain elle serait en Suisse, et là, au calme, elle réfléchirait sérieusement à la situation.

C'est à cela qu'elle pensait encore tout en nageant avec François dans la piscine de Deauville. Ce qu'elle n'avait pas prévu c'est qu'aux yeux de François, en agissant ainsi, elle gagnait un charme de plus. Elle le faisait rire. Il était bien. Il aimait se retrouver face à face avec elle sous l'eau, son visage entouré de bulles, dans une lumière oppressante et verte. Il était bien.

Sur le bord de la piscine elle délivra ses cheveux, secoua la tête pour les remettre en place et dit :

– Ça creuse ! en faisant des yeux d'affamée.

François proposa d'aller commander un thé.

– Non, non, c'est moi, dit-elle en passant son peignoir qu'elle prit sur la banquette tiède.

François se tourna du côté de la vitre et regarda vers Deauville aux façades aveugles. Il pleuvait à présent, les gouttes s'allongeaient sur la vitre où il voyait le reflet de son visage. Il resta longtemps ainsi.

Koba vint se glisser près de lui. Elle lui fit un sourire auquel il répondit.

– Ça y est, vous pouvez venir.

Il marcha auprès d'elle sans dire un mot jusqu'à la table un peu à l'écart où Koba avait fait servir le thé.

– Soyez le bienvenu, cher monsieur. Je vous offre le thé comme si je vous recevais chez moi, commença Koba avec une légère accentuation du ton et des gestes destinée à montrer à François qu'on était dans la comédie.

– Je suis un peu court-vêtue, mais vous êtes un monsieur sérieux, n'est-ce pas ?... Vous ne répondez pas, c'est bien. Vous m'auriez dit que vous étiez sérieux, je me serais méfiée.

Elle saisit les bords de son court peignoir bleu et fit une brève révérence. « On dirait qu'elle a fait ça toute sa vie », songea François.

– Cher monsieur sérieux, reprit-elle, votre thé ? fort ? pas trop fort ? léger ?... léger, bien. – Elle saisit la théière. – Oh ! j'oubliais ! le lait d'abord ! C'est un gentilhomme français qui m'a appris ça, dit-elle en coulant vers François un regard pudique qu'il reçut comme une flèche.

Koba se rendit compte de l'effet profond de ses derniers mots et elle resta quelques secondes interdite, sentant sur elle le regard appuyé de François.

– Voilà, dit-elle quand elle eut versé le lait. Sucre ? Un morceau ? voilà !... Plouf ! j'en ai mis deux. Pardon ! fit-elle avec une désolation affectée qui détendit le visage trop grave de François. Puis-je, monsieur, vous beurrer vos toasts ? C'est un beurre que je fais venir de Normandie. Excellent pour la santé... Un beurre à l'eau de mer... Vous riez ?... Mangez, mangez, je vous rattrape... Mangez s'il vous plaît ! ajouta-t-elle comme François restait immobile à la regarder, sa tartine à la main. Oh ! pardon, j'ai oublié le thé ! dit-elle en feignant d'avoir trouvé la raison de son immobilité. Mon Dieu, le thé léger va être fort ! Ça ne vous dérange pas ?... Comme vous êtes bien élevé ! – Elle saisit la théière qu'elle lâcha aussitôt. – Marka ! dit-elle en soufflant sur ses doigts.

François sourit. C'était un juron qu'il avait souvent entendu sur le port d'Avignonburg.

– C'est du kurlandais, expliqua Koba, légèrement embarrassée. Ça veut dire... que c'est chaud, vraiment chaud !

François lui présenta une petite serviette en papier.

– Merci, monsieur. Quelle délicatesse de manières ! Quelle prévenance ! On voit tout de suite que vous êtes né sur les bords du Rhône. C'est une région que j'aime infiniment ! lança-t-elle avec un élan qu'elle se reprocha aussitôt.

»... Un peu de thé, s'il en reste ?... Vous voyez, mes mains tremblent, je suis tout émue de votre visite. C'est que je ne vous ai pas vu de longtemps, ajouta-t-elle à voix plus basse.

Ça aussi elle se reprochait de le dire. Mais comment faire autrement ? Même en faisant la comédie, le cœur nous échappe, pensa-t-elle.

Elle leva les yeux sur François dont le regard était déjà au fond du sien. Un regard grave un peu sévère, comme tout son visage.

– Pourquoi vous ne dites rien ?... Quelque chose vous déplaît ?... Il n'y a pas assez de beurre ?... de sucre ? de lait ?... Êtes-vous bien ? Je suis votre servante !

Mais sa révérence, ses propos manquaient d'assurance. L'heure du jeu était passée.

Elle s'en rendait compte en roulant avec François sur la route étroite qui les ramenait à Honfleur. Il n'avait pas dit un mot depuis leur départ de la piscine. Le front serré, il conduisait avec une brusquerie qui ne lui était pas habituelle. Et les petites grimaces effrayées que lui adressait Koba ne parvenaient pas à le dérider : il ne les voyait pas. Il était tout entier aux sentiments qui l'habitaient.

Il venait de découvrir qu'il ne pourrait plus vivre désormais sans cette fille blonde à ses côtés. C'était une découverte délicieuse et effrayante. Son existence entière lui paraissait en suspens. Puis, soudain, il pensa qu'il avait trente ans, trente ans passés, qu'il n'avait plus une minute à perdre, plus une seule, alors il coupa brutalement la route sur sa gauche, s'engagea dans un chemin étroit, cahoteux, qui dévalait vers la mer, écorcha sa carrosserie aux épines des haies, cogna ses roues contre les pierres du sol, s'arrêta finalement sur la grève face aux vagues et, sans reprendre son souffle, déclara :

– Voilà, Koba, je vous aime... Taisez-vous !... C'est très grave, je ne peux plus vivre sans vous. Je veux rire avec Koba, manger avec Koba, rouler avec Koba, avoir des enfants avec Koba, me réveiller auprès de Koba, dire chaque matin : Bonjour, Koba ! Comment vas-tu, Koba...

C'était une litanie brûlante où il nouait et renouait tour à tour son bonheur au nom bien-aimé de Koba. Elle avait bien essayé de l'arrêter dès les premiers mots. Mais peut-on arrêter un torrent ? Elle était épouvantée. Elle n'avait pas imaginé ce débordement éperdu. Elle se tenait contre la portière, les yeux fixés sur François qui ne se tourna pas une seule fois vers elle. Quand enfin il eut repris son souffle, il la regarda et d'une voix tout à coup douce et apaisée il dit :

– Aussi Koba, je vous demande...

Koba se jeta au-devant de sa phrase.

– Il ne faut rien demander, François, je vous en supplie ! Il ne faut pas parler comme ça !

Ses yeux étaient pleins de larmes.

– Mais pourquoi ? demanda François d'une voix étranglée.

– Oh ! je ne peux pas vous dire. Mais taisez-vous. Ne posez pas de questions !

Ils se regardèrent un instant, l'un et l'autre déchirés.

– Vous n'êtes pas libre ? demanda François au bout d'un instant.

Koba se détourna brutalement. Elle se tordait les mains.

– C'est à cause de cette bague ? insista François.

Koba, sans le regarder, fit « oui » de la tête.

Alors François se détourna à son tour avec un bref ricanement.

– Mais ce n'est pas ce que vous croyez ! jeta Koba en revenant vivement vers lui.

– Je ne crois rien, dit-il en regardant droit devant lui.

Alors Koba plongea la tête entre ses mains et murmura d'une voix imperceptible : « Oh ! pappi... », et sentant que les pleurs allaient la submerger, elle sortit de la voiture en courant et s'éloigna sur la grève.

La mer s'était retirée aussi loin qu'elle pouvait. Le ciel et l'eau se confondaient dans la même mélancolie.

Il sortit à son tour, mais lentement, et mit ses pas dans ceux de Koba.

Ils marchaient le long de la plage, séparés par cent mètres peut-être, un abîme.

Le vent qui fouettait leur visage ne leur apportait aucune fraîcheur. Ils étaient anéantis.

Koba s'arrêta enfin parce que le ruisseau qui courait à ses pieds rejoindre la mer et qui mangeait à mesure le sable était trop large et trop profond.

Elle sentit bientôt la présence de François derrière elle. Il s'arrêta également.

Koba voulait renouer les fils, mais elle n'osait pas se retourner, le regarder.

– Et le puits... ? dit-elle.

François haussa les épaules.

– C'est le genre d'endroit idiot où on jette une pièce en faisant un vœu... Je n'ai pas besoin de vous dire le vœu que j'aurais fait.

Koba proposa de retourner à l'hôtel, elle pensait qu'auprès du feu, peut-être, une tasse de thé...

Mais François décida que ce serait aussi bien de rentrer à Paris tout de suite.

Sur la route luisante de pluie où les phares laissaient des traces aveuglantes, François conduisait en silence. Tout cela ressemblait à un accident, il ne sentait pas encore la douleur, et les instants même de son malheur s'étaient évanouis. Il se souvenait du thé à la piscine. Puis plus rien.

C'était la main de Koba qui venait de toucher la sienne, une main sans poids, discrète, consolante, honteuse.

– Il ne faut pas m'en vouloir, François.

– Mais je ne vous en veux pas, dit-il en reprenant sa main. Vous êtes libre, ou plutôt vous n'êtes pas libre. – Elle l'entendit rire dans le noir. – Non, je ne vous en veux pas. J'en veux à mes illusions, à mes rêves. C'est tout différent.

– Amis ? demanda la voix brisée de Koba.

– Amis, bien sûr. – Puis il ajouta : Comment dit-on en kurlandais : « Les jours se suivent et ne se ressemblent pas » ?

Koba ferma les yeux sous la pression des larmes, puis elle répondit d'une voix assurée :

– Ik tak røven, nik gøven.

Devant la porte des Poudreuse, François arrêta la voiture, ouvrit le coffre, sortit la valise de Koba, lui demanda si elle n'oubliait rien, fit claquer la porte d'une manière significative et se retourna vers la jeune fille.

– Si je ne vous revois pas, François, je veux vous dire que j'aurai passé avec vous des heures que je n'oublierai pas.

– Moi non plus, dit-il. Merci.

Il lui serra la main, remonta dans sa voiture et démarra. Il vit dans son rétroviseur l'image de Koba au bord du trottoir, qui s'amenuisait, puis disparut – et il sentit tout son dénuement.

16

Béatrice trouvait Koba bien distraite.

Avant de partir pour l'école elle lui montrait dans l'entrée les bagages rassemblés pour le prochain départ, et surtout ses skis – elle avait droit à de grands skis cette année –, et la luge. Mais Koba paraissait lointaine.

– Tu es contente de partir demain ? lui demanda la petite fille. Tu as l'air triste.

– Non, dit Koba.

– Tu t'es pas amusée au bord de la mer ?

Si, elle s'était amusée. Mais elle avait beaucoup nagé, elle était un peu fatiguée.

– Va vite, Fernand t'attend pour te conduire à l'école.

Elle embrassa la petite fille et se tourna vers le bébé sur les marches de l'escalier qui attendait placidement pour la promenade du matin. Elle accomplissait ses gestes machinalement, dans un état de torpeur dont elle ne cherchait pas à s'évader. En ajustant, avant de sortir, son bonnet – qui lui rappelait Honfleur – elle vit dans le miroir son visage creusé par l'insomnie.

Le soleil était là sur le seuil, réconfortant dans l'air vif. C'était une nouvelle journée. Non, pensa-t-elle, c'est une nouvelle vie. Il faut désormais regarder loin devant soi. Ne pas tourner la tête en arrière. Et elle sourit au bébé dont les yeux semblaient l'interroger comme s'il avait pu deviner quelque chose.

À ce moment une voiture vint se ranger le long du trottoir et s'immobilisa à sa hauteur.

– Acceptez-vous les excuses d'un imbécile pour hier soir, disait une voix qu'elle avait pensé ne plus jamais entendre. Je vous ai guettée pour vous demander d'oublier l'aveu que je vous ai fait.

Elle souriait sans bien écouter ce que disait François. Il était là de nouveau ! Le reste...

– Et puisqu'il y a un secret dans votre existence...

Elle voulut protester.

– Laissez, laissez... Alors, vous oubliez également la proposition embarrassante que j'allais vous faire. Aussi, si ma présence ne vous est pas trop pénible...

Koba leva les yeux au ciel.

– ... et si cela ne vous complique pas trop la vie, sachez que je serai toujours heureux de passer en votre compagnie le temps dont vous ne saurez pas quoi faire.

– Mais François...

– Attendez, attendez... si par exemple vous avez envie de me voir ce soir – je dis ce soir parce que je sais que vous partez demain – vous n'avez qu'à m'appeler au bureau.

– Mais c'est d'accord tout de suite ! s'exclama Koba.

– Non, non ! je préfère que vous réfléchissiez. Vous me direz le lieu et l'heure.

Koba se débattait en riant.

– Mais c'est tout réfléchi, François ! Où vous voulez ! N'importe où !

Il la torturait mais c'était si bon d'être torturée par l'être qu'on aime. Elle ne retrouvait rien sur son visage de l'expression farouche de la veille. Était-ce le même être qui lui disait en démarrant, avec un air de bonheur si complet : « Vous me confirmerez tout cela au téléphone » ? Et à qui elle répondait en criant de toutes ses forces et sans souci des passants : « C'est oui, François, c'est oui ! »

François voyait dans son rétroviseur le visage heureux d'une fille qui agitait frénétiquement le bras et qui ne disparut que lorsqu'il bifurqua au bout de l'avenue.

*

– Tout va bien, je vois, lui dit le Duc lorsque François pénétra d'un pas décidé dans leur bureau.

– Oui, dit-il, après un orage qui eût pu tout gâter, et il fit au Duc le récit de son week-end au bord de la mer : son bonheur, ses hésitations, son aveu, la réponse qu'il reçut, le retour – et aussi les pensées qui, au cours de la nuit, l'avaient amené à changer de conduite.

Le visage du Duc prit alors une expression de profond soulagement. À son tour, il se répandit en louanges sur la jolie femme de chambre des Poudreuse, puis félicita François de sa conduite et lui fit considérer que tout n'était peut-être pas joué.

– Il y a quand même un secret dans son existence.

– Certes, répondit le Duc. Et vous avez bien fait de ne pas la questionner. Et puis, ajouta-t-il d'une façon pensive, l'expérience m'a appris que ce que nous considérons souvent comme un secret dans la vie d'autrui n'est souvent qu'une blessure qu'il cherche à dissimuler.

Mais François n'était pas convaincu.

– En fait de blessure, dit-il, je croirais plutôt qu'il s'agit d'un autre homme.

Le téléphone sonna. Le Duc décrocha.

– Adal de Roquefort-Chavignol vous écoute...

Son regard se porta vers François.

– C'est pour vous... une voix étrangère.
– C'est elle, dit François. Elle n'a pas pu attendre.
– J'en doute, fit le Duc à qui François arracha presque le combiné.
– C'est toi, la France ! hurla une voix kurlandaise.
– Rollon ! s'exclama François sur le même ton. Le prince était à Paris pour vingt-quatre heures. Est-ce qu'ils pouvaient déjeuner ensemble ?

C'est toute la Kurlande simple et chaleureuse qui entra dans le restaurant avec Rollon.
– Ça me fait plaisir de te voir, la France, dit-il en gratifiant François d'une large bourrade. Et pourtant tu es un lâcheur.
François se défendit et questionna le prince sur son voyage.
– Chut ! Incognito ! dit Rollon d'une voix colossale.
– Je vois ce que c'est, plaisanta François. Brune ou blonde ?
Rollon partit d'un large rire.
– Blonde ! D'ailleurs si tu veux, tu la verras ce soir. Je t'invite au Concert.
– Ce soir ?
– Oui.
– Ah ! je ne suis pas libre.
Rollon insistait pour qu'il se dégage mais, devant la mine réticente de François, il comprit tout à coup.
– Ah ! coquin ! rugit-il. Brune ou blonde ?
– Blonde !
– C'est peut-être la même ! dit-il en riant.
Puis il expliqua à François qu'il venait pour le Concert qu'on donnait ce soir au Théâtre des Champs-Élysées.
– Mais je vois que tu n'es pas au courant. La Musique, tu t'en fous. Tu ne pourrais pas entrer

dans la famille, tu sais. Il ne faut pas seulement savoir plonger mais aussi jouer d'un instrument. C'est dans la Constitution. Mon grand-père dit toujours que si les choses vont mal, on pourra au moins jouer à la terrasse des cafés !

Mais son rire fit brusquement place à une expression assombrie.

– Mon grand-père, répéta-t-il.

– Il n'est pas malade ? questionna François.

Non, il n'était pas malade, mais, si solide qu'il fût, il ne serait pas éternel et Rollon en revenait à son habituel tourment : un jour il faudrait régner, lui dont la musique était de plus en plus toute la vie. Régner !

– Je ne suis pas fait pour être Roi. Même en Kurlande que c'est le plus délicieux peuple de la terre. C'est un garçon comme toi qu'il faudrait.

François manifesta une violente opposition.

– Je sais, tu es républicain. Mais les bons républicains font les bons rois !

Et il partit d'un de ses éclats de rire, qui était comme un hommage à la vie.

– Alors, vraiment, tu ne viens pas à mon Concert ?

François était sincèrement désolé. Il avait peur que Rollon ne doute de son amitié, mais celui-ci plaisanta :

– Tu n'es pas amoureux de moi, c'est tout, fit-il avec une mine contristée. En tout cas si tu changes d'avis, même au dernier moment, je serai là-bas. Je dis : il me faut une place, c'est pour la France ! Et tu l'auras tout de suite.

S'il avait pu prévoir les premiers mots que lui adressa le Duc, lorsqu'il revint à son bureau, François aurait accepté la proposition de Rollon.

– La Demoiselle d'Avignon est désolée, elle ne pourra pas se rendre libre ce soir, circonstance imprévisible, dit le Duc en reposant le papier sur lequel il avait noté le message.

François éprouva une vive contrariété.

– Et moi qui viens de refuser au prince Rollon de l'accompagner au Concert, c'est malin !

– Au Concert des Champs-Élysées ? demanda le Duc vivement intéressé.

– Oui, dit François étonné, vous êtes au courant ?

Le Duc lui apprit que pour les amateurs de musique moderne il s'agissait d'un événement.

– Il est vrai que vous ne vous intéressez pas à la musique, ajouta-t-il.

– Mais si, mais si, repartit François agacé.

– Pour en revenir à cette jeune personne, continua le Duc, elle a également demandé que vous la rappeliez pour prendre un autre rendez-vous.

François pivota sur lui-même comme piqué par une mouche importune. Il fit quelques pas agités de long en large, puis éclata brusquement :

– Et puis non ! dit-il.

– Quoi, non ? demanda le Duc.

– Je ne rappellerai pas !

De plus en plus nerveux, il continuait à arpenter la pièce.

– C'est vrai, ça ! Qu'est-ce que c'est que ces manières ! On me dit du ton le plus catégorique oui, oui, ce soir ! où vous voulez ! n'importe où ! et puis on se décommande !... Ah ! non, c'est infiniment déplaisant ! Parce que les caprices, moi, zéro ! Attention, je ne suis pas un gamin !

Le Duc qui se sentait une forte envie de rire suggéra qu'elle avait peut-être eu un empêchement.

– Un empêchement ! dit François en s'adressant avec véhémence au Duc – et moi, n'avais-je pas un motif sérieux de me décommander ! Rollon est là pour vingt-quatre heures, il m'invite, je décline; je l'ai peut-être blessé. Parce que Son Altesse est bon prince, mais tout de même !

– Son numéro, dit le Duc, est Jasmin...

– Jasmin rien du tout, coupa François qui se montait d'instant en instant. Ah ! non, je n'aime pas ça !

– Je m'en aperçois.

– Enfin mettez-vous à ma place ! répondit François avec un accent d'indignation qui fit la joie du Duc. Je fais déjà un effort sur moi-même après les événements d'hier, je passe sur certaines choses, et voilà comment on me traite !... J'irai au Concert puisque c'est comme ça, dit-il d'un ton définitif. Ah ! on me reproche à droite et à gauche de ne pas m'intéresser à la musique !

Le Duc protesta.

– Eh bien, ça va changer ! Au Concert, j'irai ! et de bonne heure !

François tint parole, il fut là un des premiers, car il ne voulait pas manquer Rollon. Il s'était posté sur un des escaliers qui mènent au premier étage de manière à avoir une bonne vue du hall qui s'emplissait d'instant en instant d'une foule élégante. Il parvenait difficilement à dévisager toutes les personnes qui entraient. Son humeur se ressentait encore de la contrariété qu'il avait subie. Il était nerveux et remuait sans cesse les mains dans les poches de son pardessus.

– François ! Toujours à rêver !

Caroline était devant lui qui se jeta à son cou.

– Je vous croyais en Kurlande !

– Et moi... en avion ! dit François.

Ils s'embrassèrent et tout en gardant un œil sur l'entrée il mit Caroline au courant du dernier incident de sa vie professionnelle.

– Je ne savais pas que vous vous intéressiez à la musique, dit-elle.

– J'y viens tout doucement, dit François avec un soupçon d'amertume.

Et Caroline, tout en regardant à droite et à gauche, lui fit part de ses projets. Des projets grandioses. Non seulement elle avait la responsabilité des Ballets Van Essling, mais elle voulait réunir un orchestre prestigieux et répandre la Musique sur toute la surface de la terre. Elle voyait là un moyen d'amener la Paix Universelle. C'était la mission à laquelle elle se consacrait désormais.

– N'est-ce pas le Prince Rollon que j'aperçois là-bas ? dit-elle en désignant un coin du hall légèrement en retrait.

C'était lui. Il semblait guetter quelqu'un tout en tâchant de ne pas trop se montrer.

– Il est incognito, souffla Caroline. De même qu'il fait jouer ce soir une de ses œuvres sous un nom d'emprunt. Vous savez que c'est un des plus grands musiciens modernes. Quel homme ! Regardez-le ! Je le trouve beau ! dit-elle à moitié pâmée. Mais vous devez le connaître, fit-elle brusquement à François.

– Un peu, dit-il avec une secrète vanité.

– Quel dommage qu'il ait à régner, reprit Caroline. Je l'aurais pris sous contrat et à nous deux nous aurions fait des merveilles. Et quel succès il a auprès des femmes, ajouta-t-elle, regardez !

En effet une grande fille blonde venait de se jeter dans les bras du Prince. Une grande fille qui ressemblait...

Le cœur de François cessa de battre.

Mais non, qui était Koba.

– Une de ses conquêtes, sans doute, murmura Caroline.

C'était bien Koba, le visage levé vers le prince, avec une expression éblouie, incrédule, qui se serrait contre lui avec passion, que Rollon entourait de ses bras en la couvrant de baisers.

François s'appuya à la rampe, tandis que Caroline tout à sa prospection poussait un cri : le chanoine Rockfeller ! – il fallait absolument qu'elle le vît.

– Pardon, dit-elle sans même regarder François. Monseigneur, Monseigneur ! criait-elle pour attirer l'attention de l'ecclésiastique.

Koba et le Prince toujours enlacés, indifférents à la foule, s'étaient avancés jusqu'au pied de l'escalier, leurs visages appuyés l'un contre l'autre, leurs doigts noués, et c'est ainsi qu'ils passèrent auprès de François sans le voir. Leurs silhouettes disparurent au haut des marches.

François n'avait pas bougé, pas respiré, plus aucun bruit ne parvenait jusqu'à lui.

Il se retrouva marchant dans la nuit, sans but, sans direction, sans âme.

Il rôda autour du théâtre, cherchant à retrouver sa voiture sans y parvenir, et finalement rentra à pied chez lui.

Le lendemain, quand il arriva, fort tard, au Quai d'Orsay, le Duc se rua sur lui.

– La jeune personne a déjà appelé deux fois.

François prit le temps de gagner son bureau, d'ouvrir son attaché-case et d'une voix très froide, il dit :

– Adal, vous m'obligeriez en ne me parlant plus jamais de cette dame.

Le Duc eut un haut-le-corps. Il allait demander des éclaircissements lorsque le téléphone sonna.

– C'est elle, dit-il.

– Je ne la prendrai pas.

– François ! supplia le Duc.

– Inutile.

Le Duc résigné décrocha. C'était bien Koba qui demandait à parler à François.

– Je vais voir s'il est là, dit le Duc fort embarrassé.

Il eut beau supplier, se montrer pressant, François demeura inflexible. Mais le Duc ne désespérait pas et avec une fausse maladresse il dit au téléphone :

– Il me dit qu'il n'est pas là, mademoiselle.

François bondit.

– Adal ! vous l'avez fait exprès ! mais ça ne servira de rien !

Le Duc ne prit pas la peine de se défendre et dit à François que la demoiselle insistait pour s'expliquer.

– Rien à expliquer, trancha François, j'ai été trompé de la plus abominable façon. C'est tout.

– Il dit qu'il a été trompé, répéta le Duc au téléphone... Elle dit qu'elle ne comprend pas, ajouta-t-il un instant après.

François sentait la moutarde lui monter au nez.

– Adal, vous m'obligeriez en raccrochant !

– Vous partez ce soir pour la Suisse. Ah ! ça vous fera sûrement du bien, dit le Duc réconfortant. Elle part pour la Suisse, répéta-t-il à l'adresse de François.

– Je le sais. Qu'elle y reste ! répondit-il d'une voix forte.

– Oh ! fit le Duc choqué... Vous l'entendez ?... Elle vous entend, vous savez.

– Tant mieux ! rugit François.

– Que c'est déplaisant, murmura le Duc pour lui-même... Non, ce n'est pas drôle pour moi. Mais c'est très aimable à vous d'avoir cette pensée dans la conjoncture. Cela dénote une délicatesse rare. Vous êtes, je le vois, une personne de la plus parfaite éducation... Non, tout le monde ne peut pas en dire autant, approuva-t-il, en posant un œil éloquent sur François qui commençait à manifester les signes de la plus vive impatience.

La fin de ce coup de téléphone fut une véritable épreuve pour le Duc qui tint à manifester amplement toute sa sympathie à la jeune fille à présent en larmes.

– Oh ! ne pleurez pas, mademoiselle... Ce ne peut être qu'un malentendu... Je suis désolé, mademoiselle... Je vous comprends, mademoiselle... Vous avez toute ma sympathie, mademoiselle... Je le lui dirai, mademoiselle... Mes respects, mademoiselle.

Quand il eut raccroché, il dit gravement à François :

– Je ne vous fais pas mes compliments.

– Et vous n'avez encore rien vu ! explosa François... Quand je pense que j'ai négligé ma carrière ! que je suis allé m'enterrer en Kurlande, par amour ! que j'ai failli perdre la vie là-bas ! Quel imbécile j'ai été ! Mais tout cela est bien fini ! conclut-il. – Puis, se tournant vivement vers le Duc : Adal, voulez-vous m'appeler s'il vous plaît le ministère de la Joie de Vivre. Finis les bons sentiments, dit-il en reprenant ses allées et venues. À nous places et honneurs ! Ah ! on veut que j'aie une tête nationale ! eh bien je vais avoir une tête nationale – et je vous jure que ça ne va pas traîner ! conclut-il avec une espèce de rage désespérée.

– Comme vous l'aimez, François, dit le Duc en commençant à composer le numéro du ministère de la Joie de Vivre.

17

Avec tant de neige, tant de froid, Koba aurait dû être heureuse comme un poisson dans l'eau, mais elle ne se remettait pas du choc des derniers événements.

Le voyage à Honfleur, la douceur de vivre tous les deux ensemble, la déclaration dans la voiture, la demande en mariage… – car il l'avait demandée en mariage, mon Dieu ! –, l'impossibilité de lui dire la vérité, la visite impromptue de Rollon venant gâcher innocemment leur dernière soirée, les difficultés qu'elle prévoyait, tout cela tournait et retournait dans sa tête, mêlant le bonheur à la peine, la tendresse à la peur et quand elle regardait sa bague maintenant elle éprouvait le désir de se jeter dans les bras de François. Alors elle plongeait son visage dans la neige comme si le feu qui la brûlait pouvait mourir à ce contact.

Le chalet lui plaisait. Le père de Tom l'avait fait construire à une époque où les sports d'hiver étaient encore une excentricité et l'endroit sauvage et isolé convenait à l'humeur de Koba. Pas d'électricité, du gaz d'éclairage, un réfrigérateur et une télévision à piles. Kiki les avait accompagnés, installés et était repartie, confiante, au bout d'une semaine. Elle avait craint, au début, que la solitude n'impressionnât Koba, mais la jeune fille l'avait rassurée. Elle se sentait mieux, seule entre Béatrice et le petit Philippe qui avaient tous deux besoin d'elle, qu'au milieu d'une station à la mode. Le temps passait et Koba s'efforçait de vivre comme une enfant, s'endormant de bonne heure, se levant tôt, échangeant des boules de neige avec les deux petits, essayant de goûter avec eux... mais la tartine de confiture dans laquelle elle avait mordu n'était jamais finie et son cœur se serrait quand les ombres de la nuit enveloppaient le chalet silencieux.

– Tu es triste, Koba.

Béatrice ne posait pas de questions. Elle savait. Et Koba ne se défendait même pas.

– C'est à cause de ton amoureux ?

– Je n'ai pas d'amoureux !

– Tu en avais un, disait la petite fille, et Koba parlait vite d'autre chose.

Un après-midi, le temps changea. En quelques minutes on ne vit plus rien et Koba fit rentrer son petit troupeau avec d'autant plus de hâte que Philippe semblait avoir un début de rhume.

Sur les crêtes, le vent chassait de la poudre blanche et la neige se mit à tomber.

À Paris il faisait beau. Et les députés qui se trouvaient ce jour-là à l'Assemblée nationale cessèrent momentanément de se disputer pour applaudir avec enthousiasme l'intervention du ministre de la Joie de Vivre. Comme toujours. Il faut dire qu'elle était superbe à la tribune ! On aurait pu croire que les sphinges d'ivoire qui se détachaient sur le marbre vert avaient été conçues pour mettre sa beauté en valeur.

Dans les couloirs elle avançait au milieu des compliments.

– Vous êtes le leader de l'Unanimité ! lui disait un député du Gers avec un accent terrible mais aussi avec l'accent de la conviction.

– Un premier monsieur ! proclamait Duchenard complètement asservi.

– Vous réconciliez tous les partis ! affirmait un adversaire politique en lui baisant la main.

Elle vit François qui se tenait discrètement à l'écart et poussa un petit miaulement de joie.

Il approcha.

– Vous venez rarement à la Chambre, dit-elle pour l'entendre répondre :

– J'avais envie de vous voir !

Ils avaient gagné la cour du Palais-Bourbon et se dirigeaient vers la DS noire à macaron tricolore qui attendait l'homme d'État.

Celui-ci, dans un mouvement gracieux, se retourna vers Frémiot qui suivait en échelon refusé :

– Frémiot, prenez la voiture, je rentre à pied !

– Et qu'est-ce que vous faites ce soir, monsieur le Ministre ? demanda François d'une voix caressante. Vous n'êtes pas libre, bien sûr…

– Non, dit Nicole, puis elle se reprit : Mais si ! ou plutôt non, mais peu importe. Venez avec moi au Gala donné à Versailles en l'honneur de Sindab Kuru, le Président du Loto !

– À condition, dit François qui n'aimait pas les ballets et qui se sentait menacé par une Suite en Blanc et un Spectre Rose, à condition que nous finissions la soirée ensemble dans un endroit de mon choix !

– Cela va sans dire ! fit-elle avec grâce, et elle trouva que les premières lumières qui s'allumaient sur les ponts de la Seine brillaient davantage que les autres soirs.

*

Une ombre blanche, asphyxiante, celle de la neige et du froid, avait recouvert le chalet bien avant la nuit et maintenant, il avait disparu totalement, englouti par ce double assaut des flocons et des ténèbres. Aucun bruit. La respiration feutrée de l'immensité invisible au-dehors. Et, dans la maison, le crépitement rassurant, ami, d'un grand feu de bois.

– On ne voit plus rien dehors ! On se croirait dans mon pays ! dit Koba en fermant les volets.

Et elle se mit à chanter :

« La petite neige épaisse, épaisse !
La petite neige a mangé le château ! »

– Demain, annonça-t-elle avec ravissement, on se réveillera en plein soleil avec de la neige jusqu'aux fenêtres !

Elle avait installé le bébé sur une couverture devant le feu et proposa à Béatrice de dîner près de la cheminée.

– Avec des bougies ! dit la petite fille, et elles se préparèrent une fête pour eux trois.

Mais Philippe ne partageait pas leur allégresse. Il semblait grognon et quand Koba lui présenta sa soupe il se détourna en gémissant et repoussa la cuillère d'une petite patte trop chaude.

Koba, inquiète, posa une main sur le front de l'enfant. Il était brûlant. Aussitôt les réflexes de Koba infirmière-stagiaire de l'hôpital d'Avignonburg se déclenchèrent sous les yeux étonnés de Béatrice qui ne reconnaissait plus son amie. La jeune fille avait pris l'enfant dans ses bras et l'avait couché avec précaution sur le divan de la grande pièce. Elle le regardait, le palpait, se penchait sur lui. Il semblait avoir du mal à respirer et soudain une toux rauque, sifflante, désagréable souleva sa petite poitrine. Sans le quitter des yeux, Koba se dirigea vers le téléphone et composa un des numéros qu'elle avait appris par cœur avant le départ de Mme de Poudreuse, celui du Dr Augsbourg.

*

Le Dr Augsbourg connaissait Tom depuis l'hiver, déjà lointain, où ils avaient pris leurs premières bûches à ski dans les environs du chalet.

– C'est un chou ! avait dit Kiki, demandez-lui n'importe quoi, il a vu naître les enfants et les enfants l'adorent !

Aussi quand il dit à Koba qu'il prenait tout de suite sa voiture pour monter au chalet, elle se sentit un peu rassurée. Sans quitter le bébé qui s'agitait, rouge et brûlant, en gémissant doucement, elle envoya Béatrice dîner à la cuisine.

– Et toi ?

– Moi, je dînerai plus tard, va, ma chérie.

Et elle resta, attentive, immobile, assise au bord du divan avec cette patience douloureuse et inquiète que connaissent les femmes penchées sur un enfant malade. Tout était balayé de son esprit. Il n'y avait plus au monde que ce petit être qui luttait sous ses yeux.

Mais le docteur allait venir. Le docteur rassurant, le docteur ami qui saurait guérir, apaiser, sauver.

Dans la Cour d'Honneur du Palais de Versailles les voitures officielles déposaient leurs occupants devant les trois marches de marbre rose.

Dans la galerie de pierre, le long tapis bleu fleurdelisé menait le cortège des invités du Palais au Théâtre entre la haie des gardes républicains, sabre au clair, sur lesquels les rois veillaient, couronne en tête, sceptre en main.

Les caméras de la télévision se tournaient irrésistiblement vers le ministre de la Joie de Vivre qui avançait, plus belle que jamais dans une immense robe de brocart d'or, traînant à sa suite un jeune ambassadeur qui se répétait férocement : « J'ai les dents longues ! À nous deux maintenant ! À moi les honneurs ! Chateaubriand ou rien ! Je suis un froid ambitieux ! Vous allez voir ce que vous allez voir ! » etc. Mais quand il aperçut l'ambassadeur de Kurlande et sa femme qui gagnaient leur place il eut envie de se sauver en courant. Il regarda avec égarement le ministre des Transports qui lui demandait s'il restait définitivement à Paris. Il entendit Nicole répondre pour lui : « Nous nous y employons ! » et baissa la tête comme un enfant mené en lisières.

Les Présidents n'avaient pas encore fait leur apparition. On s'installait, on se saluait. De sa place, l'Émir d'Omouk scrutait la salle. Il vit François et lui envoya des baisers.

– Mais qu'est-ce que je fais là ? se demanda François, mal à l'aise.

Nicole se penchait au-dessus d'un fauteuil pour échanger quelques mots en russe avec l'énorme et charmante ambassadrice de l'U.R.S.S.

« Elle est parfaite, songea François, malheureux. Nicole est parfaite. Belle. Cultivée. Intelligente. Parfumée. Élégante. Célèbre. Décorée ! »

À cet instant les chefs d'État firent leur entrée et la salle se leva, tournée vers la loge d'honneur, pendant qu'éclataient les premières mesures de l'hymne du Loto.

« Je déteste le monde, les soirées officielles, les réceptions, Paris, les ambassades, les ministères... J'aurais dû cultiver la terre et vendre du vin ! »

Il ne voyait même pas le spectacle qui l'entourait. Les Indiens aux visages émouvants, de blanc vêtus comme dans Kipling, accompagnés de femmes en sari, les ministres et représentants noirs en boubous, les Japonais minuscules et délicats...

– Il faut absolument que je voie Guitou avant qu'elle s'en aille ! souffla Nicole dans son oreille entre la note finale de l'hymne du Loto et les premiers accents de « La Marseillaise ».

« Qui est Guitou ? » se demanda François maussade. Il ignorait que Guitou était l'épouse du Président Kuru, née Marguerite Pégomas, une ravissante brunette du Sud-Ouest, rencontrée par ce dernier sur les bancs de la Faculté des Lettres.

Les hymnes exécutés, tout le monde s'assit et se regarda avec avidité. Les gens n'en pouvaient plus à force de se sourire.

La lumière baissa et Nicole eut juste le temps de lire sur l'immense programme peint à la main le titre du premier ballet.

– Tiens, ça va vous amuser, dit-elle à François. On donne « La Reine des Flocons » de Swedenkuik. Décidément, la Kurlande vous poursuit, mon cher !

Et le rideau s'ouvrit lentement tandis qu'une avalanche de tutus romantiques assis sur des machines déguisées en nuages descendait des cintres centenaires pour figurer la neige tombant du ciel. Les chaussons de satin et le bois de la scène firent un joli bruit en se rencontrant, les danseuses du corps de ballet de l'Opéra se mirent à danser, François frissonna et se demanda si Koba n'avait pas trop froid dans la neige de sa montagne.

*

Dès le début elle avait compris que c'était grave. La température montait de façon alarmante. Elle avait peur. Et elle refusait de toutes ses forces de donner un nom à sa peur.

Mais pourquoi le docteur n'arrivait-il pas ? Il y avait plus d'une heure qu'elle avait téléphoné, il aurait dû depuis longtemps... un sifflement s'échappa des lèvres du bébé. Koba se leva, épouvantée.

« Mon Dieu ! » dit-elle. Ce sifflement elle l'avait déjà entendu dans la salle d'opération à l'étage des enfants, à Avignonburg.

Elle courut vers la porte, l'ouvrit et fut glacée, trempée de la tête aux pieds par une rafale de neige. Elle referma vivement, étourdie, et revint dans la pièce où le vent avait éteint une bougie. On n'entendait plus l'horrible sifflement et déjà elle reprenait courage quand, se penchant sur le bébé, elle vit qu'il étouffait.

« Non ! » cria-t-elle.

L'enfant avait retrouvé son souffle mais déjà le petit visage se cyanosait, une autre crise n'était pas loin. La sonnerie du téléphone la jeta sur l'appareil. C'était le docteur. Il appelait de chez lui, il avait dû faire demi-tour : la route était coupée par la neige.

– Mais c'est affreux ! dit Koba, le petit va très mal ! Il fait des efforts terribles pour respirer. Vous l'entendez ? – Elle avait approché le combiné de la gorge du bébé et le sifflement parvint au docteur de l'autre côté de la montagne. – Vous l'entendez ? répéta-t-elle, sa poitrine se soulève, sa peau se colle contre ses côtes ! Il cherche l'air ! Il est presque sans connaissance ! Qu'est-ce qu'on peut faire ?

Pas grand-chose.

Mais le docteur se souvint brusquement que cette jeune fille avait fait un stage en maternité et chirurgie dans son pays. Alors il eut une idée folle.

– Avez-vous un poste de télévision ? demanda-t-il à Koba.

– Un poste ? répéta Koba étonnée. Oui, un poste à piles.

– Très bien. Ne quittez pas, je vous passe mon assistante.

Il reposa le combiné sur la table.

– Décrivez-lui le processus de trachéotomie. Moi, je file au studio. C'est le seul espoir qui nous reste. Dès que vous aurez donné les instructions d'intervention à cette jeune fille vous appelez la télévision et vous leur dites que je demande l'antenne. L'enfant étouffe, nous avons très peu de temps !

Et il partit sans même fermer la porte.

Mais Nurse Pauli eut à peine le temps de dire à Koba d'allumer sa télévision, de préparer une table avec un bon éclairage, de se munir d'un tube en caoutchouc, que quelque part dans la montagne un fleuve de neige glissa sur une pente et engloutit un poteau téléphonique et avec lui toutes les paroles que la jeune fille aurait dû entendre.

– Qu'est-ce qui se passe ? demanda Béatrice en voyant Koba raccrocher lentement le téléphone.

– La ligne est coupée... Oh ! C'est affreux ! – Et soudain elle commanda : Fais bouillir beaucoup d'eau ! tandis qu'elle-même allait chercher la trousse à pharmacie, allumait la télé, disposait des serviettes sur la table et éclairait de son mieux la place où elle allait allonger l'enfant.

« Gustave, t'as l'allure
Avec ton galure... »

Elle tressaillit et tourna la tête vers le poste où une comique troupière lui tirait la langue. Elle déposa doucement Philippe et le regarda. Il était au bout de sa lutte, elle pensa : « Il va mourir » au moment où le présentateur de la TV romande apparaissait sur l'écran.

« Mesdames, messieurs, veuillez nous excuser d'interrompre si brutalement notre programme, mais il s'agit d'une situation dramatique. Dans un chalet isolé de notre canton, un petit garçon risque de mourir. Je passe tout de suite la parole au Dr Augsbourg. »

Koba et Béatrice étaient pétrifiées devant l'écran.

– Mademoiselle, dit le docteur, j'espère que vous me recevez. Le seul moyen de sauver le bébé dont vous avez la garde, c'est de pratiquer sur lui l'opération de la trachéotomie.

C'était ça, depuis le début elle le savait, elle l'avait compris tout de suite, bien sûr...

– … il faudra pour cela que vous lui ouvriez la gorge.

« Mon Dieu ! je ne pourrai pas… »

– Vous ne disposez que de quelques instants pour vous décider. S'il n'est pas déjà trop tard. Mais personne ne pourra vous tenir rigueur de renoncer à cette intervention.

Renoncer ? Koba ne se posait déjà plus la question. Elle était entrée dans l'action, portée, soulevée par un instinct profond et irrésistible. Il ne fallait pas que cette petite flamme vacillante s'éteigne sous ses yeux. Aussi regardait-elle, écoutait-elle le docteur qui lui montrait les gestes à accomplir sur un enfant qu'on avait à la hâte allongé sur une table dans le studio.

– … les compresses stériles, le tube de caoutchouc sont à votre portée. Il faudra glisser le tube dans la trachée dès que l'incision aura été faite. C'est-à-dire dès que vous entendrez le souffle de l'enfant. C'est ici, dans le triangle du larynx… saisissez bien les cartilages, l'enfant ne se débattra pas, il doit être quasi inconscient…

Il fit le simulacre et elle mit tout son courage dans le geste qu'elle accomplit aussitôt.

Oh ! le bruit de la vie qui revient !… Mais il ne faut pas s'arrêter, il faut agir vite, glisser le tube de caoutchouc, placer les compresses, arrêter l'hémorragie, vérifier que la respiration du petit malade est normale… et elle restait penchée sur lui, mêlant son souffle au souffle de l'enfant sauvé, épuisée soudain, heureuse.

*

Le Gala était fini. Le Palais déserté retournait à ses rêves. Le ministre avait renvoyé sa voiture et pris place dans celle de François. Maître à bord, François était redevenu charmant et gai. Après tout, s'il avait des peines de cœur ce n'était pas la faute de Nicole. Elle se réjouissait comme une enfant de cette soirée qu'ils allaient finir ensemble.

Ils roulaient route de la Reine, vers Paris.

– Où allons-nous ? demanda-t-elle.

– C'est une surprise ! dit François qui n'en savait rien.

– Ah ! fit-elle avec tant de joie qu'il lui prit la main.

– Je sais ce dont vous avez besoin, dit-il, vous mourez de faim, vous avez envie d'oublier que vous êtes un personnage important de la République, vous avez besoin de musique douce et d'un peu d'imprévu.

– Vous lisez en moi comme dans un livre ouvert !

Il baisa la main et s'en débarrassa pour appuyer sur un bouton de la radio de bord.

« ... yage officiel de M. Sindab Kuru prendra fin demain après le déjeuner à Trianon. Le Président et Mme Kuru se rendront ensuite dans le Périgord, pays natal de Mme Kuru. Mais le premier plan de l'actualité semble réservé ce soir à cette jeune fille isolée par la neige dans un chalet de Suisse. A-t-elle pu sauver l'enfant confié à sa garde ? Aucun contact n'a pu être établi. On ne sait même pas si elle a pu capter l'émission de télévision par laquelle le docteur lui donnait ses instructions. D'autre part... »

– Ces Suisses, quand même, ont des idées merveilleuses, fit le ministre en faisant signe à François de ne pas changer de poste.

« ... la température s'étant subitement radoucie, la protection en montagne signale plusieurs avalanches dans le secteur. Retrouvera-t-on encore vivants demain matin la jeune fille kurlandaise et les deux enfants du comte de Poudreuse ? Le comte de Poudreuse dont la casaque blanche liséré bleu est bien connue des habitués... »

Le hurlement sauvage que poussa François couvrit la suite des informations tandis qu'il faisait accomplir une complète révolution à sa voiture et se jetait à toute allure dans le souterrain menant au périphérique sud.

– François ! ! ! cria Nicole, affolée. Qu'est-ce qui vous prend ?

« Nos émissions sont maintenant terminées sur ondes courtes, etc. », disait la voix calme de la radio.

– Mais où allez-vous ? hurla Nicole en s'accrochant au tableau de bord.

– En Suisse !

– Pour souper ? ? ?

– Non ! pour la retrouver !

– Mais qui ? cria le ministre dépassée.

– Elle ! ma jeune fille !

« ... mais 24 heures sur 24 vous pouvez... » parvint à placer la voix de la radio.

– Qu'est-ce que c'est que cette plaisanterie ? demanda Nicole en fermant brusquement les yeux comme ils doublaient un camion énorme.

– Je ne plaisante pas, dit François farouche.

Le ministre rouvrit les yeux, prit une respiration et dit d'un ton sec :

– Je vous demande de me ramener chez moi tout de suite !

Et comme il appuyait sur l'accélérateur, elle s'affola :

– François ! Vous entendez ? J'ai Conseil des Ministres demain matin ! Arrêtez cette voiture tout de suite ! Ah !

Il venait de prendre l'autoroute du Sud.

Lyon 468 km, disait le panneau.

– Mais c'est trop fort ! Mais il est fou ! Vous êtes fou ! François ! Au secours ! À moi ! Arrêtez ! Mais il est fou !...

La suite fut recouverte par la voix mâle et bien timbrée de quarante beaux jeunes hommes qui chantaient « La Marseillaise » car il était minuit et la France s'endormait.

*

Koba n'avait pas bougé. Il lui semblait qu'elle ne devait pas quitter l'enfant des yeux. Elle le regardait et, du fond de son cœur, lui adressait une prière : « Tu vivras, n'est-ce pas que tu vivras ? » Longtemps elle attendit. Puis elle comprit que l'enfant dormait paisiblement et fut émerveillée.

– François, dit-elle, je voudrais que tu sois là !

Le son de sa propre voix la remplit de stupeur. Elle leva la tête. Mon Dieu que son dos était douloureux, qu'elle était fatiguée ! Une petite toux timide se fit entendre. C'était Béatrice qui se tenait frileusement dans un coin de la pièce. Béatrice ! Koba tendit les bras à la petite fille qui s'y précipita. Elle la serra très fort contre elle. Elle l'avait oubliée, sa petite amie ! Pauvre Béatrice, quelle épreuve pour elle !

– Va vite te coucher, disait Koba, en posant des baisers sur les cheveux blonds, tu vois, tout va bien. Dès qu'il pourra le docteur va venir et...

– Et François, il va venir ?

Béatrice plantait son regard au fond des yeux de Koba et lui fit baisser les paupières.

– Non, fit Koba à voix très basse, et elle reprit sa garde auprès de Philippe tandis que, très loin, de sourds grondements roulaient dans la montagne.

*

François tout en conduisant à tombeau ouvert sur l'autoroute déserte avait découvert à Nicole son amour pour la jeune Kurlandaise. Au début il avait eu du mal à se faire entendre, elle était hors d'elle, puis, peu à peu, elle avait écouté, avec de plus en plus d'intérêt, de sympathie. Il en était même gêné... mais elle l'avait rassuré. Voyons, ne savait-il pas qu'elle était une femme exceptionnelle ? Oh ! si ! approuvait François.

– Je crois même que je suis un homme exceptionnel, ajouta-t-elle en le regardant à travers ses longs cils soyeux, son menton appuyé sur une main aux ongles laqués.

– Mais bien sûr, approuvait François.

– Si par bonheur nous trouvions la TV là-haut, ce serait excellent, reprit-elle au bout d'un moment. Excellent !

Mais François absorbé par la conduite n'écoutait plus.

– Si quelqu'un d'un peu énergique prend les choses en main, poursuivit le ministre qui savait de quoi elle parlait, votre petite orpheline sera une célébrité européenne avant ce soir !... Ah ! oui, ce serait excellent de se trouver là-bas avec la TV, répéta-t-elle avec conviction.

– Chantez ! dit François.

– Que je chante ? s'étonna Nicole.

– Oui, quelque chose de vif, je m'endors.

Alors le ministre entonna d'une voix martiale le chant des Bat d'Af :

« Il est sur la terre africaine
Un bataillon dont les soldats
Dont les soldats !
Sont tous des gars qui n'ont pas d'veine... »

*

La neige avait cessé de tomber et, en approchant de la frontière, on avait même du mal à croire que le temps avait été aussi mauvais dans la montagne.

– Moi, monsieur, je n'ai pas de papiers, dit

Nicole au douanier qui s'avançait vers la voiture avec l'air triste et plein de reproche des fonctionnaires qu'on oblige à travailler la nuit. Je ne m'attendais pas à franchir une frontière. Voyez comme je suis vêtue ! Mais vous me reconnaissez peut-être : je suis le ministre de la Joie de Vivre.

– Le ministre de la Joie de Vivre ? Pas possible ! s'écria le douanier soudain payé de tant de fouilles et visites sans attrait. Oh ! Abel, viens voir ! – Il appela un collègue ensommeillé qui s'approcha. Tu reconnais le ministre ?

– Quel ministre ? demanda Abel en regardant François.

– Non, c'est la dame qu'il faut regarder !

– Bon Dieu ! c'est la Joie de Vivre ! cria Abel, et les deux douaniers se mirent au garde-à-vous.

Nicole fit un geste qui signifiait « repos » et leur confia qu'ils se rendaient au chalet où cette jeune fille kurlandaise...

– Oh ! s'exclama le premier douanier. On a suivi ça sur la chaîne suisse. Ce médecin qui faisait tous les gestes !

– Et qui savait même pas si cette jeune fille le recevait !

– C'était poignant ! assura le douanier qui enchaîna jovialement : Et vous aussi on vous a vue, monsieur le ministre, même que vous êtes bien la même, sur la deuxième chaîne, au Gala !

– Et vous êtes dejà là ! Vous avez fait vinaigre, monsieur le ministre !

– N'est-ce pas mon devoir ? Ne s'agit-il pas de deux enfants de France ? Repos ! fit vivement Nicole, car les douaniers s'étaient remis au garde-à-vous.

– Pouvez-vous nous indiquer la meilleure route pour nous approcher du chalet ? demanda François qui piaffait.

Les douaniers suisses, alertés, recommandèrent un itinéraire et la voiture démarra dans la nuit et le froid, suivie par le regard respectueux, loyal et admiratif du poste de douane.

– Elle est belle cette ministre, dit Abel avec gravité.

*

Le jour n'était pas encore levé quand le Dr Augsbourg et Nurse Pauli chaussèrent leurs skis au col qui dominait le val au-dessus du chalet. Le chasse-neige ouvrait poussivement la route et, derrière lui, les phares d'une vingtaine de voitures scrutaient la nuit plus claire comme des yeux impatients. En piquant droit sur le chalet le docteur était sûr de gagner une demi-heure, peut-être une heure sur le reste de la caravane, et il lui tardait de savoir.

La neige était bonne et le style du docteur impeccable. Nurse Pauli le suivait avec cette précision qu'elle avait lorsqu'elle l'assistait. Un dernier virage et ce fut le chalet.

Le chalet où Koba, près d'un feu mourant, recroquevillée dans un fauteuil, les yeux ouverts de force, n'avait pas quitté la main du bébé.

Des coups frappés à la porte la firent sursauter. Enfin, on venait !

– L'enfant ? demanda le docteur en enlevant ses moufles.

– Il dort. Je crois qu'il va bien.

Koba vit les deux nouveaux arrivés se pencher sur l'enfant, l'ausculter, lui faire une piqûre, vérifier ses pansements.

– Vous avez pu me recevoir à la TV ?

– Oui, heureusement, dit-elle, parce que toute seule je n'aurais pas su.

Le docteur et l'infirmière la regardèrent. Tant de simplicité...

– Vous avez beaucoup de courage, mademoiselle, dit le docteur.

Koba battit des cils, elle n'en pouvait plus. Nurse Pauli avait déjà revêtu l'uniforme empesé contenu dans son sac. Le docteur disait que tout allait bien, que la nurse prenait le bébé en charge, qu'il y avait eu des avalanches, que le temps serait beau, qu'il faudrait dormir – oh ! oui ! –, qu'on allait coucher Philippe avant l'arrivée des premières voitures...

– Les premières voitures ? demanda Koba.

– Le jour de gloire est arrivé ! dit le docteur joyeux. Derrière le chasse-neige il y a la pauvre maman qui va être bien heureuse, et puis des journalistes, des photographes, la télévision, la radio ! Vous êtes une héroïne, mademoiselle ! La moitié de l'Europe a tremblé pour vous cette nuit ! On veut savoir qui vous êtes ! Ce soir vous serez célèbre !

– Que faire ? dit Koba épouvantée.

– Dormir d'abord, vous n'en pouvez plus.

– Oh ! oui, dormir, dit vivement Koba. Mais dormir, dormir longtemps. S'il vous plaît qu'on ne me réveille pas trop vite !

– J'y veillerai, dit le docteur. Personne ne vous dérangera.

Et il regarda la jeune fille titubante monter l'escalier de bois qui menait à sa chambre en pensant que l'hôpital d'Avignonburg était de première force pour former des infirmières.

*

Elle était ivre. Ivre de fatigue. D'épuisement. De chagrin. Par la fenêtre de sa chambre, dans le jour naissant, elle voyait grossir et se rapprocher les phares de la caravane.

S'asseoir. S'asseoir par terre. Au milieu des journalistes. Leur dire : « Voilà, messieurs, je n'en peux plus. Je suis la petite fille d'un vrai Roi... j'aime un garçon qui ne veut plus me voir...

je suis très fatiguée... aidez-moi, je voudrais tant être heureuse... », le soleil envoya un rayon tout neuf sur la bague du serment et Koba poussa un soupir. Elle avait déjà perdu trop de temps. Vite elle prit du papier à lettres, écrivit :

« Madame,
pardonnez-moi de disparaître.
Il le faut.
Je n'ai rien fait de mal.
Je vous embrasse.

Koba. »

Elle glissa le mot dans une enveloppe sur laquelle elle traça le nom de Madame de Poudreuse et elle enjamba à la hâte le rebord de sa fenêtre.

18

En prenant le dernier virage avant le chalet, François dut laisser le passage à une camionnette de l'O.R.T.F. qui redescendait en trombe.

Le chauffeur remercia de la main et François pensa que sa bien-aimée était proche. Il ne pouvait pas savoir que la bien-aimée était cachée sous une bâche au fond de la camionnette entre un pied de caméra et une pile de boîtes et qu'elle commençait à s'endormir.

Le chauffeur ne pouvait pas savoir non plus qu'il transportait la vedette inconnue de cette nuit blanche. Il râlait. Il enviait le cameraman qu'il avait laissé là-haut avec son matériel. Il aurait voulu rester mais il devait être à Lyon avant midi. Koba les avait entendus de la réserve à bois où elle s'était blottie et elle s'était précipitée dans la camionnette sans réfléchir, voulant seulement s'éloigner du chalet.

Dans le chalet, c'était la corrida. Il fallait la poigne de montagnard du Dr Augsbourg pour empêcher la presse de se ruer sur l'escalier et de faire irruption dans la chambre de la jeune fille. Pour plus de sécurité, il avait posté un garde fédéral sur la dernière marche. Tout le monde attendait le réveil de la Belle au Bois Dormant. Les photographes guettaient, flash au point, les radio-reporters enregistraient : « L'enfant est vivant, la jeune fille l'a sauvé, le temps est superbe... » Sur des coins de table, des journalistes commençaient fiévreusement des articles plus ou moins lyriques. Kiki avait retrouvé son sourire devant le lit de son fils, aussitôt mise à la porte par Nurse Pauli qui défendait son petit malade comme la Toison d'Or.

Maintenant Kiki rêvait, immobile, dans un coin de la grande pièce du chalet où la table d'opération était encore en place, elle regardait sans les voir ces intrus inconnus et bruyants qui campaient chez elle comme en pays conquis, ça lui était égal, son petit garçon était vivant... Mon Dieu, comme elle allait gâter Koba ! Elle se frotta les yeux, elle avait eu un éblouissement, elle voyait des gens en tenue de soirée... la fatigue, sans doute... mais non, elle n'avait pas rêvé ! Cette femme superbe en robe d'or, ce garçon pâle en smoking, c'étaient Nicole et Fonsalette !

– Ma chérie ! cria le ministre en la serrant dans ses bras. Philippe ?

– Sauvé ! Mais comment es-tu venue ?

– En sortant du Gala à Versailles !

Pour la première fois de sa vie, Kiki était dépassée par la situation.

– Et la jeune fille ? demanda François dont les yeux cherchaient dans tous les coins de la pièce.

– Elle dort là-haut, dit Kiki, et soudain elle se mit à pleurer.

Heureusement, l'envoyé spécial du *Réveil de La Chaux-de-Fonds* désignant Nicole demandait avec un accent délicieux : « Mais qui c'est encore celle-là ? » et Kiki, surmontant sa défaillance passagère, déclara :

– Messieurs, je pense que vous avez déjà reconnu le ministre de la Joie de Vivre qui n'a pas hésité à affronter les intempéries pour apporter le réconfort de sa présence à une mère en détresse – j'ajoute que nous nous sommes connues à l'École du Louvre.

Les flashes crépitaient, les questions pleuvaient. Nicole subissait cet assaut avec grâce, présentant habilement son meilleur profil, se défendant avec une pudeur sublime d'être l'héroïne de cette histoire. Qu'avait-elle fait en somme ? Bien peu de chose, assurait-elle :

– ... traverser la moitié de la France, s'engager dans la tempête, braver l'avalanche, vous l'auriez tous fait sans hésiter ! Non, rendons à César ce qui lui est dû - César ? –, en l'occurrence une simple jeune fille, fille d'un pays ami, etc.

François n'écoutait pas. Il allait la revoir. Elle était vivante. Il l'aimait...

La porte s'ouvrit lentement dans le dos du fédéral qui s'écarta. Il se fit un grand silence. Tous les regards convergeaient vers le point où la jeune fille allait apparaître... Apparaissait !

Mon Dieu ! qu'elle était petite ! Le Dr Augsbourg ne les avait pas prévenus qu'il s'agissait d'une naine..., pensa *Le Réveil de La Chaux-de-Fonds.*

– Maman ! dit Béatrice, apeurée de voir tant de monde, aveuglée de flashes, encore tout endormie dans sa longue chemise de nuit. – Et elle ajouta : Où est Koba ? ce qui acheva de jeter le trouble dans l'assistance.

Kiki se précipita :

– Elle n'est pas dans sa chambre ? demanda-t-elle en embrassant l'enfant.

– Non, maman.

– Mais alors...

Kiki s'élança dans l'escalier, Nicole et François la suivant de près, la meute des journalistes sur leurs pas.

Naturellement il n'y avait personne dans la chambre.

*

François n'avait de sa vie été bousculé comme il l'était en ce moment. Mais il ne se rendait compte de rien. Quelqu'un avait trouvé la lettre, Kiki l'avait lue à voix haute. Maintenant il savait que Koba avait disparu. Il ne la verrait pas. Elle avait fui. Quoi ? Qui ? Pourquoi ? On s'agitait autour de lui. On disait des bêtises :

« Elle a un casier ! C'est un coup des Russes ! Plutôt des Américains ! Elle n'ira pas loin ! »... n'importe quoi... Il vit que Kiki recommençait à pleurer. Il s'assit sur le lit. Le lit de Koba.

– Le Dr Augsbourg va faire une déclaration ! cria quelqu'un, et il y eut une fuite éperdue vers la porte et une dégringolade dans l'escalier.

Quel calme tout à coup ! La fenêtre que Koba avait ouverte pour fuir et que personne n'avait refermée laissait entrer un paysage de vacances... Il vit deux pantoufles brodées sur le sol, des pantoufles comme on en vend dans les boutiques d'Avignonburg... Sur l'oreiller, bien disposé pour cette nuit où elle ne devait pas dormir, un pyjama bleu... Il imagina Koba en pyjama bleu, brossant ses cheveux avant de se mettre au lit, et soupira. Que fuyait-elle ? Il aurait voulu l'aider. Même si elle ne se souciait plus de lui... tiens, qu'est-ce qu'elle lisait ? Il prit le livre ouvert sur la table de chevet et eut un coup au cœur. Elle lisait *Mes Fouilles. Mes Fouilles,* par François Fonsalette. Il n'en croyait pas ses yeux. Elle avait eu ce livre à la Bibliothèque Royale d'Archéologie d'Avignonburg. Le cachet était sur la page de garde. Et elle avait glissé dans le livre une photo découpée dans un journal : « Le Diplomate et la Demoiselle d'Avignon ». François et sa statue. Leur statue...

Il releva la tête – quelqu'un l'observait depuis un moment – et rencontra le regard de la petite Béatrice. Tout le monde l'avait oubliée. Elle aussi cherchait le calme. Par la porte entrouverte on entendait des bribes de discours qui venaient du rez-de-chaussée. Le docteur avait cédé la parole à Nicole. Il allait falloir descendre, reprendre la vie où elle s'était interrompue, continuer, jouer le jeu... cette petite fille était mignonne, reposante, elle avait l'air grave – comme elle le regardait ! Ils se sourirent timidement.

– Vous savez où elle est, Koba ? demanda Béatrice.

– Non, je ne sais pas, dit François, et la petite fille trouva qu'il avait une belle voix.

– J'espère qu'on va la retrouver.

– Oui, moi aussi, dit François, et elle trouva qu'il avait de beaux yeux.

À ce moment la dame ministre qui tutoyait maman cria d'en bas :

– François !

Et le monsieur très triste et très beau en costume pour sortir le soir répondit :

– Oui, je viens ! et c'était comme dans un conte de fées quand les déguisements tombent.

– C'est vous, François ? demanda Béatrice extasiée.

– Oui, dit François.

– Alors, c'est vous l'amoureux de Koba ! déclara Béatrice.

– ... Je ne sais pas, dit-il très bas.

– Moi, je sais ! affirma Béatrice.

*

Nicole était enchantée de sa nuit. Elle se sentait légère et gracieuse dans la tenue de ski que lui avait prêtée Kiki. Son teint était aussi clair que si elle avait dormi douze heures et son esprit, émoustillé par l'aventure, était plus brillant que jamais.

« Je dois être à Paris vers 16 heures pour prendre la parole à la Chambre, et j'y serai ! »

avait-elle dit aux journalistes qui cherchaient à la retenir tandis que, d'une main ferme, elle poussait François vers sa voiture.

Il n'en pouvait plus. Sa barbe naissante lui donnait l'air hagard d'un fuyard, mais d'un fuyard en smoking. Dormir. Faim. Café. Croissants. Dodo étaient les seuls mots qu'il pouvait encore supporter. Mais il n'était question ni de dormir, ni de manger, ni de se reposer. Il fallait être à la Chambre des Députés avant 16 heures. Nicole l'avait dit. Elle avait dit bien d'autres choses, assez surprenantes : « ... je n'ai pas hésité ! J'ai en quelque sorte entraîné M. Fonsalette jusqu'ici ! J'ai pensé que la Joie de Vivre se devait, etc. », et maintenant elle faisait son bilan tout en revoyant les arguments dont elle comptait émailler son intervention au Palais-Bourbon sur « les Espaces Verts » et traçait les grandes lignes du discours qu'elle devait prononcer ce soir même au banquet des pères de familles nombreuses :

– Ces héros méconnus ! » dit-elle, vibrante d'émotion, puis elle enchaîna, beaucoup plus calme : J'ai bien fait de venir. C'est une excellente opération. Les premières photos seront à Paris avant nous. Les films passeront à Télé-Soir. Je dois dire que l'absence de cette enfant m'a considérablement servie !

– Mais pourquoi a-t-elle disparu ? Je ne comprends pas ! gémit François.

– Vous ne comprenez pas mais moi je devine. Accélérez ! ajouta-t-elle, car il avait lâché la pédale. – Elle poursuivit : Je ne peux vous dire ni où elle est ni pourquoi elle est partie mais je pense que c'est une nature dans le genre de la vôtre. Allergique au projecteur. C'est tout. Vous la retrouverez et vous goûterez ensemble un bonheur paisible et sans tapage. Accélérez ! Quant à moi, je vois clairement mon destin. Je sens à différents signes que le pays voudra bientôt une femme à sa tête. Eh bien, si les citoyens l'exigent, je me dévouerai. Premier ministre ? Président de la République ? Ce qu'ils voudront. Mais je n'ai pas le droit de me dérober. Je suis prête, et elle redressa adroitement le volant en souriant à François, suffoqué : ... ma mère avait raison : l'École du Louvre mène à tout !

Le chauffeur de la camionnette sortit un paquet de gauloises de sa poche, le trouva vide, le froissa et le jeta par la portière. Pas question de rouler sans fumer. Au premier tabac il s'arrêterait. Et il en profiterait pour s'envoyer un petit caoua. Justement, quelques camions stationnés sur le côté opposé de la route signalaient un routier. Il freina et rangea la camionnette sur l'accotement.

Le claquement de la portière réveilla Koba. Elle se crut d'abord dans son lit à baldaquin à Avignonburg, dit « bonjour Gudule » et se cogna contre le pied de la caméra. La réalité revint en trombe sur elle. Avec des ruses de Sioux elle sortit son nez de la bâche. Par le fenestron de la porte arrière elle vit le chauffeur qui traversait la route en direction du routier. Elle avait mal partout et pouvait à peine bouger. « Il faut absolument que je sorte ! » pensa-t-elle. Une seconde. Le temps de se dégourdir les jambes, de respirer à fond, de démêler ses cheveux... le chauffeur devait casser la croûte, il en avait pour un moment. L'air la ranima. Elle prit une profonde aspiration, fit quelques pas, passa une main sur son front, tituba un peu et décida de prendre un café. Mais avec quel argent ? Dans l'affolement de sa fuite, elle n'avait pas pensé à ça. Elle avait traversé la route et restait, inerte, devant le menu affiché à la porte du routier. « Andouillette-Blanquette-Paupiettes... » lisait-elle.

Le menu, offert par les vins du Kruchon, était surmonté d'un miroir piqué de rouille. Et dans ce miroir Koba contemplait avec accablement le visage décoiffé, bouffi, tuméfié de fatigue de son Altesse Royale la Princesse Kristina Adélaïde France de Kurlande...

Tout à coup, elle vit au fond du miroir le chauffeur qui remontait dans sa camionnette. Elle se retourna brusquement pour traverser la route. Un gros camion frôla sa manche au moment où elle allait s'élancer, la couvrant de la tête aux pieds d'une eau boueuse, car c'était le dégel et il y avait tant de flaques... Elle vit la camionnette démarrer et s'éloigner paisiblement.

« Je ne sais même pas où je suis, pensa-t-elle. Je n'ai pas d'argent », et un flot de larmes monta à ses yeux.

– J'ai perdu, pappi, murmura-t-elle, j'ai perdu... Je ne suis pas capable... C'est trop dur...

Elle avait commencé à remonter la file des camions arrêtés, découragée, abattue, et tout à coup elle rencontra deux petits yeux de verre qui la dévisageaient à travers le pare-brise d'un camion.

Ce camion !... Cet ours !...

– Bastien ! cria Koba.

Elle refit en courant le chemin jusqu'au routier et écrasa son visage contre la vitre. Il était là et elle ne sentait pas les grosses larmes qui coulaient sur ses joues se mêlant à la poussière de la route, à la graisse du pied de caméra, aux traces d'eau sale. Bastien !

– Alors, mes enfants, plus de bouchon, plus de fil ! J'vois ma gaule qui plie ! qui plie ! et je me dis : Bastien mon fils, lâche ta gaule, car tu vas te retrouver le cul dans l'eau... Mais je m'agrippe – tiens, un coup de beaujolais, ça me rendra des forces. – On lui versa à boire, l'auditoire était suspendu à ses lèvres. – Je m'agrippe donc, et à ce moment-là qu'est-ce que je vois... ?

Princesse ! hurla-t-il soudain comme s'il avait vu un fantôme.

L'auditoire se retourna vers la porte où apparaissait une misérable jeune fille qui courut se jeter dans les bras de Bastien en sanglotant avec frénésie.

– Eh ben, ma princesse... eh ben ! répétait-il.

– Je suis trop malheureuse. Bastien, je suis trop malheureuse ! parvint-elle à placer entre deux hoquets convulsifs.

Les routiers en conçurent un immense respect pour Bastien et ils s'écartèrent discrètement en se disant que ce devait être bien agréable de faire souffrir les femmes à ce point-là.

Il l'avait fait asseoir et tenait ses mains sales dans les siennes :

– T'as des misères ?

– Je suis trop malheureuse...

– Si t'es malheureuse, c'est que t'as faim ! trancha Bastien dont la philosophie n'avait pas varié. T'as pas faim ?

– Si.

– Eh bien, tu vois ! et il commanda à la cantonade : Madame Lulu, les cochonnailles, c'est pour une urgence !

Elle avait un verre de vin à la main, Bastien beurrait une énorme tranche de pain de campagne, Mme Lulu apportait le grand plateau de saucisses, saucissons, terrines, pâtés, jambons sur la table, un routier déposait en rougissant le bocal de cornichons, un autre la moutarde...

– Mange ! ordonna Bastien.

C'était merveille de voir une si mince jeune fille engloutir les rillettes, mastiquer le jambon, mordre dans le pain épais, tailler dans les terrines, arroser le saucisson de lampées de beaujolais, s'éclairer devant un camembert bien coulant. Bastien se réjouissait de la voir dévorer. Mais quand elle eut calmé sa faim elle retrouva son angoisse.

– Tu ne peux pas savoir ce qui m'arrive... dit-elle en repoussant son assiette... et je ne peux pas répondre à tes questions.

– Quelles questions ? s'étonna Bastien. Je ne te pose aucune question, princesse. Ou plutôt si, une seule : qu'est-ce que je peux faire pour toi ?

C'était bien compliqué. Elle n'avait plus d'argent. Il fallait qu'elle gagne sa vie. Et surtout qu'elle trouve asile chez quelqu'un qui ne soit pas trop curieux.

– Parfait, dit Bastien en se levant. On y va.

– Où ça ?

– T'inquiète pas. J'ai mon idée.

Koba le regarda longuement.

– Si je ne t'avais pas rencontré...

– Oui, mais tu m'as rencontré ! Allez, viens !

*

Le gros camion démarra et le petit ours commença à se balancer en les regardant de ses yeux de verre. Bastien donna un coup de trompe amical pour saluer Mme Lulu et se lança dans la direction de Paris.

Au même moment, une élégante voiture, assez sale, vint s'arrêter à la station-service qui faisait face au routier. Le pompiste en vit sortir un homme en smoking dont la barbe naissante, les cheveux en désordre, les yeux rouges et la démarche titubante lui firent la plus mauvaise impression.

– Le plein... les niveaux ! souffla l'homme au smoking en introduisant une pièce de un franc dans le distributeur automatique de café.

– Vite ! ordonna d'une voix impérieuse une femme très belle restée dans la voiture.

Son visage disait vaguement quelque chose au pompiste. Une actrice ? Non, mais où avait-il vu cette tête ? En première page des journaux... Oui, c'est ça ! Ça sentait le fait divers, il n'aimait pas ça. L'homme au smoking buvait son café, l'air absent, son œil rouge dans le vague. Un coup de klaxon. La femme s'impatientait. L'homme tressaillit.

– Tout de suite ! tout de suite ! cria-t-il en se précipitant au volant.

« C'est la femme le chef », pensa le pompiste. Jamais il n'avait travaillé aussi vite. Jamais il n'avait eu un tel pourboire. Mauvais signe, ça. Il regardait la poignée de billets, faux sans doute, que l'homme lui avait fourrés dans la main, et comme il n'était pas tombé de la dernière pluie, tandis que la voiture démarrait, il nota le numéro.

*

– Alors, comme ça, tu as opéré ce petit garçon, disait Bastien, admiratif. – Il hochait la tête tout en conduisant. – Et tu n'as pas eu peur ?

– Affreux. Mais il étouffait, tu comprends. Il allait mourir. Je ne pouvais pas rester à gémir sans rien faire.

– Quand même tu es un as, Princesse ! – Puis il ajouta un instant plus tard avec fierté : C'est moi qui ai de la chance de t'avoir rencontrée.

Elle posa sa main sur la patte de Bastien.

– Je crois que tu seras bien chez Marie, dit-il avec gravité.

– Marie ?

– C'est chez elle que je t'emmène. Je t'en avais parlé, le soir où on s'est connus – et puis on est tombé sur Fernand, les Poudreuse...

– Mais elle ne me connaît pas, objecta Koba.

– Je lui dis : « Marie, il y a quelqu'un à dépanner », pas plus. Dépanner, chez nous, les routiers, c'est un mot sacré.

– Les routiers ? questionna Koba.

– Oui, son mari était routier, commença-t-il… et il conduisait une remorque d'essence… il n'a pas voulu qu'un village entier prenne feu. Il a roulé jusqu'où il a pu. Oh ! pas bien loin.

Koba imaginait une énorme torche brillante au bord d'une route, puis une fumée noire, une carcasse calcinée…

– Il avait des enfants ? demanda-t-elle.

– Deux, tu verras. Un garçon, une fille… Tu ne t'ennuieras pas !

Koba essayait d'imaginer Marie. Bastien avait seulement dit qu'elle travaillait dans un hôpital… Marie qui ne savait pas encore qu'elle allait ouvrir sa maison à une jeune étrangère… une maison où le soir on ne guettait plus le pas d'un homme qui rentre… Marie qui ne poserait pas de questions.

Et si je ne trouve pas de travail, pensa brusquement Koba.

Bastien la rassura.

– Aie confiance, et pour l'argent ne t'inquiète pas. Maintenant que je sais que tu paies tes dettes, ajouta-t-il en jetant un coup d'œil sur le petit ours qui à présent se balançait plus mollement, car Bastien avait ralenti en approchant des H.L.M. C'est là, dit-il.

C'était une immense cité dont toutes les maisons, de loin, paraissaient soudées entre elles. Mais petit à petit les grands cubes de ciment s'écartaient, on découvrait des avenues, des terrains de jeux, des parkings. Le camion glissait doucement entre les façades. Koba faisait connaissance avec le décor de sa nouvelle vie. Il y avait du mouvement, des cris, des appels, des rires, des pleurs. Koba regardait tout avec curiosité : le linge qui séchait aux fenêtres, les enfants qui jouaient à la balle au milieu de la rue – et ce petit garçon, minuscule, très brun, bouclé, sérieux, qui tenait un grand cabas à la main et de l'autre un bout de papier qu'il déchiffrait avec application.

– Tu vois, il fait les commissions, expliqua Bastien, attendri, tout en freinant pour éviter une fillette en patins à roulettes. Ah ! c'est vraiment un grand ensemble avec tous ces sales gosses !... tu crois que tu te plairas ?

Koba fit oui de la tête.

– Eh bien, il n'y a plus qu'à voir Marie.

Et il arrêta son camion.

*

« Rrrroh ! » fit avec réprobation Bazin le « remisier » du Quai en voyant François s'extraire péniblement de sa voiture maculée de boue, et traverser d'un pas chancelant la Cour d'Honneur du Palais d'Orsay. Il vint à sa rencontre.

– Les voitures sont sur la clef, articula François.

Encore un qui boit, pensa Bazin en s'éloignant.

Césaire le doyen des huissiers se tenait au haut des marches du grand escalier d'honneur et suivait des yeux les efforts de François agrippé à la rampe. Il attendait qu'il fût au palier intermédiaire pour le saluer.

– Mes respects, monsieur l'Amb...

Mais sa gorge se noua brusquement. Les mots ne voulaient plus sortir. C'était plus fort que lui. Comment appeler « Monsieur l'Ambassadeur » le spectre pâle, titubant, aux yeux injectés, qui levait vers lui un visage mangé de barbe. Décidément la Kurlande ne réussissait pas aux représentants de la République. Après ce pauvre M. Badinguet qui ne s'était jamais bien remis, voilà que cet infortuné jeune homme était frappé à son tour, un garçon plein d'avenir.

François manqua la dernière marche et se rattrapa au bras de Césaire.

– Merci, Bazin, murmura-t-il d'une voix mourante.

L'Huissier Principal ferma douloureusement les yeux. Non, la Carrière n'était plus ce qu'elle avait été.

Quant au Duc de Roquefort-Chavignol qui s'apprêtait à regagner son domicile, il eut en ouvrant la porte une vision d'épouvante : un revenant aux yeux hagards s'avançait vers lui d'une démarche mécanique.

– Vous, dit-il avec effroi, tandis que le spectre au smoking gagnait en titubant le siège de son bureau où il se laissa tomber.

– Mais d'où sortez-vous ?

– De l'Opéra, répondit l'automate – et il s'écroula dans un profond sommeil.

*

Koba avait fait la connaissance de Marie, et tout se passait comme Bastien l'avait prévu. Simplement Koba Lye-Lye était devenue Lili la Scandinave car sa nationalité kurlandaise eût pu faire naître quelques soupçons.

Marie était une jeune femme brune, très douce, très calme. Elle accueillit Koba avec simplicité. L'appartement n'était pas grand. On se serrerait un peu. Koba occuperait le fauteuil-canapé dans la salle à manger. Elle fit la connaissance de Françoise, une fillette de douze ans, timide et grave, comme il arrive d'être aux enfants que le malheur a visités de bonne heure.

– Paul n'est pas là ? demanda Bastien.

– Il est parti prendre sa leçon avec M. Leduc.

Justement la porte s'ouvrit et le petit Paul, fier de ses dix ans tout neufs, sauta au cou de Bastien dès qu'il l'aperçut.

– Déjà finie, ta leçon ? s'étonna Marie.

– Au contraire, dit l'enfant. J'ai attendu M. Leduc un bon moment devant sa porte. C'est drôle, lui qui n'est jamais en retard, il n'est pas encore rentré.

Marie expliqua que M. Leduc travaillait dans un ministère à Paris. Il s'était pris d'amitié pour Paul et lui donnait des leçons d'histoire.

– Et Paul est très savant, déclara Bastien. Vous allez voir. Qui a dit : « Ralliez-vous à mon panache blanc » ?

– Henri IV !

– Et : « Je veux qu'il n'y ait si pauvre paysan en mon royaume, qui ne puisse mettre la poule au pot le dimanche » ?

– Henri IV !

– Et : « Soldats, je suis votre Roi ! Vous êtes français. Voilà l'ennemi ! Marchons ! » ?

– Henri IV !

– Vous voyez ! dit triomphalement Bastien, qui un moment après ajouta : Il faut dire que, moi, sorti d'Henri IV...

Tout en répondant, Paul mangeait Koba des yeux. On lui apprit que cette jeune fille allait vivre quelque temps avec eux. Elle s'appelait Lili.

– Est-ce que tu veux de moi ? demanda Koba avec un accent à attendrir le granit.

– Tu sais jouer aux échecs ? rétorqua le gamin encore méfiant.

Lili savait jouer aux échecs. Paul avait trouvé une partenaire. Tout était parfait. Mais la journée de Bastien n'était pas encore finie. Non, il ne pouvait pas rester. Il avait sa marchandise à livrer. Avant de partir il fit ses recommandations à Françoise. Puis à Paul.

– Tu es un homme, je te confie Lili.

– T'inquiète pas, répondit Paul avec résolution.

Bastien se retira, accompagné jusqu'à la porte par les baisers et les vœux de ses amis.

– Sans lui, je ne sais pas ce que nous serions devenus, dit Marie. Il est fidèle. Sous le coup de l'émotion, les gens promettent, et puis... la vie les reprend. On ne peut pas leur en vouloir. Bastien, lui, n'oublie pas... Vous voulez peut-être vous rafraîchir avant le dîner ? dit-elle en contemplant le visage défait de Koba. Bastien m'a dit que vous n'aviez pas pu dormir la nuit dernière.

Les enfants commençaient à mettre le couvert. Marie conduisit Koba à la salle d'eau, lui expliqua le fonctionnement de la douche, lui donna un peignoir...

A ce moment la sonnette retentit.

– Tiens, qui peut venir ? s'étonna Marie.

– Maman, c'est M. Leduc, cria Paul.

– Je vous laisse, Lili, dit Marie en fermant la porte.

Puis elle pénétra dans la salle à manger pour entendre le Duc de Roquefort-Chavignol dire avec une légère inclinaison du buste :

– Veuillez m'excuser, Paul, de vous avoir fait attendre. – Puis se tournant vers Marie : Je vous prie d'agréer mes hommages, chère Madame.

Et il lui baisa la main.

– Bonsoir, monsieur Leduc, répondit Marie.

– J'ai été retenu par un ami au ministère, expliqua le Duc. S'il n'est pas trop tard, puis-je avoir Paul un petit moment ? La composition est demain et il a une place de premier à défendre.

– Oh ! oui, maman ! supplia Paul.

Marie consentit et demanda à Paul de ne pas traîner au retour. M. Leduc promit pour Paul et se retira en s'inclinant à nouveau sur la main de Marie qui faisait des vœux pour qu'un jour Paul eût d'aussi jolies manières que M. Leduc.

*

Depuis quelques années déjà, les charges toujours croissantes de Chavignol, celles de la meute en particulier, avaient contraint le Duc de résilier le bail de son appartement parisien et de se retirer en banlieue. Il avait fixé son choix sur le grand ensemble Beauciel, à l'est de Paris. Ayant déclaré au gérant qu'il était le Duc de Roquefort-Chavignol, le brave homme lui dit : « Je vais simplement mettre Monsieur Leduc – le nom de votre village, c'est pas la peine. » Le Duc avait souri et, depuis lors, pour ses concitoyens de Beauciel il était devenu M. Leduc. Mais par fierté le Duc ne voulut pas s'exposer à la charité, et pour sauver sa façade parisienne il avait laissé entendre que désormais il partageait l'appartement d'une cousine éloignée, recluse absolue, et que cette solution présentait pour Mme de Macramé – c'était le nom de sa cousine – et pour lui de nombreux avantages. Mme de Macramé n'existait pas. Il s'était cependant trouvé des gens pour dire qu'ils l'avaient bien connue autrefois, ce qui prêtait un vernis de vraisemblance à la fable du Duc. En réalité, il s'était abouché avec la nièce du vieux Pastoureau son piqueux, concierge boulevard Saint-Germain dont l'adresse se prêtait fort bien aux desseins du Duc. C'est dans cette loge proche du Quai d'Orsay que reposait en permanence sur un cintre l'habit désuet du Duc qui, avant de se rendre à quelque raout dans le monde, disait négligemment : « Je fais un saut chez moi et je vous rejoins. » Et jusqu'ici nulle anicroche n'était venue troubler le déroulement de cette innocente mystification.

– Entrez, dit-il au petit Paul, l'eau a dû bouillir pendant que j'allais vous chercher. Nous nous installerons à la cuisine. Parlez-moi du rôle de la noblesse sous l'Ancien Régime, dit le Duc en enfilant une paire de gants de caoutchouc.

Le lendemain matin, Koba, toujours en tenue de skieuse, se dirigeait vers le supermarché pour acheter les vêtements qui lui étaient nécessaires. Chemin faisant, elle vit les titres des journaux qui tous étaient consacrés à son exploit et à sa disparition. Elle n'avait aucune envie de les lire, mais elle souhaitait que François... elle arrêta là ses pensées. Elle secoua la tête tout en marchant : il ne fallait plus songer à lui.

En un moment elle eut fait ses emplettes. Elle avait même changé de tenue, tout heureuse de se retrouver en robe. Elle marchait vers la sortie, ses anciens vêtements dans un paquet sous son bras. Elle allait franchir les portes vitrées automatiques, lorsqu'un avis apposé sur le panneau mobile attira son attention. Elle s'approcha et lut : « On demande caissières. » La porte s'ouvrit mais Koba ne franchit pas le seuil. Elle s'était arrêtée, elle réfléchissait, elle se tourna vers la longue rangée des caisses qu'elle avait franchies quelques instants plus tôt. Elle vit l'alignement des jeunes filles en blouse blanche et le drôle de petit diadème dont elles étaient coiffées. Après tout, pourquoi pas ? « Sans essayer n'aucun succès. » Et elle s'approcha d'un monsieur dont l'air d'autorité faisait clairement comprendre qu'il était quelqu'un d'important dans le magasin.

L'après-midi même, Koba essayait le costume blanc, puis on la confia à Mimi, une petite boule de confiance et de bonne humeur.

– Tu verras, c'est pas difficile, disait-elle en précédant Koba le long des caisses.

Mais Koba avait un trac épouvantable. Elles s'arrêtèrent à une caisse libre et l'éducation de Koba commença.

Mimi lui expliqua les unités, les dizaines, les centaines. Comment on tape, comment on charge la bande de papier, ce qu'on fait de sa caisse.

– Si je vais trop vite, s'inquiétait Mimi, tu me le dis. Rien qu'à te voir on sent que t'es pas une gourde. Allez : quatre cinquante, zéro quatre-vingts, quatorze dix..., c'est ça. Trois fois sept soixante.

– Trois fois sept soixante ? répéta Koba, apeurée.
– Oui, trois articles à sept soixante, t'appuies là trois fois.
– Et si c'était trente articles ? s'inquiéta Koba.
– Tu appuierais trente fois, dit Mimi en riant, mais j'ai encore jamais vu ça. Allez, on se lance.
– Non, attends !
Mais il était trop tard. Mimi avait déjà ôté l'écriteau et une dame vidait son chariot. Koba saisit son premier article et pensa : « Je voudrais que pappi me voie. »

19

Depuis son équipée en Suisse, François ne pensait qu'à Koba mais n'en parlait jamais. Le Duc déplorait de le voir dépérir intérieurement, d'autant plus qu'il était plein de sympathie pour la jeune fille qu'il n'avait fait qu'entrevoir.

Un jour, il entra chez son ami avec un air de décision qui n'était pas dans son registre habituel, le fit asseoir à une table, s'assit en face de lui et lui dit :

– J'ai réfléchi, il faut tout tenter pour la retrouver, et à la grande stupeur de François il plaça entre eux deux jeux fort vieux qu'il avait apportés, en disant : Tirez une carte.

François se demanda si le Duc avait perdu la tête ou s'il se moquait de lui. Mais non, il était parfaitement sérieux. Il insistait :

– Choisissez la carte qui vous représentera.

– Vous savez, dit François en promenant une main peu convaincue entre les cartes que lui présentait le Duc, c'est pour vous faire plaisir, car je ne crois guère à ce genre de choses.

– Moi non plus, disait le Duc, mais je suis obligé de constater que les résultats sont parfois troublants. Tirez une carte.

François ramena une carte, c'était l'as de trèfle que le Duc mit à part avec un murmure flatteur.

– Moi je serai le valet de carreau pour vous

servir. Et la dame de cœur figurera la jeune femme que nous recherchons, dit-il, car il prenait à son compte le bonheur de François.

Il fit un tas de toutes les autres cartes, et sur l'air de « Promenons-nous dans les bois », il glissa une à une les trois cartes au cœur du paquet en chantonnant.

« Promenons-nous dans le monde
Et prenons part à la ronde… »

François le regardait en hochant la tête.

– Battez et coupez, lui dit le Duc en lui tendant le jeu.

François coupa de la main gauche, car il connaissait les usages, le Duc reprit possession du paquet, sortit les cartes par couples et les étala devant lui, tandis que François le menton dans la main suivait avec une certaine incrédulité les manipulations de son ami.

– Vous ne sortez pas beaucoup, observa le Duc au bout d'un moment.

– Je n'en ai guère envie, dit François.

– Je parlais des cartes, précisa le Duc.

– Ah ! Pardon ! Et comment appelez-vous cette figure ? reprit François.

– Le Grand Chavignol, répondit le Duc, parce que je le fais avec deux jeux. Il a été mis au point par feu ma tante de Maroilles qui avait le don, et qui m'en a investi avant sa mort.

Là-dessus il poussa un cri car la jeune fille venait d'apparaître.

– Ah ! fit François en se redressant.

– Oh ! dit le Duc, elle sort avec moi.

– Eh bien, j'en apprends des choses, plaisanta François.

Le Duc paraissait perplexe.

– C'est curieux. Je ne comprends pas. Nous allons demander une carte de confirmation pour la remettre en jeu.

François tira une carte.

– Tiens, elle vous apparaît masquée, observa le Duc.

– Ce qui veut dire ? questionna François.

Mais au lieu de lui répondre, le Duc poussa un nouveau cri.

– Oh ! que c'est drôle ! Elle sort encore avec moi !

– Je vais finir par me fâcher, dit François. Qu'est-ce que ça signifie ?

Le Duc se gratta le front.

– … Comment dire ?… C'est comme si elle vivait non loin de moi.

François bondit brusquement.

– J'y suis ! s'écria-t-il. Elle doit être placée dans une famille du Faubourg-Saint-Germain !

– Du Faubourg-Saint-Germain ? répéta le Duc, surpris. Pourquoi ?

– N'est-ce pas là que vous habitez ? – Et devant l'air étonné du Duc de Roquefort-Chavignol, il ajouta : Voyons !… Mme de Macramé !

– Ah ! oui… Ah ! bien sûr ! murmura le Duc, embarrassé. Enfin… c'est-à-dire… Oh ! que c'est drôle, la voilà encore !

En effet la dame de cœur apparaissait une fois de plus accompagnée du dix de trèfle, puis de deux autres trèfles.

– On dirait qu'elle manie beaucoup d'argent…

Le Duc retourna encore deux trèfles.

– Oh ! oui, je la vois entourée d'argent !

– Ah ! je n'aime pas ça, dit François assombri.

– Oh ! oui, ça se confirme. Mon cher, elle a de l'argent plein les mains !

François s'écria, illuminé :

– Elle doit travailler dans une banque !… boulevard Saint-Germain.

– Oui… peut-être, dit le Duc qui n'aimait pas qu'on s'attarde sur le boulevard Saint-Germain.

– Mais enfin, est-ce que je la retrouve ? demanda François avec un air d'impatience.

– Vous ne sortez toujours pas... Ah ! si, ça y est ! Vous voilà même ensemble... Mais...

Son visage se rembrunit légèrement.

– Oh ! non ce n'est rien, fit-il avec un geste comme pour balayer une objection.

– Quoi ? questionna François, inquiet.

– Rien, rien.

– Si, dites !

– Vous êtes sorti un peu à l'envers, dit le Duc légèrement ennuyé.

– Un peu à l'envers ? répéta François ahuri.

– Oui.

– Et alors ?

Le Duc manifesta un certain embarras.

– ... Cela semblerait signifier que vous repartez.

François se leva, véhément.

– Moi ? je repars ! Je la retrouve et je repars... sans elle ?

– Je dis ce que je vois, gémit le Duc.

– Vos cartes sont folles, mon ami, dit François en brouillant le jeu, et moi encore plus de vous écouter !

*

Bastien venait déjeuner toutes les semaines chez Marie et gardait ainsi un œil sur sa protégée.

Koba menait une existence un peu mécanique.

Tant que durait le travail tout allait bien, et puis il y avait les instants de détente, avec ses camarades, avec Mimi, toujours gaie – les jeunes filles parlaient de leur avenir, debout dans leur jolies blouses, en picorant, elles voulaient garder la ligne. « Est-ce que tu vas rester en France ? » lui demandaient-elles. Koba ne savait pas. Elle pensait aux longs mois qui restaient à courir avant d'avoir seulement le droit de se tourner vers la Kurlande. Cependant elle n'aurait pas voulu changer d'endroit. Ce grouillement, ces bousculades, cette hâte, ces lumières, ces couleurs avaient aussi leur charme et leur chaleur. Non, tant que durait le travail tout allait bien.

Mais elle aurait aimé parfois que quelqu'un, à la sortie, fût à l'attendre.

Comme les autres.

Ce jour-là, Bastien sentit tout de suite, bien qu'elle essayât de donner le change, que quelque chose n'allait pas. Aussi quand elle se leva de table, pour aller prendre son travail, Bastien se leva aussi.

– N'aie pas l'air triste, lui dit-il sur le trottoir. Ce soir, c'est jour de paie. Troisième semaine.

Koba hocha la tête sans répondre.

– Tu as le cafard ?

– Non, dit Koba.

– Si, j'ai bien vu en déjeunant. C'est le mal du pays ? demanda-t-il quelques pas plus loin.

– Non, dit Koba.

– Alors, c'est le cœur, trancha Bastien.

– Je ne sais pas, dit Koba sans beaucoup se défendre.

– Moi, je sais, affirma Bastien.

Il ne voulait pas en dire davantage, ni poser de questions. Koba glissa un bras sous le sien et se serra affectueusement contre lui.

Mimi passa auprès d'eux avec une volée de jeunes filles qui frissonnaient sous leurs manteaux.

– Allez, viens ma poule, cria-t-elle à Koba, n'écoute pas les vilains messieurs !

– Tu vois, j'ai mauvais genre, dit Bastien, ravi, en embrassant la Princesse sur les deux joues.

Il la suivit des yeux, lui fit un signe de la main, et se retourna brusquement en bousculant un monsieur à cheveux gris qui tenait à la main un cabas de ménagère dont dépassait le col de deux bouteilles.

Bastien s'excusa aussitôt, le monsieur souleva obligeamment son chapeau, disant que ce n'était rien, et continua son chemin vers le supermarché.

« C'est beau les manières ! » pensa Bastien, et deux pas plus loin il s'arrêta.

« Mais je le connais, c'est M. Leduc. Celui qui donne des leçons au petit Paul. »

Il se retourna mais M. Leduc avait déjà disparu dans le magasin.

*

Pour faire ses commissions au supermarché – soin qu'il n'aurait confié à personne –, le Duc de Roquefort-Chavignol suivait un itinéraire immuable. Après avoir pris son chariot, il se présentait en premier lieu à la demoiselle qui recueillait les bouteilles consignées. Le Duc soulevait son chapeau, rendait ses litres, recevait un « avoir » qu'il glissait sous la pochette de son veston, et ensuite allait consulter le tableau de « La Ménagère Avisée » où étaient affichées les occasions du jour. Il en faisait son profit, puis sortait le papier sur lequel il avait inscrit la liste de ses achats. Il commençait toujours par l'alimentation où parfois une démonstratrice occasionnelle proposait un nouveau produit. Le Duc suçait, buvait, croquait et donnait son sentiment avec courtoisie. Ayant épuisé les ressources de l'alimentation, le Duc cinglait ensuite vers les produits d'entretien où il avait des préférences marquées, et de là gagnait la caisse N° 4 où trônait Mlle Mimi, toujours souriante, gouailleuse, que le Duc honorait de sa fidèle clientèle.

La Ménagère Avisée ayant recommandé son cabillaud-réclame, le Duc prit la queue au poisson. Pendant ce temps, Koba, revêtue du petit uniforme blanc des caissières, un rouleau de papier vierge sous le bras, s'installait à la caisse N° 5 où elle remplaçait une collègue. Tout en introduisant le rouleau dans la machine enregistreuse, Koba songeait que jusqu'à l'heure de la fermeture le travail allait l'empêcher d'avoir des idées sombres.

Ayant fait emplette de son cabillaud-réclame, le huitième Duc de Roquefort-Chavignol poussa son chariot en direction des fruits et légumes. Toutes les vendeuses le connaissaient. Certains clients aussi qui le croisaient : « Bonjour, monsieur Leduc » et le Duc de Roquefort-Chavignol soulevait son chapeau, geste familier qu'il accomplissait aussi si, par mégarde, en poussant son chariot, il venait à effleurer quelqu'un, ou tout simplement s'il souhaitait obtenir le passage. De tout cela on concluait que M. Leduc était un original.

Lorsqu'il eut enfin acheté sa lessive, des gants de caoutchouc, et une jacinthe en pot, le Duc se présenta à la caisse N° 4.

Il avait fait un marché copieux. Mimi lui tendit un ticket de 67,18 francs.

– Je me suis laissé aller, dit-il en hochant la tête.

Il sortit de sa poche un antique porte-monnaie à trois compartiments et commença à déplier un certain nombre de billets. Mais les billets ne suffisaient pas. Il fallut aller jusqu'aux dernières pièces.

– Ça sent la fin de mois, monsieur Leduc, dit Mimi avec bonne humeur.

– Il était temps, en effet, que j'arrête mes fantaisies, répondit le Duc en désignant la jacinthe. Car je n'ai plus un sou, et il s'éloigna après avoir légèrement soulevé son chapeau.

Il vit le petit Paul qui venait à sa rencontre en courant.

– Je t'emmène pour la leçon, lui dit le Duc.

– Tout de suite, monsieur Leduc, répondit l'enfant en passant auprès de lui, il faut d'abord que je demande la clef à Lili pour ma sœur.

– Lili ? fit le Duc en suivant le gamin des yeux.

– C'est notre jeune fille scandinave, elle est au N° 5. Lili ! Lili !

En effet, une grande fille blonde qui occupait le siège N° 5 se retourna pour répondre à l'enfant.

« Je la connais », pensa le Duc en s'éloignant. Puis soudain, il se figea : « Mais on dirait... » Son cœur se mit à battre. Il se retourna pour regarder la jeune caissière. « Mais c'est elle, murmura-t-il... C'est la femme de chambre des Poudreuse ! c'est elle ! c'est elle ! »

Et, abandonnant son chariot au milieu de l'allée, le Duc se mit à courir vers la sortie. « C'est elle ! Caisse N° 5 ! Caisse N° 5 ! », répétait-il avec une exaltation croissante.

– Monsieur Leduc ! Monsieur Leduc ! criait le petit Paul.

Mais le Duc avait des ailes et plus d'oreilles. Il se jeta dans le premier taxi en stationnement, en hurlant : « À Paris. Vite ! »

– Où ça à Paris ? demanda le chauffeur, un colosse blond.

– Où vous voudrez !... N'importe où !... Non... je vous dirai ! vite, en route... Caisse N° 5 !

Le chauffeur légèrement surpris, mais gagné par la hâte du Duc partit en trombe.

Le Duc ne se souvenait plus de l'adresse, mais ça lui reviendrait en route. Il prononçait des mots sans suite car à l'émotion que lui avait procurée la vision de la jeune Kurlandaise, s'ajoutait le sentiment qu'en agissant ainsi, en révélant à son ami comment il avait retrouvé la jeune femme, c'était tout l'échafaudage derrière lequel il avait caché sa misère, Mme de Macramé, le Faubourg-Saint-Germain qui s'écroulait. Sa détresse éclaterait au grand jour.

Le Duc reprit son monologue incohérent.

« Bon Dieu ! Le grand Chavignol avait raison !... De l'argent, beaucoup d'argent ! Caisse N° 5... »

En entendant ces mots, le chauffeur qui prenait le Grand Chavignol pour un truand se demanda si l'homme qu'il transportait ne venait pas de faire un hold-up.

– Coupez par Charenton, dit une voix autoritaire derrière lui, on risque moins d'être arrêtés !

– Oh ! je n'aime pas ça, murmura-t-il entre ses dents.

– Moi non plus, dit le Duc qui ne savait plus qui parlait. Mais je n'ai pas hésité... un ami... quand même, j'aurais dû téléphoner... qui sait s'il est seulement chez lui ?

François était chez lui, allongé sur le divan de son salon, en tenue d'intérieur, petit chandail, pantalon léger. Il fumait, habitude qu'il avait reprise depuis quelque temps, et songeait aux paroles que la petite fille avait prononcées au chalet.

« C'est vous l'amoureux de Koba. »

Au fond il n'en avait jamais douté.

Mais quel secret paralysait donc la jeune fille ? Pourquoi avait-elle disparu après son action héroïque ? Où était-elle ?

On sonna à sa porte.

« Encore une quête ! pensa François, ou un démarcheur. »

On insistait frénétiquement.

« Sonne toujours, pensa François, je n'ouvrirai pas ! »

Voilà qu'à présent non seulement on sonnait sans discontinuer mais encore on secouait la porte, on frappait du poing. C'en était trop.

– Qu'est-ce que c'est que ces manières ! hurla-t-il en écrasant sa cigarette. Je vais vous apprendre !

Il arracha sa porte plutôt qu'il ne l'ouvrit et aussitôt il se sentit saisi par le bras, poussé aux reins, projeté dans l'escalier. Et par qui ? Par le Duc de Roquefort-Chavignol hors de lui, le visage congestionné, court de souffle, qui claqua la porte, tandis que François hurlait :

– Mais vous êtes fou ! Mes clefs ! Elles sont à l'intérieur !

– Aucune importance, dit le Duc en le bousculant jusqu'au palier inférieur. Un taxi nous attend. Vite, ça va fermer !

– Mais que se passe-t-il ? cria François entre deux étages.

– Votre vie est en jeu ! rugit le Duc. Caisse N° 5 ! et il claqua la portière.

Le véhicule filait à travers les rues de Paris. François n'avait pas chaud et le Duc ne parvenait pas à s'expliquer.

– Plus tard ! disait-il entre deux hoquets. Je ne peux pas !... l'émotion !... Vous ne m'en voudrez pas... je vous ai menti... Adieu ma réputation... Finie ma position dans le monde... Quand vous saurez tout !... Je serai la risée du Gotha... Je vous ai laissé croire que j'habitais chez Mme de Macramé... Mensonges. C'est affreux... Mais que voulez-vous !... Quand je l'ai vue !

– Mais qui ? hurla François.

– Elle ! Caisse N° 5, n'oubliez pas !... Tant pis, tout se saura... J'ai voulu cacher ma misère... mes chiens me mangent tout !

– On prend toujours par Charenton ? demanda le chauffeur avec un certain accent d'inquiétude.

– Bien sûr !

– On pourrait peut-être s'y arrêter ? suggéra-t-il.

– S'arrêter à Charenton ? tempêta le Duc. Mais vous êtes fou !

– Je ne suis peut-être pas le seul, grogna l'automédon.

Mais sa réflexion fut couverte par un hurlement de François :

– Comment ! Mais nous quittons Paris !

– Mon chariot ! rugit alors le Duc en saisissant le bras de François... Mon chariot !... Dites-moi que je retrouverai mon chariot !

M. Leduc n'avait pas à se faire du souci. Le petit Paul veillait sur son chariot. Inquiète de ne pas le voir revenir sa sœur était venue chercher la clef et Paul en avait profité pour prendre son livre d'histoire. Il révisait tranquillement sa leçon.

Koba s'approcha de lui.

– Je m'absente cinq minutes pour prendre un café. Veux-tu que je te rapporte quelque chose ?

– Du chocolat, dit Paul. Je n'ai pas goûté.

– Promis, dit Koba en s'éloignant.

Blotti dans un coin du taxi, François grelottait. Il avait renoncé à tirer quoi que ce fût du Duc dont la conversation n'était qu'une suite de propos incohérents.

– Nous approchons, nous approchons ! répétait le Duc excité. Ne vous impatientez pas. Ce sera juste, mais nous y serons... Pourvu qu'elle soit toujours là !

– Mais qui, à la fin ? glapit François.

– Mlle Lili ! dit le Duc.

– Mlle Lili, répéta François au comble de la stupeur. Mais je ne connais pas de Mlle Lili.

Le Duc parut surpris.

– Comment, votre Kurlandaise ne s'appelle pas Lili ?

– Mais non, dit François en haussant les épaules, elle s'appelle Koba.

Le Duc paraissait franchement déconcerté.

– Pourtant je l'ai bien reconnue... C'est elle, il n'y a pas de doute. Le petit garçon l'a appelée Lili et elle s'est retournée.

– Lili, répéta François avec un grognement de mauvaise humeur, Lili !

Puis soudain la lumière se fit dans son esprit :

– Ah ! LYE-LYE ! rugit-il.

– Eh bien, oui. C'est ce que je vous ai dit !

– J'avais compris Lili !

Le chauffeur pensa qu'il ne serait pas mécontent

d'en avoir fini avec de pareils oiseaux. D'autant que François devenait intenable. Depuis qu'il avait compris que Lili était Lye-Lye il secouait le Duc à pleins bras, l'embrassait, le bourrait de coups et l'accablait de questions auxquelles il ne lui laissait même pas le temps de répondre. Le Duc submergé répétait sans cesse : « Caisse N° 5 ! Caisse N° 5 ! »

– Caisse N° 5 ! hurla François en bondissant sans même attendre que le taxi fût arrêté.

Il entra par la sortie, bouscula un inspecteur médusé, s'orienta un instant, courut le long de la file des caisses, l'œil fixé sur les petits numéros allumés, renversa deux jeunes filles sur son passage, glissa jusqu'au N° 5, prit la fille blonde par les deux épaules, la fit pivoter vers lui, et poussa un cri d'horreur. Ce n'était pas Koba.

– Vous n'êtes pas Koba, répétait-il à une fille hébétée qui le regardait avec des yeux ronds.

Mais alors où était-elle ?

Il jeta un coup d'œil sur chacune des caissières, même les brunes, même les rousses, l'espoir fondait en son cœur comme la neige au soleil et quand il fut au bout de la rangée, la rage au cœur, il lança aux quatre coins du magasin, plus fort que les annonces, que la musique, que le bruit des voix un retentissant : Koba ! dans lequel il mit toute sa détresse.

Koba, qui prenait un café, resta la tasse à la main.

« J'ai des hallucinations », pensa-t-elle au bout d'un instant. Mais elle avait frémi de la tête aux pieds.

François sortit en courant du magasin pour voir le Duc saisi à bras-le-corps par le colosse blond.

– Pas de voies de fait ! pas de voies de fait ! glapissait le Duc. Lâchez-moi !

– Que se passe-t-il ? demanda François.

– Une course de 58 francs et votre ami me dit qu'il n'a pas d'argent !

Le Duc voulait s'expliquer :
– C'est en faisant mes commissions que je l'ai vue...
– Elle n'est plus là, interrompit François.
– Ce n'est pas possible ! fit le Duc en tentant un mouvement vers le magasin.
– Eh là ! mes deux rigolos, dit le chauffeur. Il y en a un qui va me payer !
– Allez devant, dit François au Duc. Je vous rejoins.
Alors le chauffeur empoigna François qui eut toutes les peines du monde à sortir son portefeuille de la poche arrière de son pantalon.

« C'est pourtant bien elle », répétait le Duc en contemplant le profil de la cinquième caissière, tandis que le petit Paul cherchait à attirer son attention.
– Monsieur Leduc ! Monsieur Leduc, j'ai gardé votre chariot.
– Tu es un bon petit.
– Je vous attends encore ?
– Oui, un instant, dit le Duc qui se demandait bien comment François avait pu se méprendre.
– Eh bien, n'est-ce pas elle ? lui demanda-t-il quand François l'eut rejoint.
Pour toute réponse il vit un visage métamorphosé, tout l'impalpable grain de la mélancolie avait disparu. François, muet, irradiait.
– Je vous laisse, n'est-ce pas ? dit le Duc.
Seule une douce musique parvenait aux oreilles de François.
– Merci, dit-il au bout d'un moment, et il se dirigea vers le passage d'entrée où il s'empara d'un chariot.
Le Duc, immobile, le vit disparaître derrière les étalages. Il revint sur terre et commença lentement à vider le contenu de son chariot dans son cabas. Le petit Paul l'aidait.

– Je serai peut-être un peu distrait ce soir, dit le Duc penché vers le fond de son chariot. C'est parce que je suis heureux.
– Comme le monsieur ? demanda le petit Paul.

François avait son plan. Tout en patinant derrière son chariot, il suivait de l'œil la ligne des étalages. Il cherchait les conserves. Il devait y avoir des harengs de Kurlande. Il n'aurait pas meilleurs ambassadeurs auprès de Koba que les harengs.
– Vous n'auriez pas vu les harengs, monsieur ?
– Non, monsieur. Je cherche les gaufrettes !
– Désolé, fit François en s'éloignant.
Enfin il eut les harengs en vue. Mieux que des conserves, c'étaient des bocaux. « Sans essayer n'aucun succès. » Produce of Kurland, disait l'étiquette. Il saisit délicatement le bocal, le posa tout seul au fond de son chariot, comme un objet très précieux, et s'avança cœur battant vers la caisse N° 5.

Il eut tout le temps de la voir, de l'examiner, de la contempler, de la dévorer des yeux. Elle était sérieuse, appliquée, tout à coup souriante. « Elle a l'air d'une reine », pensa-t-il parce qu'elle se tenait très droite, et portait comme un diadème la petite couronne d'étoffe blanche qui complétait l'uniforme des caissières. Comment avait-il pu douter d'elle ?
François posa le bocal sur le petit tapis roulant que Koba mit en marche lorsqu'elle eut rendu la monnaie au client précédent. Le petit bocal vint à elle. Elle le prit, elle vit, elle sourit et levant les yeux vers l'acheteur elle s'apprêtait à dire : 6,50. Mais ce fut un long soupir, presque un sanglot qui sortit d'elle quand ses yeux incrédules s'arrêtèrent sur le visage de François. Aucun mot ne pouvait franchir le seuil de leurs lèvres. Le

courant qui les reliait leur apportait en un instant mille informations secrètes. Aucun doute, ils s'étaient retrouvés.

– C'est pas bientôt fini ? dit une vieillarde acariâtre.

– Attendez ! souffla François à Koba.

Il partit à reculons avec son chariot, se retourna et fit s'écarter la sorcière qui glapit :

– Il ne sait pas ce qu'il veut, celui-là !

– Oh ! si, chère madame, dit suavement François.

Mais c'est avec l'âme d'un saccageur qu'il s'avança dans le couloir des conserves, et là, plongeant à plein bras dans les casiers, il fit s'écrouler dans son chariot des pyramides de petits pois, des panneaux entiers de haricots, des murailles de sauce tomate, des avalanches de macédoine, des plateaux de sardines, des montagnes de thon. Et quand cet Himalaya d'allégresse fut entassé dans son chariot, répandant à chaque pas les menues pièces de son butin, il vint porter son hommage aux pieds de la cinquième caissière.

« Comme ça, pensa-t-il, nous serons tranquilles pour parler. »

Mais à peine eut-il cette pensée que la sonnerie qui marquait la fermeture du magasin fit entendre son grésillement narquois.

Koba éclata de rire. François commença à empiler méthodiquement les fruits de son expédition et la caisse à enregistrer joyeusement les chiffres de ce délire.

Les clients se retirèrent petit à petit, les lumières se firent plus rares, le silence reprit progressivement son empire de la nuit, et on entendait seulement le débit mécanique de la cinquième caisse qui ne se tut que lorsqu'elle eut rendu son oracle sous forme d'un long serpent de papier blanc qui entourait à la fois la prêtresse et l'impétrant.

François fit un chèque avec un cœur percé

d'une flèche. Il se retira avec son chariot croulant de marchandises. On ferma derrière lui et Koba le rejoignit dès qu'elle eut quitté son uniforme.

– Qu'allez-vous faire de tout ça ?

– Des heureux, dit François.

Il appela des gosses qui jouaient sous la pluie :

– Qui veut des cadeaux ?

Les enfants se ruèrent sur le chariot, puis s'égaillèrent dans toutes les directions, les bras chargés de merveilles.

Bientôt ils furent de nouveau seuls et commencèrent à marcher sous la pluie. Koba avait envie de prendre le bras de François mais n'osait pas.

– Vous n'avez pas froid ? Vous êtes à peine vêtu !

– Je vous expliquerai tout ça demain en déjeunant, car je ne vous ai pas dit : nous déjeunons ensemble demain.

– À ce petit restaurant ? demanda Koba.

– Bien sûr.

Ils étaient arrivés au pied de l'escalier de l'immeuble de Koba qu'une maigre ampoule éclairait. Un courant d'air mêlé de pluie leur fouettait le visage.

– C'est ici que vous habitez ?

– Chez une dame. Moi aussi, demain, je vous raconterai.

La minuterie s'éteignit. Koba la ralluma. Leurs yeux brillaient.

– Je vous ai fâchée en vous disant que je vous aimais, que je voulais vivre avec vous.

– Pas fâchée, interrompit Koba. C'est autre chose... laissez-moi un peu de temps et je vous dirai la vérité. J'ai juré...

– À Rollon, dit François.

Et comme Koba paraissait troublée, il eut peur qu'elle ne cherchât à inventer une histoire, alors il lui dit aussitôt :

– Je vous ai vus quand vous vous êtes retrouvés au Concert, et j'ai tout compris.

Il fut déconcerté par la réaction de Koba. Il s'attendait à des explications, à des dérobades, quelque chose de pénible. Il eut droit à un immense éclat de rire.

– Oh ! François ! répétait-elle avec un visage heureux. Alors vous avez pensé que j'étais la petite amie de Rollon !

Devant l'air penaud de François elle ajouta :

– François, Rollon n'est pas, n'a jamais été, ne sera jamais mon amoureux.

Elle le regarda avec une intensité grave et lui dit :

– Celui que j'aime, c'est vous.

François soutint son regard un long moment.

– Je le crois, dit-il enfin. La petite fille me l'a dit.

– Quelle petite fille ? demanda Koba.

Et François lui raconta son équipée en Suisse, comment il était parti en pleine nuit avec un membre du gouvernement quand il avait vu les dangers qu'elle courait.

– Et malgré Rollon ? dit Koba.

– Oui, malgré Rollon.

– Oh ! François, dit-elle en pleine extase.

Et la minuterie s'éteignit. Elle ne fit aucun geste pour la rallumer.

– Deux petits enfants m'attendent là-haut pour dîner, souffla-t-elle, au bout d'un moment.

– Allez-y, dit François.

Il lui laissa le passage. Koba monta les deux premières marches puis s'arrêta. Elle resta une seconde en suspens.

– Je crois que j'ai oublié quelque chose, dit-elle, et elle se retourna vers François avec une expression résolue qui le surprit.

Elle descendit une marche pour être bien à sa hauteur et posa longuement ses lèvres sur celles de François.

– Je crois que je devais faire ça, dit-elle ensuite. À demain, et elle monta vivement l'escalier.

Au palier de l'étage supérieur, elle murmura pour elle-même : « Pardon, mes ancêtres, c'est la fatalité. »

*

Malgré l'état d'exaltation euphorique dans lequel était François, il fut franchement inquiet le lendemain quand il constata sur le coup de midi que le Duc n'avait toujours pas paru à son bureau.

Se serait-il laissé aller à un geste fatal ? Le fait de s'être découvert, de ne plus pouvoir cacher qu'il vivait dans une H.L.M. était-il suffisant pour l'avoir mené à un acte désespéré ? Avec certains aristocrates, sur ce chapitre, on pouvait tout craindre.

– Mais non, murmura François en se frappant le front. Les chiens !

Jamais le Duc n'aurait laissé sa meute à l'abandon.

Malade ? Pas question. La maladie, pour le Duc, constituait une des plus déplorables manifestations de mauvais goût. Son père le lui avait enseigné : on n'était pas malade.

Un assaut, alors ? Parfois le Duc arrivait quelque peu en retard et disait à François : « Je me suis attardé à la salle d'armes. » Mais il était midi.

Restait l'accident. Pensée intolérable. Avec, pour François, le remords particulier de n'avoir pas songé la veille à remercier le Duc : il avait volé vers son rêve ! Il ne se le pardonnerait pas...

La porte s'ouvrit timidement. Le Duc parut, les épaules basses, le nez plus long que d'habitude, offrant une telle image de désolation que François resta muet.

– L'évier ! murmura le Duc en se laissant tomber sur le fauteuil de son bureau.

– Oui, dit-il, c'est à cause de l'évier. Maintenant que vous savez tout, je ne peux plus vous dire que j'arrive de la salle d'armes ou que j'ai été retenu par le maître de manège. Je ne vois plus à présent que des gérants ou des plombiers.

François se précipita auprès de lui, le réconforta de son mieux, lui jura le secret, lui parla de son courage et le remercia avec chaleur de tout ce qu'il avait fait. Un peu de couleur revint aux joues du Duc de Roquefort-Chavignol.

– Êtes-vous heureux, ami ? demanda-t-il simplement.

François flottait, volait, planait. Il n'était plus sur terre.

– Ne soyez point Icare, lui dit le Duc.

– Oh ! non, s'exclama-t-il. Mais désormais rien ne pourra se mettre entre mon bonheur et moi.

Il n'avait pas fini sa phrase que le téléphone sonnait. Les deux hommes échangèrent un regard inquiet.

– J'ai peut-être eu tort de dire ça, murmura François.

Il décrocha, reconnut la voix du Secrétaire général et écouta. Le Duc vit se peindre sur le visage de François l'expression d'une vive contrariété.

– Tout de suite ? demanda-t-il. Bien, j'arrive !

Il raccrocha.

– Que c'est contrariant ! On a besoin de moi chez le Secrétaire général : il se passe des choses en Kurlande... Et voilà, je vais être en retard, conclut-il.

– En retard ? questionna le Duc.

– Je déjeune avec elle, dit François avec une intonation enivrée.

Et il disparut.

François arriva au restaurant avec plus d'une heure et demie de retard. Et les sombres pressentiments qui n'avaient fait que croître en Koba pendant cette longue attente ne furent point balayés par le large sourire de François.

– Je meurs de faim ! dit-il en se laissant tomber en face d'elle. – Puis aussitôt, il lui prit les mains : Avant tout, dites-moi que je n'ai pas rêvé hier soir.

– J'espère que moi non plus, je n'ai pas rêvé, dit-elle avec un soupçon d'angoisse qu'elle se reprocha aussitôt.

En lui beurrant une tartine, elle s'aperçut que ses mains tremblaient. Et pourtant tout ce qu'il disait était si merveilleux à entendre.

– Je n'ai pas cessé de vous parler depuis hier soir... en rentrant d'abord... et puis toute la nuit dans mes rêves... Et puis ce matin en me rasant, j'ai chanté, j'ai dansé, c'est très grave, vous voyez.

Koba lui tendit la tartine de pain grillé qu'il brisa d'un coup de dent.

– Il va falloir que je retourne en Kurlande, dit-il la bouche pleine.

Le cœur de Koba fit un brusque plongeon dans sa poitrine.

– Mais n'ayez pas peur, ce ne sera pas pour longtemps. À ce propos, dit-il en croquant une nouvelle bouchée, vous me laisserez l'adresse de votre grand-père. J'en profiterai pour lui rendre visite. Ambassadeur de France, je crois que c'est un titre qui pourra l'impressionner. Car, si je suis en retard, c'est à cause de la Kurlande, figurez-vous. Il se passe de drôles de choses, là-bas.

Il vit le visage de Koba prendre une telle expression d'inquiétude qu'il la rassura aussitôt. Non, c'étaient des choses plutôt amusantes : Rollon avait envoyé une symphonie au Concours International de Caroline Van Essling. Et c'est lui qui avait décroché le gros lot.

– Oh ! bravo ! dit Koba, soulagée.

– Oui, mais attendez la suite ! Ça lui a causé un tel choc, tout au moins je l'imagine, qu'il vient d'annoncer officiellement qu'il renonçait au trône de Kurlande.

– Et alors ? articula péniblement Koba.

– Eh bien, c'est sa sœur la folingue qui fait retraite je ne sais où… Kristina-Adélaïde-Machin, qui doit lui succéder. C'est passionnant, hein ? dit François en voyant le visage tendu de Koba. Mais attendez le plus beau ! Panique en Kurlande : ils ont perdu la Princesse. Ils ne savent pas où elle est.

Et il éclata d'un rire strident qui fit se retourner les autres clients. Koba ne riait pas. Jamais elle n'avait eu aussi peur de sa vie.

Et c'est François qui lui apprit qu'elle était relevée de son serment. Avec beaucoup d'émotion, le Roi l'avait annoncé lui-même à la télévision : « Chère fille, avait-il dit, dès que la nouvelle te parviendra, où que tu sois et quelle que soit ta situation, tu devras déclarer aussitôt : « Je suis la Princesse Héritière de Kurlande. »

– Je suis la Princesse Héritière de Kurlande.

Koba entendit sa propre voix sortir d'un profond brouillard. Mais François n'avait pas compris. Il riait. Il disait : « Oui, c'est ça ! »

Alors plongeant son regard jusqu'au fond des yeux de l'homme qu'elle aimait, elle répéta lentement :

– François… je suis la Princesse Héritière de Kurlande.

La phrase pénétra progressivement en lui, comme un projectile perforant au ralenti toutes les couches de son esprit. Koba suivait avec terreur les progrès du désastre sur le visage immobile de François. Il avait posé ses mains sur le bord de la table et sa tête s'était inclinée. En un instant, il parut être transporté à des milliers de kilomètres, mais à l'intérieur de lui-même.

– C'était ça, murmura-t-il au bout d'un long moment.

Koba broyait sans y penser la pièce qui pendait à son cou.

– Mais cela ne change rien, François... Je vous aime.

Mais François ne pouvait rien entendre. Il se redressa lentement, le regard absent, se déploya en prenant appui sur la table, sembla hésiter une seconde, puis il pivota sur lui-même et sortit.

Koba, qui s'était dressée, prononça le nom de François, puis chancela et retomba sur la banquette.

– Je vous aime, dit-elle doucement comme s'il pouvait encore l'entendre.

François marcha dans les rues sans conscience et sans but.

Il se retrouva chez lui. Le téléphone sonnait. Il ne décrocha pas. Il jeta quelques affaires dans une valise, hésita un instant sur le palier en entendant le téléphone sonner à nouveau, puis dévala l'escalier.

Il roula tout l'après-midi. Quand il arrêta sa voiture devant la porte de l'Abbaye, il faisait nuit noire.

Lorsque Koba ayant appelé vingt fois comprit qu'il n'y avait plus rien à espérer, elle décrocha encore une fois le téléphone, appela l'ambassade et dit :

– Ici la Princesse Héritière de Kurlande, je voudrais parler à l'ambassadeur.

20

Une impitoyable mécanique avait pris possession de la Princesse. Et la force qui la poussait vers le trône l'éloignait de plus en plus de la jeune fille qu'elle avait été.

De François aussi.

Il y avait eu l'ambassade, les premiers hommages à l'Héritière présentés par les résidents kurlandais de Paris, les journaux où sa photo s'étalait en princesse, en caissière, en étudiante, en harpiste, en nageuse, en bébé sur les genoux de son grand-père.

« La future Reine vous a peut-être rendu la monnaie. »

« The Princess of Kurland was an *au pair.* »

« Kristina : Kolossal ! »

et tous les télégrammes qui arrivaient de partout.

De François, rien.

On l'avait jetée dans l'avion royal... pas une minute seule. Deux Dames d'honneur qu'elle n'avait jamais vues ne la quittaient pas. L'Étiquette. Le Cérémonial. La Couronne. Et soudain, comme elle apparaissait à la passerelle de l'appareil qui venait de se poser sur Adlaïd'Airport, les cloches de Kurlande se mirent à sonner et les enfants des écoles agitèrent leurs petits drapeaux en criant : « Kristina ! Kristina ! »

Plus personne ne disait : Koba.

Koba était restée sur la banquette d'un restaurant de Paris, les yeux pleins de larmes, abandonnée par un garçon qui n'avait pas voulu partager son destin.

– Kristina !

Elle leva la main, comme tant de fois elle l'avait vu faire à pappi. Un geste royal. Et elle sourit. C'était facile.

Au bas de la passerelle, Rollon l'attendait en grand uniforme. Elle allait se jeter dans ses bras quand il mit un genou en terre devant elle, sans rire, et lui baisa la main. Rollon ! « Et pourquoi tant d'honneurs, tant de fleurs, tant de vivats ? » pensait-elle, en gagnant la Bentley royale, reconnaissant parmi la foule des visages amis, Karl Petersen, le pêcheur, des camarades du Gymnase, et Thor, le gentil grenadier... Elle ne savait pas que ses exploits de fille au pair étaient racontés dans les journaux kurlandais et que l'île fêtait autant l'héroïne que la Princesse. Tous les efforts qu'elle avait faits pour exister en dehors de son état se retournaient contre elle. Le piège se refermait et c'était elle qui l'avait posé. On racontait tout de sa vie à Paris. Il ne manquait qu'un nom à ce conte de fées de la princesse choisissant d'être Cendrillon.

Celui de François.

« Kristina ! » criait la foule. À côté de sa sœur, Rollon rayonnait.

– Tu vois que j'ai bien fait, dit-il en désignant les gens massés sur leur passage. Ils sentent qu'ils l'ont échappé belle avec ma renonciation ! – Il éclata de rire, et comme elle fronçait légèrement les sourcils, il glissa son bras sous le sien : Ne fais pas attention, je suis amoureux !

« Amoureux... et aimé sans doute. Il a l'air si heureux... », pensa Koba, et elle souriait toujours et elle saluait de la main et Rollon se réjouissait :

tout allait pour le mieux, elle était faite pour le pouvoir, il l'avait toujours su.

Ce qui navrait le plus Koba, c'était cette joie qui l'entourait. Cette joie qu'elle retrouva sur le visage du Roi qui l'accueillit, rayonnant, dans la salle du trône et l'entraîna aussitôt au balcon pour la présenter à la foule qui se bousculait devant le palais.

– Quel accueil ! Quel triomphe pour toi, Kristina ! disait-il en revenant à l'intérieur avec la jeune fille. Je remercie la Providence, vois-tu; jamais je n'aurais cherché à déposséder Rollon, mais je m'inquiétais... et depuis ce dernier concert où tu vins me trouver, tu te souviens ? Je veux SAVOIR ! tu disais. Maintenant, tu sais de quoi tu es capable. Depuis ce dernier concert, j'avais compris qu'il y aurait une Kristina sur le trône de Kurlande. Kristina III, dit-il lentement, et Koba se sentit glacée. La première au XIIe siècle était une sainte, la seconde au XVe, une dévergondée. Toi, ma petite Reine, tu seras une nouvelle Demoiselle d'Avignon.

Koba baissa les yeux et regarda l'anneau royal.

– Sire, je veux vous remettre la bague que vous m'avez confiée. J'ai été fidèle à mon serment, dit-elle avec effort, personne n'a jamais su qui j'étais.

– C'est bien, dit le Roi qui sentait confusément que la jeune fille avait dû payer sa loyauté un prix exorbitant. – Mais voyant qu'elle voulait ôter la bague, il l'arrêta d'un geste : Garde-la ! Tu l'avais en dépôt, tu l'as méritée, aujourd'hui, elle est à toi.

Koba fit une légère révérence et resta immobile. Quelque chose n'allait pas, se disait le Roi. Quelque chose empêchait la jeune fille d'être heureuse. Mais quoi ?

– Quand me mettrai-je au travail ? demanda-t-elle.

– Rien ne presse ! fit le Roi étonné.

– Oh ! si, je veux tout savoir, tout connaître, je veux me mettre au travail très vite !

– Comme tu voudras.

– Je vous remercie. Maintenant accordez-moi, Sire, la permission de me retirer... Je suis épuisée par toutes les émotions que j'ai vécues depuis quelques jours. J'ai besoin de mettre de l'ordre dans mes pensées. J'avais toujours cru que mon frère...

Sa voix se brisa et elle se mordit les lèvres. Le Roi la prit par les épaules :

– Koba, ne sois pas triste pour Rollon ! Il a trouvé sa voie... et son bonheur. Hier j'ai nagé avec cette petite Caroline qui est si intelligente et si amoureuse de lui. Ils se soucient bien peu d'avoir perdu un trône. Ils font plaisir à voir, tu sais. – Il sentit les épaules de la jeune fille se contracter légèrement et continua avec bonne humeur : Il va falloir recevoir beaucoup de princes, petite Koba ! Il faut que cette maison soit la plus gaie d'Europe ! Une Reine, ça se marie !

– Grand-père, dit Koba, je vous promets de consacrer désormais tout mon temps et toutes mes forces à l'accomplissement de ma charge, mais je ne me marierai jamais.

– Ah ! fit simplement le Roi, tandis qu'elle s'inclinait et se retirait en silence.

Resté seul, il passa sa main sur son menton et répéta d'un ton rêveur :

– ... Je ne me marierai jamais ?... Elle est amoureuse, ma petite-fille.

Koba traversait le Palais pour se rendre à sa chambre. Elle marchait vite, de plus en plus vite. Il ne fallait pas que les larmes se mettent à couler avant qu'elle soit seule. Le claquement de talons des gardes saluait sa marche, les portes s'ouvraient, les valets s'immobilisaient à son approche, les femmes de chambre faisaient la révérence, Roustan se cassait en deux comme autrefois... mais autrefois était mort.

– Que souhaitez-vous faire plus tard, mademoiselle ?

– Oh ! moi, monsieur, je serai Reine.

Elle entra dans sa chambre. La porte se referma derrière elle. Elle était seule. Elle regarda le décor familier, sa harpe, les photos de sa famille... on allait rajouter celle de Caroline... la coiffeuse sur laquelle elle avait lu *Paris-Match,* découpé la photo... elle n'avait même plus cette photo restée au chalet entre deux pages de *Mes Fouilles.* Elle n'avait plus rien de François. Sauf la pièce. Elle se regarda dans la glace de la coiffeuse. L'agnel d'or brillait. L'agnel d'or qui avait été pour elle l'espoir. L'amour. Elle le regarda longtemps. Puis elle détacha la chaîne qui le soutenait et ouvrit un coffret de bois minuscule. Elle fit glisser le bijou sur le capitonnage de satin, referma le coffret et donna un tour de clef.

Et alors seulement, elle se mit à pleurer.

*

Sylvain était malheureux. Il avait aimé Koba dès le premier regard. Avant même de savoir qu'elle était une jeune fille. Quand elle était apparue entre les oliviers dans le soleil couchant et qu'il avait cru qu'elle était la déesse. Elle n'était pas la déesse et il s'en était consolé car au fond, c'était plus commode d'aimer une simple mortelle. Mais François était grand, lui, pas un petit garçon comme Sylvain et c'était lui que Koba avait aimé. Ça, Sylvain l'avait su tout de suite. Avant tout le monde. Au moment de l'étoile filante, au moment des vœux. Et il n'avait pas eu de chagrin. Mais maintenant, il en avait. Parce que si Koba n'était pas une déesse, elle n'était pas non plus une simple mortelle. Elle était une « personne royale ». Et François ne voulait pas se marier avec une personne royale.

Pour la première fois de sa vie, Sylvain trouvait son cousin idiot. Lui, à sa place, il n'aurait pas hésité. Bien sûr, François était républicain et c'était peut-être gênant d'épouser une Reine quand on est républicain. Mais Koba, est-ce que François avait pensé au chagrin qu'il lui faisait en la laissant toute seule là-bas, sur un trône où il fait si froid ? Elle lui avait beurré une tartine... « Est-ce que je peux les aider ? » se demanda le petit garçon, et au même moment il sut que ce n'était pas possible. Quel gâchis !

Avec ça, les vacances promettaient d'être lugubres. Christine avait le dessous des yeux tout bleu. Napoléon parlait seul, Daphné était insupportable, évidemment on ne pouvait pas demander à une fille de son âge de comprendre la situation ! Quel gâchis !

Alors que si on prenait les choses simplement, tout le monde aurait le sourire. « Monsieur, s'il vous plaît, je ne viendrai pas en classe mercredi, je dois aller au couronnement de ma cousine, la Reine de Kurlande. » Si ça pouvait tomber sur la composition de maths !

Le petit garçon soupira. À quoi bon rêver ? Il se mit en quête de François dans le jardin. Il n'était ni dans la roseraie, ni sur la terrasse. Pas besoin de chercher. Il devait encore faire du cafard tout en haut du Belvédère. Oui, c'était bien ça. Assis sur les marches, prostré, absent, pas rasé, il regardait dans le vague devant lui très loin, au-delà de la plaine du Comtat. Il ne tourna pas la tête quand l'enfant vint s'asseoir près de lui.

– Si on fouillait ? proposa Sylvain.

– Non, dit François.

Et ça, c'était grave.

*

Un petit garçon s'inquiétait au Fort Saint-André, un vieux monsieur se faisait du souci au Palais d'Avignonburg.

Minuit avait sonné depuis longtemps, le Roi était couché sur son lit et ne pouvait dormir. Il n'aimait pas l'acharnement de Koba, sa conscience excessive, sa frénésie de travail. Inhumain, tout cela. Une mécanique... Il ne pouvait plus rencontrer son regard, elle évitait ses yeux. Pourquoi ? Il se leva en soupirant, passa un long manteau d'intérieur et s'approcha de la fenêtre ouverte. Une lumière brillait dans le château pris par le sommeil. Quelqu'un veillait. Koba. C'était la lumière de son cabinet de travail. Elle n'en sortait plus. Elle y prenait ses repas. « Rien, Majesté, elle ne mange rien », avait dit Gudule alarmée.

Le Roi prit une décision et gagna la porte à grandes enjambées.

Dans le cabinet aux boiseries, la jeune fille travaillait. Elle portait une longue robe de chambre en mousseline bleue. Elle avait dû se coucher et se relever brusquement comme chaque fois qu'elle avait une idée. Elle écrivait son discours pour le Cérémonial d'Investiture. Elle relisait, raturait, écrivait encore, réfléchissait, prenait un nouveau feuillet. Elle avait maigri. Parfois elle levait son visage et récitait quelque chose qui semblait être de la poésie. Mais aucun son ne sortait de ses lèvres. Tout à coup elle vit un panneau de boiserie tourner lentement et la porte de l'escalier dérobé s'ouvrir, laissant apparaître la haute silhouette du Roi. Il arrêta du geste le mouvement qu'elle faisait pour se lever et lui dit avec reproche :

– Tu travailles encore ? Au milieu de la nuit ! Tu devrais dormir.

– Je ne peux pas, fit-elle en baissant les yeux sur son travail.

– C'est ton discours ? demanda-t-il.

– Oui.

Le Roi s'installa dans un fauteuil en face d'elle.

– Veux-tu m'en lire un peu ? Ça me ferait plaisir.

– Je n'ai pas encore terminé, se défendit Koba.

– Ça ne fait rien, ce que tu as sous la main.

– C'est un passage où je parle de la France... dit Koba, et elle s'arrêta brusquement.

– Lis.

C'était un ordre.

Elle prit son papier, le regarda et commença d'une voix timide qui s'affermit peu à peu :

– « ... Le Ciel, voulait, ô merveille, que je reçoive la nouvelle loin d'ici... en France. En France, première patrie de notre mère Adélaïde. Où pouvais-je mieux comprendre qu'en France l'honneur qui fondait sur moi ? Mère des Arts, des Armes et des Lois ! Grand Panthéon plein de lumière, dôme d'or dans le ciel d'azur. Temple des ombres immortelles ! » – Elle capta un geste d'assentiment du Roi et poursuivit : « ... mais aussi... mais aussi endroit béni où l'on peut faire à l'Aurore sa cour parmi le thym et la rosée... »

– La Fontaine ! cria le Roi.

Elle approuva et enchaîna :

– « ... et la rosée, où croissent à plaisir l'oseille et la laitue,... de quoi faire à Margot pour sa fête un bouquet, un peu de jasmin d'Espagne et force serpolet... »

– Eh bien, dis donc, tu l'aimes, la France !

– Oui, dit Koba avec chaleur, et pour la première fois depuis son retour elle le regarda dans les yeux. Oui ! Ils ont été si gentils avec moi ! Je voudrais que tu connaisses Bastien le Routier... et Marie... et Mimi... et mes enfants, Béatrice, le petit Paul... Tous me manquent. Je ne me remets pas bien de tout ça.

– Je comprends... mais quel est celui que tu aimes ?

– ... que j'aime..., balbutia Koba.
– Je sais, enfant chérie, que tu aimes... depuis que tu m'as dit, le jour de ton retour, « je ne me marierai jamais ».
D'un seul élan elle vint se jeter à ses genoux sur lesquels elle posa sa tête. Il caressait doucement les cheveux blonds. Comment avait-elle cru pouvoir lui cacher ce qui se passait en elle ? À lui !
– Je te regarde avec mon cœur, mais aussi avec les yeux de tes parents... disparus. Avec les yeux d'un vieil homme qui va bientôt passer la frontière...
– Pappi ! pria Koba.
– Je vois les efforts que tu fais toute la journée devant le monde... ton courage. Mais je sais à quel point ton cœur est lourd...
La pièce fut un instant silencieuse, puis il dit :
– Je voudrais bien connaître le garçon.
– Vous le connaissez ! s'écria Koba.
– Je le connais ?
– C'est cet ambassadeur de France que vous avez eu ici.
– Der Plongier ?
– Ja !
– Ah ! le Plongeur, dit le Roi dont le visage s'était éclairé. Le Plongeur... Mais ! tu n'étais pas là !
– Je l'avais connu en France, en Avignon, chez lui.
– Et c'est pour le retrouver, que tu as voulu repartir ?
– Je crois.
– Et lui, pour te revoir, il s'est fait nommer ambassadeur ici ?
– Oui.
– Katastroph !... que c'est beau, ajouta-t-il. Et vous vous êtes revus en France ?
– Oh ! très peu. Un jour il m'a dit qu'il m'aimait et qu'il voulait m'épouser. Et je ne savais pas

quoi répondre. À cause du serment. Alors il a cru que j'aimais un autre homme, et il a été très malheureux. Et puis j'ai dû me cacher après la Suisse. Et il a su me retrouver. C'est même lui qui m'a annoncé que Rollon avait renoncé...

– Et alors ?

– Alors j'ai dit : Je suis la Princesse Héritière de Kurlande...

– ... et il est parti.

– Comment le sais-tu ? demanda Koba qui pleurait.

– ... c'est ce que j'aurais fait à sa place...

Oui bien sûr, Koba comprenait. C'était une réaction normale... Comme si elle avait pensé tout haut le Roi dit :

– Il voulait la petite Koba Lye-Lye. L'autre, il ne la connaissait pas.

– Non, approuva Koba. Il ne la connaissait pas.

*

Le Roi s'en alla
Sur sa barque un beau matin !
Ti ze ho
Ti ze ha
Tot' e slu e ka mudra !
Pêcher un poisson
Pour sa fille bien-aimée,
Un poisson de la mer
La mer Méditerranée !

À la barre du bâtiment royal, Erik XIV chantait. Il chantait la vieille chanson des marins mais ce matin-là elle avait pour lui une profonde signification. Après la conversation qu'il avait eue avec Koba au milieu de cette nuit où la jeune fille avait enfin avoué ce qui la faisait souffrir, il avait beaucoup réfléchi. Peut-être lui restait-il peu de temps à vivre. Aussi voulait-il bien vivre. Un matin, il avait dit à Koba :

– Je pars. J'ai besoin de vacances. Je te laisse la Régence du Royaume. Celui dont l'esprit est occupé n'a pas le temps de scruter son cœur. Travaille. C'est le seul remède que je puis t'offrir.

Et il était parti. Droit devant lui sur la mer. Destination inconnue, disait le communiqué du Palais.

Mais lui savait où il allait. Avant de mourir, il voulait revoir la terre d'Adélaïde. Il y avait si longtemps ! Tant de jours passés depuis ce jour de septembre où il avait crié : « Rrrrah ! Rrrrah ! Rrrrah ! » dans la cour de la maison des Campredon de la Bégude. Tant de joies, de deuils, de rires, de larmes, de travaux et de peines. Une longue vie. Et voilà qu'au soir de cette longue vie, il voyait battre un jeune cœur... alors il voulait connaître un certain jardin, un jardin magique sur les bords du Rhône...

Mais dans ce jardin, tout le monde était triste. Le soleil brillait, les colombes roucoulaient, les tours jumelles se découpaient sur le bleu du ciel, et même, il avait plu ! La terre reconnaissante sentait bon, et les roses relevaient la tête. Mais Christine, assise sur la terrasse, à la main un livre qu'elle ne lisait pas, avait le cœur gros.

Un soupir lui fit tourner la tête. Napoléon avait mauvaise mine.

– Madame veut-elle le *Times* ? demanda-t-il sans beaucoup d'espoir.

Christine remercia, mais ne prit pas le journal.

– Où est-il ? demanda-t-elle.

Il était au Belvédère, bien sûr, il n'en bougeait point.

– Il y passe des heures, les yeux perdus dans le vague. Il répond à peine. Il ne mange plus... Qui aurait pu prévoir, madame, que les choses tourneraient ainsi ?

Et tous deux revoyaient la nuit des Kurlandais, les étoiles filantes, la jeune fille en blanc...

– Elle est orpheline, tu sais, maman...

Christine entendait encore la voix de son fils dans la cuisine. Si heureux.

Non, qui aurait pu prévoir ?

– Pauvre Monsieur, dit Napoléon, il a vraiment la guigne ! Un ministre, un milliard... et maintenant un trône !

Et il partit vers la porte d'entrée car la cloche venait de sonner.

« Mon Dieu ! quel bel homme », pensa-t-il en voyant devant lui un grand monsieur à cheveux blancs en costume de sport, appuyé sur une canne.

– Est-ce bien ici l'habitation de Mme Fonsalette ? demanda le grand monsieur avec un accent étranger mais distingué.

– Certainement, monsieur, répondit civilement Napoléon qui se disait que ce visage ne lui était pas inconnu.

– Pourrais-je parler à elle ? Quelque chose personnel...

Napoléon acquiesça et tout en guidant le grand monsieur à travers les jardins, il cherchait désespérément à mettre un nom sur ce visage.

– Pardonnez-moi, madame... dit le visiteur dès qu'il fut en présence de Christine... de pousser votre porte sans vous connaître, mais mon nom vous dira pourquoi : Je suis Erik XIV, le Roi de Kurlande.

Christine se leva aussitôt tandis que Napoléon s'écriait :

– Pardi ! je savais bien que votre tête me disait quelque chose ! puis il rougit très fort.

– Sire... dit Christine en désignant un siège au Roi de Kurlande.

– Il n'y a pas de Sire, dit le Roi. Il y a seulement le grand-père !

Mme Fonsalette proposa de prendre le thé, le

Roi accepta, mais il souhaitait auparavant avoir un entretien avec Son Excellence l'ambassadeur de France.

– C'est la Couronne qui est cause de toutes ces misères. C'est elle qui doit réparer.

Et comme Napoléon se préparait à guider le Roi vers le Belvédère, celui-ci l'arrêta d'un geste.

– Non... Je veux découvrir moi-même l'ambassadeur dans votre élégant domaine, madame.

– Sire, vous êtes chez vous, murmura Christine pâle d'émotion.

Le Roi s'inclina et s'éloigna, dominant les lauriers roses et les romarins géants. « Tu es là, vieux barbare ! » disait-il en frappant le sol de sa canne, et il pensait à Koba découvrant ce jardin.

Deux enfants jouaient près d'un bassin de pierre.

– Quel grand monsieur ! souffla Daphné à l'oreille de Sylvain.

Le vieillard et l'enfant échangèrent un regard et celui qui avait vécu et celui qui commençait à vivre se sourirent.

– Le Roi... murmura Sylvain en voyant la haute silhouette se diriger vers la colline aux oliviers.

Et, comme il était très heureux, le petit garçon fit une chose surprenante, il se pencha vers sa cousine et l'embrassa. Daphné devint toute rouge mais elle ne le traita pas d'idiot et les deux enfants, étonnés, restèrent l'un devant l'autre, immobiles, comme s'ils se voyaient pour la première fois.

Le Roi approchait du Belvédère. Parfois il faisait halte, non pour souffler, son cœur était solide, mais pour se tourner vers la vallée du Rhône.

Enfin il arriva au terme de son ascension et le spectacle qui l'attendait était si affligeant que son cœur en fut inondé de joie.

Der Plongier était méconnaissable ! L'élégant jeune diplomate n'existait plus. Les stigmates du chagrin d'amour se lisaient sur toute sa personne à l'abandon. Le Roi le contempla longuement avec un bonheur inexprimable. Puis il dit un peu théâtralement :

– Bonjour, monsieur l'ambassadeur de France !

La stupéfaction, l'ahurissement, le doute, la gêne, la confusion, le désarroi, la honte, la peur, l'espoir se succédèrent sur le visage mangé de barbe du débris humain qui se leva en balbutiant :

– Sire ! ! !

– Quel paysage ! s'extasia le Roi, très à l'aise avec un vaste geste circulaire. Quand je pense qu'Adélaïde a quitté tant de beautés pour venir vivre dans nos solitudes... Fallait-il qu'elle soit amoureuse !

François baissa la tête. Le Roi s'assit sur un rocher fleuri de thym et fit asseoir le jeune homme près de lui :

– Aujourd'hui, je suis ambassadeur, monsieur Fonsalette. Mais ça n'est pas la Princesse qui m'envoie. Elle me croit sur le bateau, à la pêche... Non, c'est un souverain bien plus puissant, notre maître à tous : l'Amour. – Sa voix se fit très douce et il expliqua : La petite... elle peut pas vivre sans toi...

François releva la tête.

– ... ni toi sans elle, je vois ! dit le Roi avec bonne humeur en lui envoyant une bourrade terrible. – Puis il reprit, très sérieux : C'est cette petite couronne de Kurlande qui fait une ombre si grande sur ta fierté, Fonsalette ? Regarde plutôt la jeune fille qui a besoin de toi pour la porter. Fais-lui son bonheur – et le tien.

– ... je l'aime ! murmura François avec égarement en prenant la main du Roi.

– C'est à elle qu'il faut dire ça !

– Mais je suis indigne !

– C'est vrai, dit le Roi, tu ne sais pas jouer de musique, et ça, c'est nécessaire. Ah, merci pour le sourire ! Mais n'aie pas peur : j'ai apporté la flûte kurlandaise ! Très facile.

François sentait son cœur se ranimer, cela faisait mal, cela était bon. Des fourmis dans le cœur. Il avait envie de crier et de rire, de se raser, de se doucher, de danser, de chanter... De chanter ? Mon Dieu ! pourvu que ça marche pour la musique, il était tellement nul !

– Je te montrerai après le thé, dit le Roi, rassurant. Car Mme Fonsalette nous attend pour le thé, et il ne faut pas faire attendre les dames. Et puis après...

Le grand vieux monsieur regarda longuement ce jeune homme devant lui.

– Après ? demanda François.

– Après, je t'emmène avec moi, fils !

*

Et il l'emmena avec lui – sur sa barque, un beau matin –, comme dans la chanson.

François peinait sur la flûte kurlandaise.

Pour le distraire, le Roi lui apprenait la manœuvre des voiles, du gouvernail. Il lui apprenait à distinguer les nœuds de cordage, à les fabriquer.

– Tu as le pied marin ! disait le Roi, ravi.

– Mais je n'ai pas l'oreille musicale ! se lamentait le garçon.

– Ça viendra ! Ça viendra !

Quand le bateau arriva dans les eaux froides, François prit son premier hareng. De joie, il enfila cinq mesures de *Auprès de ma Blonde* sans une fausse note.

– Tu vois ! dit le Roi, bonne journée : le hareng, la musique et bientôt les côtes de Kurlande.

C'est François qui vit le premier la ligne confuse qui apparaissait très loin à l'est.

La Kurlande ! Et là-bas il y avait Koba qui ignorait encore quel fabuleux poisson son grand-père lui rapportait de la Méditerranée.

Le Roi avait pris des jumelles et regardait en direction des côtes. L'horizon se précisait, bientôt on pourrait distinguer la haute tour du Palais où la croix de neige sur fond d'azur ne flotterait qu'au retour du souverain.

Erik XIV venait d'apercevoir une vedette rapide qui se dirigeait droit sur eux. Il sourit, se défit des jumelles et les passa à François en disant :

– Il me semble qu'il y a un petit bateau qui vient vers nous. Vois, toi qui as de bons yeux.

François prit les jumelles, chercha un moment sur la surface liquide, repéra l'embarcation et reconnut avec un coup au cœur la silhouette de Koba.

– Oh ! fit-il sans voix.

La main du Roi se posa paternellement sur ses épaules :

– Oui, c'est elle. Je lui ai dit que j'avais grand désir de la voir et que quelques heures en mer lui feraient du bien.

– Elle sait que je suis à bord ?

– Non, bien sûr !... Tu as peur ? Laisse faire la musique, mon fils, et il lui tendit la flûte kurlandaise.

Koba se tenait très droite à l'avant de la vedette. Elle portait un pantalon et un chandail blancs. Comme le jour de la Cérémonie à Avignon. Mais l'expression de son visage n'était plus celle de l'enfant heureuse qu'elle était alors. Pourtant elle sourit en apercevant pappi. La vedette coupa les gaz et le petit bateau se mit à danser sur l'eau glaciale et se rapprocha en se dandinant du bâtiment royal.

Koba sauta légèrement d'un bateau à l'autre et se jeta dans les bras de son grand-père où elle resta un petit instant blottie, les paupières baissées.

Le Roi la détacha doucement de lui et la regarda.

– Comment vas-tu, ma Régente ?

La jeune fille répondit par une autre question :

– Comment vas-tu, mon Roi ?

– Oh ! moi, très bien !

– Tu as fait bonne pêche ?

– Je crois !

À cet instant, une flûte timide, presque angoissée, attaqua les premières mesures de *Auprès de ma Blonde* et Koba se figea soudain, les yeux dans les yeux de son grand-père. Pappi souriait avec des petites rides frémissantes au coin de l'œil.

Les notes chancelantes s'enchaînaient les unes aux autres. Instinctivement Koba tourna la tête vers la musique et vit, à travers la grande voile déployée, la silhouette d'un matelot qui jouait.

– Va voir, dit le Roi.

Non ! ce n'était pas possible ! Elle n'osait pas y croire... et cependant elle était sûre en allant vers l'ombre entrevue que c'était François qu'elle allait trouver. Et c'était lui ! C'était François qui fit un la pour un do en voyant devant lui Koba Lye-Lye l'étudiante, Kristina la Princesse, la longue jeune fille blonde dans la lumière du soleil couchant. Et peu importait son nom. C'était elle.

Elle qu'il tenait soudain contre lui, éperdu, ivre, couvrant de baisers son visage offert aux yeux clos dont les larmes s'échappaient, posant ses lèvres contre ses lèvres comme une fois déjà, découvrant ce corps fait pour son corps, apprenant la douceur de cette chevelure et l'odeur fraîche des joues.

« Plus jamais ! » dit Koba, « plus jamais ! » dit François, et cela voulait dire toujours.

*

Une fois de plus, « La Symphonie des Lilas » se répandait sur la salle du Concert Royal, et, au-delà de la salle, sur la Kurlande tout entière, et elle atteignit les marins en mer, les malades dans leur lit de clinique, les impotents dans leur fauteuil, les fumeurs de harengs dans leurs habits de fête et même les nouveau-nés dans les bras de leur mère.

On n'aurait pas pu glisser un œuf d'esturgeon dans la salle tant elle était pleine.

Et quand le solo de flûte commença, le pays tout entier s'arrêta de vivre.

Der Plongier, dans son bel uniforme lilas mourant d'Adélaïde, jouait le difficile larghetto bien connu et chacun retenait son souffle sur la scène où Koba, la joue appuyée à sa harpe, le couvait de tendres regards. Au fond d'une avant-scène, Christine Fonsalette déchirait en menus morceaux son mouchoir de batiste. Et là-bas, dans l'île de Kytère, les belles natives, pieds nus, gorges nues, immobiles, gardaient leurs oies, le transistor à la main.

Enfin, la dernière note du solo, filée, douce, parfaite, délivra l'auditoire de son angoisse, et la tendre reprise qui suivit, duo de la harpe et de la flûte, mit des larmes dans bien des yeux; et jamais, de mémoire de vieux Kurlandais – Karl Petersen pouvait le jurer, et le doyen des archéologues l'affirmait –, jamais la famille royale n'avait enlevé la fin du morceau avec tant de brio, tant de joie, tant d'allégresse.

Aussi un tonnerre d'applaudissements salua les musiciens qui se levaient, le regard tourné vers le Roi.

Celui-ci, d'un geste, demanda le silence. Le moment était venu de dire ce que chacun attendait.

– Kamarades !... Tu sais déjà pourquoi nous venons de jouer devant toi, tu sais ce que je vais te dire et je vois que tu te réjouis ! Celui que je te présente (il prit François à sa droite sur le devant de la scène) vient d'Avignon comme notre mère Adélaïde. Tu le connais déjà ! Tu lui as donné un nom.

– Der Plongier ! Der Plongier ! cria la salle.
– … et ta Princesse, notre chère fille Kristina (il fit descendre Koba à sa gauche), elle lui a donné son cœur. Alors moi, qu'est-ce que je fais ? Je donne la bénédiction !
… et dans le silence il prit à sa droite et à sa gauche ces deux mains qui avaient eu tant de mal à aller l'une vers l'autre et les joignit devant lui, les tenant dans les siennes en prononçant la formule rituelle :
– Popel sapek, yk volek[1] !
– Rrrrrah ! Rrrrrah ! Rrrrrah ! hurlèrent les Kurlandais en délire.

*

Le Roi s'inclina devant Christine Fonsalette et lui baisa la main.
– Je vous embrasserai le jour de leurs noces, dit-il avec beaucoup de grâce. – Et il ajouta : Nous sommes bien heureux, n'est-ce pas, madame ?
Christine ne pouvait répondre : elle regardait Kristina et son fils venir vers eux, main dans la main, si beaux… Elle éclata en sanglots.
– Maman ! Maman ! eh bien !
– Ne pleurez pas, ma chérie !
Ils l'embrassaient tous deux. Elle expliqua avec difficulté : « Tu joues tellement bien ! » et comme tout le monde riait, se mit à rire aussi à travers ses larmes.
François profita de l'émotion générale pour lui glisser à l'oreille :
– Est-ce qu'« Il » est arrivé, maman ?
– Oui, murmura-t-elle, dans le salon bleu.
Alors François, s'adressant à Koba :
– Mon amour… j'ai voulu te faire un cadeau…

1. Le peuple le sait, et le veut !

il est arrivé de France... ferme les yeux, donne-moi ta main...

Elle obéit en souriant. Mon Dieu que c'était bon de le suivre les yeux fermés à travers les longues galeries et les vastes salles du Palais invisible. Elle ne savait plus où elle était, où elle allait, elle ne savait qu'une chose : la main de François serrait la sienne. La traîne de sa robe empire glissait sur ses pas avec un doux bruit de soie. Le Roi, qui menait le cortège derrière eux, avait ralenti l'allure et posé un doigt sur ses lèvres... et tout le monde se taisait, à pas de velours, voulant voir à son aise ce jeune couple qui avançait vers son destin.

Arrivé devant la porte fermée du salon bleu, François s'arrêta.

– Un moment encore ! demanda-t-il à la jeune fille en lui baisant la main.

Il la quitta pour s'approcher des doubles battants à boiseries dorées qu'il entrebâilla légèrement. Ce qu'il vit le fit sourire, d'un geste il commanda l'ouverture des portes et revint vers la jeune fille qui l'attendait, immobile, gracieuse, confiante comme si le sommeil l'avait prise au milieu d'une danse.

– Tu peux ouvrir les yeux, dit-il.

Elle ouvrit les yeux et ce qu'elle vit les remplit de larmes de joie.

Ils étaient tous là !

Le cadeau de François Fonsalette à la Princesse de Kurlande c'étaient tous les amis de Koba Lye-Lye.

Le plus beau des bouquets.

Elle murmurait chaque nom, caressant de l'œil chaque visage, chaque enfant... Mon Dieu, le petit Philippe ! Que de souvenirs... elle vit Bastien endimanché qui se mouchait très fort et elle ouvrit les bras.

Ce fut la ruée. Les enfants se précipitèrent les

premiers, agitant de petits bouquets tricolores, criant Koba ! criant Lili ! se battant pour des baisers. Il y avait même les jumeaux, tenus par la poigne de grenadier de Marguerite en satin cerise.

Le cadeau et le cortège royal se mêlèrent. Ceux qui ne se connaissaient pas se devinaient. Pour le Roi, c'était facile.

« Sire... », disait la petite Mimi, « Majesté... », disait la vieille Marthe.

Et la ronde se nouait et se dénouait autour des amoureux sans jamais séparer leurs mains enlacées.

– Alors, princesse, t'étais Princesse ?

– Oh ! toi !

Elle recevait des baisers, en donnait, riait, s'attendrissait... éclatait de bonheur.

– Je voudrais saluer la future madame Fonsalette, disait Napoléon en s'inclinant devant elle.

Elle revit la nuit blanche d'Avignon et les sourires des cousins et des compagnons s'allumèrent aux quatre coins du salon. Cher François, pensa-t-elle, tu n'as oublié aucun des battements de mon cœur !

Adal suffoquait de joie. Chavignol était sauvé ! Caroline et Rollon voulaient en faire un haut lieu de la musique. Il leur serrait les mains avec effusion.

– Mes chiens !

– *Mes Fouilles !* cria Me Cornélius en se plantant devant François. Il faudra me rendre le livre !

Puis se tournant vers Koba :

– Tu fais un mariage inespéré pour une Princesse !

– Je le sais ! dit-elle en se jetant dans les bras de François.

Un formidable coup de canon fit trembler les vitres du Palais et figea ses hôtes dans leur élan.

– Mon Dieu ! cria Kilpérik dans une crise d'accent aigu. C'est le lilas !

Dans la serre royale le vieux petit lilas d'Adélaïde venait d'éclater, tendre et parfumé, sous les yeux éblouis des jardiniers de garde.

C'était lui qui faisait tonner le canon, qui ébranlait les cloches de bronze du Palais...

– Écoutez... dit le Roi, et les cloches d'Avignonburg répondirent qu'elles avaient entendu, qu'elles savaient, et avertirent tour à tour d'autres clochers plus lointains et, à la volée, la bonne nouvelle traversa l'île, parvint jusqu'à la modeste chapelle de bois de Kytère et fit danser les jolies filles aux pieds nus comme dansaient les pêcheurs de harengs sur les ports, les femmes et les enfants dans les jardins, les passants dans les rues, et jusqu'aux grenadiers dans les casernes.

Les lilas sont fleuris ! le canon tonne, la cloche sonne, le peuple chante, la Kurlande danse et les jumeaux font partir des pétards qu'ils ont apportés de France.

Immobile au centre de ce tourbillon, Koba regarde François. Elle sent monter les larmes :

– Mon Dieu ! Qu'est-ce que je vais être heureuse avec toi ! dit-elle en sanglotant, et elle se jeta dans les bras de l'homme qu'elle aimait.

J'ai lu la vie !

Une collection originale en couleurs, consacrée aux loisirs, pour découvrir et mieux profiter de tous les plaisirs de la vie. Conseils, astuces et informations pratiques en plus !

DARMANGEAT Pierre	**Vivre avec son chat** 8001/7*
ANDRÉ Myriam	**Changeons de petit déjeuner** 8002/7*
BUISSON Dominique	**Papiers pliés : des idées plein les mains** 8003/7*
POLÈSE Jean-Marie	**Promenade au fil des saisons** 8004/7*
DEVAUX Simone	**La cuisine aux herbes** 8005/7*
DROULHIOLE Michel	**À chacun sa pêche** 8006/7*
LAUROY Nicole	**Oiseaux des rues et des jardins** 8007/7*
GRANT A. & M'BAYE A.	**La gym douce** 8008/7*
COLLION Roland	**Nouveaux sports aériens** 8009/7*
MIGNOT Catherine	**Les enfants et leurs animaux familiers** 8010/7*
DARMANGEAT Pierre	**À chacun sa chasse** 8011/7* (Mai 90)
JOUVE Franck	**Fruits de mer** 8013/7*
DARMANGEAT Pierre	**Aquariums : la nature mise en scène** 8014/7*
JOUVE Franck	**Pleins feux sur les œufs** 8015/7*
CELLIER A.-M. & STAROSTA P.	**Les secrets de l'orchidée** 8016/7*
ATTALI Danielle	**La passion des collections** 8017/6*
ZANIN P. & SLED P.	**Un sport pour votre enfant** 8018/7*
BROUSSE Adeline	**Le vrai plaisir du vin** 8019/7*
FRACHON Geneviève	**Les fruits, délices du jardin** 8020/7*
D'ALEYRAC Evelyne	**Le plaisir féminin** 8012/6*
DEVAUX Simone	**Les épices dans la cuisine** 8023/6*

J'AI LU cinéma

Vous voulez tout savoir sur le cinéma, en découvrir les coulisses, parcourir les plateaux, admirer les stars, les fantaisies d'une vedette, la vie de votre acteur préféré...
Voici J'ai lu Cinéma. Pour chaque titre, une centaine de photos et des textes passionnants. Un panorama du cinéma mondial au format de poche.

LES GRANDS ACTEURS

COHEN Georges	Romy Schneider 7002/6*
SPADA J. & ZENO G.	Marilyn Monroe 7003/6*
COHEN Georges	Gérard Depardieu 7004/6*
BERTONI Aline	Clint Eastwood 7005/6*
PÉRISSET Maurice	Simone Signoret 7007/6*
GUÉRIF François	Steve McQueen 7008/6*
COHEN Georges	Grace Kelly 7011/6*
GRESSARD Gilles	Christophe Lambert 7012/6*
MERRICK Hélène	Elizabeth Taylor 7016/6*
PÉRISSET Maurice	Gérard Philipe 7015/6*
ALION Yves	Brigitte Bardot 7021/6*
ZIMMER Jacques	Marlon Brando 7020/6*
DURANT Philippe	Jean-Paul Belmondo 7023/6*
PÉRISSET Maurice	Jean Gabin 7025/6* (Avril 90)

LES GRANDS GENRES

ZIMMER Jacques	Le cinéma érotique 7006/6*
GRESSARD Gilles	Le film de science-fiction 7010/6*
ROSS Philippe	Le film d'épouvante 7014/6*
GUÉRIF François	Le film policier 7018/6*
DUPUIS Jean-Jacques	Le western 7022/6*

LES GRANDS RÉALISATEURS

ZIMMER Jacques	Alfred Hitchcock 7009/6*
GRESSARD Gilles	Sergio Leone 7013/6*
MERRICK Hélène	François Truffaut 7017/6*

LES GRANDS FILMS

ZIMMER Jacques	Autant en emporte le vent 7001/6*
ZIMMER Jacques	James Bond Story 7019/6*
ROSS Philippe	Dracula 7026/6*

2620

Composition Communication à Champforgeuil
Impression Brodard et Taupin
à La Flèche (Sarthe) le 3 avril 1990
1753C-5 Dépôt légal avril 1990
ISBN 2-277-22620-3
1er dépôt légal dans la collection : juin 1989
Imprimé en France
Editions J'ai lu
27, rue Cassette, 75006 Paris
diffusion France et étranger : Flammarion